RACHE AUF HELGOLAND

Hauke Burmann, geboren 1976, studierte Sozial- und Wirtschaftswissenschaften in Hamburg. Schon in der Jugend entdeckte er seine Vorliebe fürs Schreiben und für den Journalismus. Nach beruflichen Stationen in verschiedenen Redaktionen verantwortet er heute Präventionsmedien einer großen Berufsgenossenschaft. Im Jahr 2015 veröffentlichte er seinen ersten Kriminalroman.
www.hauke-burmann.de

HAUKE BURMANN

RACHE AUF HELGOLAND

Küsten Krimi

emons:

Bibliografische Information der Deutschen Nationalbibliothek
Die Deutsche Nationalbibliothek verzeichnet diese Publikation in der Deutschen Nationalbibliografie; detaillierte bibliografische Daten sind im Internet über http://dnb.d-nb.de abrufbar.

MIX
Papier | Fördert gute Waldnutzung
FSC® C083411
www.fsc.org

Umschlagmotiv: stock.adobe.com/Saga_bear
Umschlaggestaltung: Nina Schäfer, nach einem Konzept von Leonardo Magrelli und Nina Schäfer
Umsetzung: Tobias Doetsch
Gestaltung Innenteil: DÜDE Satz und Grafik, Odenthal
Lektorat: Marit Obsen
Druck und Bindung: CPI – Clausen & Bosse, Leck
Printed in Germany 2023
ISBN 978-3-7408-1770-1
Küsten Krimi
Originalausgabe

Für meine Familie

Prolog

Mit leerem Blick sah sie zum Fenster hinaus und schaute auf den dunklen, felsigen Strand, an dem sich die Wellen des Ozeans brachen. Ruhig und friedlich lag das Polarmeer heute vor der kleinen Küstensiedlung mit ihren versprengten Häusern. Kaum mehr als ein Dutzend Wohnhäuser sowie ein paar Lagerhäuser und eine Handvoll weiterer Gebäude waren ohne erkennbare Struktur oder Symmetrie in unmittelbarer Ufernähe auf den felsigen Grund gebaut worden. Von Weitem sahen sie aus wie Treibgut, das bei Hochwasser an den Strand gespült worden war.

An guten Tagen konnte sie den Anblick des Meeres, aus dem am Horizont die mächtigen Eisberge ragten, ertragen. Aber heute war kein guter Tag. Deshalb schob sie ihren bequemen Sessel einmal quer durch den Raum zur anderen Seite des Wohnzimmers. Von hier aus fiel ihr Blick nicht aufs Meer, sondern auf die steilen Hänge eines Bergmassivs, dessen düstere Gesteinsformationen sich hinter der kleinen Siedlung erhoben. An den unteren Ausläufern lag hier und dort etwas Schnee. Er erinnerte sie daran, dass der Sommer an diesem abgelegenen Ort viel zu kurz war.

Es war nie ihr Wunsch gewesen, hier zu leben – weit weg von allem, was ihr in ihrem früheren Leben lieb und teuer gewesen war. Aber sie hatte im Grunde keine Wahl gehabt, als ihr Mann sie damals, in jungen Jahren, aus der Zivilisation gerissen und zu sich geholt hatte. Er hatte hier draußen einen verantwortungsvollen Job übernommen. Und es war nicht die Zeit gewesen, in der man viele Fragen stellte.

Also war sie aus der großen Stadt in eines dieser kleinen rostroten Häuschen am Ende der Welt gezogen. Um sie zu errichten, hatten die Gründer der Siedlung das Baumaterial von weit her holen müssen. Denn hier draußen gab es nirgendwo einen Baum oder Strauch, der dieser kargen Felslandschaft etwas Leben eingehaucht hätte. Wäre da nicht das Meer, hätte man denken können, die Siedlung befände sich auf dem Mond. Die triste Einöde vor dem Fenster war ein Spiegelbild jener Trostlosigkeit, die sich im Laufe der Jahre auch in ihr breitgemacht hatte.

Es war zwar Sommer, aber trotzdem war es derzeit viel zu warm für diese Region. Erst kürzlich war an der Wetterstation im Ort eine neue Allzeit-Rekordtemperatur gemessen worden. Es würde wohl nicht das letzte Mal gewesen sein. Manche Dinge im Leben sind wie das Wetter, dachte sie. Zunächst verändern sie sich nur allmählich, fast unmerklich. Doch irgendwann kommt der Punkt, an dem die Veränderungen unübersehbar werden. Dann lässt sich kaum mehr leugnen, dass nichts mehr wie früher ist.

Die Tür ging auf, und eine frische Meeresbrise wehte durch den Raum. Der kühle Luftzug riss sie aus ihren Gedanken. Im Eingang stand ihr Mann, der sie mit prüfendem Blick ansah. Sie kannten einander seit fast einem halben Jahrhundert. Das war lange genug, um sofort zu bemerken, dass etwas ganz und gar nicht in Ordnung war.

Die Zeit der Wahrheit war gekommen. Schließlich hatten sie sich viel zu lange etwas vorgemacht. Und es war keine Kleinigkeit, immerhin ging es hier um ihren gemeinsamen Sohn. Das Gespräch, das sie vorhin mit Nico geführt hatte, war schmerzhaft gewesen. Diesen Kummer konnte nun auch Pablo in ihren verweinten Augen sehen. Ihr trauriger Blick verriet ihm, dass die Unterhaltung alles für immer verändert hatte. Die Lebenslüge von der heilen Familie, die sie hier so viele Jahre lang sorgsam aufrechterhalten hatten, war für immer zerstört.

1

Eine steife Brise blies seit dem frühen Nachmittag über die Insel. Der Wind hatte in den Abendstunden etwas abgeflaut, aber von Zeit zu Zeit fegten noch immer kräftige Böen um den roten Felsen in der Nordsee. Die Helgoländer waren schlechtes Wetter zwar gewohnt. Aber in diesem Frühling war es wirklich knüppeldick gekommen. Schon der April war für die Jahreszeit deutlich zu kalt gewesen. Nun war auch der Mai fast vorüber, und dieser hatte den Namen Wonnemonat derzeit wirklich nicht verdient. Über der Nordsee braute sich ein Tiefdruckgebiet nach dem anderen zusammen, sodass Wind, Kälte und Regen jedes kleine Zwischenhoch sofort wieder vertrieben.

Die Wetterfrösche im Fernsehen hatten den frustrierten Zuschauern erklärt, dass sie es mit einer sogenannten »Omega-Lage« zu tun hätten. Über Russland hatte sich bereits vor Wochen ein riesiges Hochdruckgebiet festgesetzt, das an seiner Westseite alle Tiefdruckgebiete auf Abstand hielt. Eins nach dem anderen wurde im großen Bogen um das konstante Russland-Hoch herumgeführt. Dadurch gaben sich über Mitteleuropa nun die Schlechtwetterlagen die Klinke in die Hand. Und entsprechend dick angezogen war die dunkle Gestalt, die kurz vor Mitternacht die rund zweihundert Treppenstufen zum Oberland erklomm. Dort angekommen, orientierte sich die einsame Person am Kirchturm von Sankt Michael und ging zielstrebig zu einem kleinen Haus mit blauer Holzfassade, das sich ganz in der Nähe der Kirche befand. Es dauerte einen Moment, bis nach dem Klopfen an die Eingangstür im Hausflur ein Licht anging und im Inneren des Hauses ein Schatten hinter der Milchglasscheibe erschien. Vorsichtig wurde die Tür einen Spaltbreit geöffnet.

Der Hausherr erkannte den groß gewachsenen Grönländer in der Pilotenjacke auf Anhieb. »Salik? Um Himmels willen, was machst du denn hier – noch dazu um diese Uhrzeit?«

»Du musst mir helfen!«, sagte der nächtliche Besucher.

Nico Rodriguez, der seit drei Jahren am Institut für Meeresforschung auf der Hochseeinsel arbeitete, wusste sofort, dass etwas Ungewöhnliches geschehen sein musste. Die beiden Männer kannten einander von verschiedenen Forschungsreisen in der Arktis, sie hatten schon einiges zusammen erlebt. Und noch nie hatte Nico diesen fremdartigen Ausdruck im Blick seines alten Bekannten gesehen.

Salik Johannsen war ein erfahrener Pilot, dem es auch bei widrigsten Bedingungen immer wieder gelang, Polarforscher in die entlegensten Gebiete zu fliegen. Scheinbar furchtlos nahm der stämmige Inuk es mit sämtlichen Widrigkeiten der arktischen Natur auf. Jetzt jedoch wirkte er aufs Äußerste angespannt und besorgt. Im Schein der fahlen Lampe über dem Hauseingang war deutlich das nervöse Zucken seines linken Auges zu erkennen.

»Bitte, Nico. Ich brauche deine Hilfe«, wiederholte er in eindringlichem Ton.

»Was ist denn los? Komm doch erst mal rein.«

»Kann nicht lange bleiben. Muss die Insel noch heute Nacht wieder verlassen.«

»Wie bist du überhaupt hergekommen?«, fragte Nico Rodriguez.

»Mit dem ›Arctic Flyer‹. Ich soll die Maschine nach Bremen überführen, zur Wartung in der Flugzeugwerft. Das wird allerdings noch ein wenig warten müssen, denn mir ist etwas Wichtiges dazwischengekommen. Damit die Sache nicht auffällt, muss ich aber direkt weiterfliegen.«

»Warum denn diese Geheimnistuerei? Und wie bist du überhaupt so spät noch von der Düne rübergekommen?«

»Ich habe mir am Anleger ein kleines Motorboot ›ausgeliehen‹. Keine Sorge, ich bringe es heil zurück. Eigentlich wollte ich dich da gar nicht mit reinziehen. Aber ohne deine Unterstützung komme ich nicht weiter. Diese Sache ist sehr wichtig. Es geht dabei um Menschenleben.«

»Wovon sprichst du?« Nico sah seinen Freund sorgenvoll an.

»Ich werde dir später alles berichten. Erst einmal musst du etwas für mich untersuchen.«

Ohne weitere Erklärungen reichte Salik seinem verblüfften Gegenüber einen knallroten Rucksack, der das Logo der grönländischen Fluggesellschaft trug.

»Was ist das?«

»Wasserproben«, sagte der Pilot. »Schau sie dir bitte im Labor an.«

»Ist das Meerwasser? Und wonach genau soll ich suchen?«

»Nein, es ist Süßwasser. Und es ist besser, wenn du erst mal nichts darüber weißt. Nur so viel: Analysiere es bitte auf Schadstoffe.«

»Geht's vielleicht ein bisschen konkreter?«

»Mach eine toxikologische Untersuchung für mich. Du würdest mir damit einen großen Gefallen tun. Ich brauche Aufschluss darüber, wie viele giftige Rückstände dadrin sind.«

»Wozu willst du das wissen?«

»Ich muss klären, ob dieses Zeug als Trinkwasser geeignet ist.«

»Verstehe. Aber du hast doch sicher schon eine Ahnung, was für Substanzen drin sind, oder?«

Salik Johannsen sah sich um, als befürchtete er, jemand könnte das nächtliche Gespräch belauschen. Doch um sie herum war alles ruhig. In der schmalen Gasse auf dem Oberland herrschte Dunkelheit, sämtliche Lichter in den Häusern waren erloschen.

»Okay«, sagte er im Flüsterton. »Ich hätte mir denken können, dass du es möglichst genau wissen willst. Ich meine alle möglichen Giftstoffe, die beim Bergbau anfallen können. Und schau bitte auch nach Spuren von Radioaktivität.«

***

Die Analyse, um die ihn Salik gebeten hatte, war bereits am nächsten Abend erledigt. Nico stand in seinem privaten Arbeitszimmer und blickte durchs Fenster aufs dunkle Meer hinaus, sein Mobiltelefon fest ans Ohr gepresst. Die Handyverbindung war nicht besonders gut, weshalb er und Salik Mühe hatten, einander zu verstehen.

»Ich sagte, ich habe deine Proben untersucht«, wiederholte Rodriguez, wobei er sich bemühte, laut und deutlich zu sprechen.

»Danke … hoffe, du … meinetwegen keine Überstunden machen.«

»Doch, ist aber okay. Trotzdem schuldest du mir jetzt ein paar Antworten. Wo kommen diese Proben her?«

»Aus Grönland.«

»Woher genau?«

»… mir erst, was du herausgefunden …«, kam es abgehackt aus dem Handy.

»Also gut. Ich habe in der Probe zahlreiche gefährliche Stoffe und auch Spuren von Radioaktivität gefunden.«

»… ist also wahr … passiert, was ich vermutet hatte.«

»Kannst du mir jetzt bitte sagen, worum es geht?«

»Ja … werde ich.«

2

»Bitte tu's nicht!«, flehte Ole Carstens und starrte mit weit aufgerissenen Augen auf die bunte runde Scheibe. Was seine Freundin Inken da so unsanft zwischen ihren Händen quetschte und verbog, war nicht irgendeine Platte, sondern eine limitierte Sonderpressung. Es war die erste Single seiner Lieblingsband, der Rockabilly-Formation Spice Guys.

Mit Schrecken wurde ihm klar, dass er das Unheil nicht mehr abwenden konnte. Da gab das Material auch schon nach, und er hörte ein hässliches Knacken. Hilflos und mit schmerzverzerrtem Gesicht sah er, wie das farbige Vinyl vor seinen Augen barst und in mehrere Teile zersprang.

»Bist du verrückt geworden?«, herrschte er Inken an. Sie hatte soeben einen Tonträger zerstört, von dem es insgesamt nur hundert Exemplare gab. Dies war die Nummer 26 gewesen, die Scheibe hatte einen Ehrenplatz in seinem Regal gehabt.

»Nein, ganz und gar nicht«, erwiderte sie in ruhigem Ton. »Es ist die Strafe, die du verdient hast.«

Inken hatte ihn auf brutale Weise genau da getroffen, wo es für ihn am schlimmsten war. Das war keine Handlung im Affekt gewesen, sondern ein kaltblütig ausgeführter Racheakt. Carstens war auch durchaus klar, was er zu bedeuten hatte. Dennoch spielte er den Ahnungslosen: »Strafe? Wofür denn?«

»Ach, tu doch nicht so scheinheilig. Das weißt du ganz genau!«, zischte sie.

Als ihn ihr frostiger Blick traf, schwanden auch die allerletzten Zweifel. Er war aufgeflogen. Und die Bestätigung dafür ließ nicht lange auf sich warten: »Ich habe dich gestern Abend gesehen. Hattest du nicht gesagt, du müsstest länger arbeiten? Nun, ich weiß, wo du Überstunden gemacht hast.« Sie machte eine kleine Pause, um ihren Worten Nachdruck zu verleihen. Jede Silbe war wie ein Giftpfeil. »Du warst unten am Hafen auf einem Boot. Aber natürlich nicht auf dem Polizeiboot, wo du eigentlich hättest sein sollen.«

Carstens schwieg. Nun gab es nichts mehr zu leugnen. Und ihm war auch klar, dass hier und heute weitaus mehr zerbrochen war als sein kostbares Sammlerstück, dessen Überreste nun auf dem Fußboden lagen. Die Beziehung zwischen ihm und Inken hatte sich schon längere Zeit in einer Art Schwebezustand befunden. Sie waren dabei mehrmals an einem kritischen Punkt angekommen, doch dieses Mal schien er den Bogen überspannt zu haben.

»Ich habe dich gesehen«, wiederholte sie. »Wie alt ist sie? Höchstens dreißig, schätze ich. Oder doch eher fünfundzwanzig?« Inken schaute ihn ausdruckslos an, so wie sie es in letzter Zeit häufiger getan hatte. Die einst verliebten Blicke zwischen ihnen waren nach und nach immer seltener geworden. Und schließlich völlig ausgeblieben. »Willst du mir nicht was sagen?«, fragte sie kühl.

Er ahnte, welch unangenehmen Verlauf dieses Gespräch nehmen würde. Betreten betrachtete er die geborstene Schallplatte zu seinen Füßen. »Du weißt doch sowieso schon alles«, antwortete er tonlos.

»Ja, das stimmt. Aber ich will es von dir hören. Mit deinen eigenen Worten.«

Mit seinen eigenen Worten? Was gab es da jetzt noch zu sagen? Wie sollte er das Geschehene beschreiben, ohne dass die Situation dadurch noch unangenehmer wurde? Die Frau am Strand hatte mit ihm geflirtet. Sie waren ins Gespräch gekommen. Viel hatten sie allerdings nicht gesprochen. Stattdessen hatte sie ihn gefragt, ob sie ihm ihr Boot zeigen solle, das im Hafen der Hauptinsel lag. Carstens hatte nicht lange gezögert. Er war mitgegangen.

Nicht eine Sekunde lang hatte er gedacht, dass Inken etwas mitkriegen könnte. Es war nicht unüblich, dass er in seiner Funktion als Wasserschutzpolizist Sportboote im Hafen von Helgoland inspizierte. Nur trug er dann für gewöhnlich seine

Polizeiuniform. Außerdem wurde er bei solchen Einsätzen nicht von wildfremden Frauen hinter sich hergezogen, die es gar nicht abwarten konnten, gemeinsam mit ihm unter Deck zu verschwinden. Sie hatten sich wenig Mühe gegeben, diese romantische Begegnung diskret einzufädeln. Und nun bekam er die Quittung dafür.

Er spürte, dass Inken im Grunde gar kein Interesse mehr an Erklärungen hatte. Also schwieg er, packte ein paar Sachen zusammen und machte sich auf den Weg zum Haus seiner Eltern. Unterwegs wappnete er sich gegen den enttäuschten Blick seiner Mutter. Schon oft war er in ähnlichen Situationen zu seinen Eltern gekommen. Beziehungstechnisch war er in ihren Augen seit vielen Jahren ein Problemfall. Doch dieses Mal würde es seiner Mutter vermutlich die letzte Illusion rauben.

»Das hast du ja super hingekriegt«, murmelte er frustriert vor sich hin. »Brichst an einem einzigen Tag gleich zwei Frauen das Herz. Tolle Leistung, du alter Idiot.«

»Dwarslöper! Wo geiht?«, schallte es ihm plötzlich von der anderen Straßenseite entgegen.

»Dwarslöper«, das war seit vielen Jahren sein Spitzname. Schon als kleiner Junge hatte Carstens unten am Hafen gemeinsam mit seinem Vater Taschenkrebse verkauft, aus deren Scheren die Helgoländer Spezialität »Knieper« zubereitet wurde. Carstens sah zu der massigen Gestalt in der knapp sitzenden Uniform. Es war Polizeiobermeister Ralf Feddersen, der schnaufend und mit hochrotem Kopf den beschwerlichen Weg vom Unterland hochgekommen war. Normalerweise nahm sein übergewichtiger Kollege, der im Laufe seiner achtundvierzig Lebensjahre schon so manche Diät erfolglos abgebrochen hatte, anstelle der Treppe den Fahrstuhl. Allerdings wurde die Anlage gerade gewartet und war daher außer Betrieb.

»Was ist los, willst du etwa zu mir?«, fragte Carstens verwundert.

»Ja, will ich«, stieß Feddersen kurzatmig hervor. »Wieso gehst du eigentlich nicht an dein verdammtes Handy? Hat das was mit Inken zu tun?«

»Warum? Hast du etwa mit ihr gesprochen?«

»Ja, und sie klang am Telefon gar nicht glücklich. Habt ihr euch gestritten?«

»Frag nicht«, entgegnete Carstens mürrisch. »Ich will nicht drüber reden.«

»Is al goot. Dat geiht mi jo ok nix an«, erwiderte Feddersen in breitem Plattdeutsch und winkte ab. »Jedenfalls hat sie gesagt, du pennst heute wohl bei deinen Eltern.«

»Stimmt. Und um ein Haar wäre ich auch dort angekommen. Was gibt's denn so Dringendes?«

»Du musst mitkommen. Wir haben einen Vermisstenfall.«

3

Carstens und Feddersen stiegen die Treppen zum Unterland hinab. Hier befand sich direkt am Nordosthafen die Biologische Anstalt des Alfred-Wegener-Instituts. Die Gebäude der Forschungsstation wurden gerade umfangreich saniert und glichen daher einer Großbaustelle. Man hatte sämtliche Büros und Labore in Container ausgelagert.

Vor dem gesperrten Haupteingang wurden sie von einer zierlichen Frau mit runder Brille und kurzen hellbraunen Haaren in Empfang genommen. Dr. Dingenskirchen entschuldigte sich für die chaotischen Zustände vor Ort. Wie die junge Wissenschaftlerin wirklich hieß, hatte Carstens sofort wieder vergessen, da er sich partout keine Namen merken konnte. Das passierte ihm andauernd. Irgendjemand stellte sich ihm vor, er nickte, und schon im nächsten Moment war ihm der Name wieder entfallen. Carstens nahm sich fest vor, sich gleich besser zu konzentrieren und die Namen aller Personen, mit denen er hier zu tun haben würde, in sein Notizbuch zu schreiben.

Mit einer einladenden Handbewegung gab die junge Wissenschaftlerin ihnen zu verstehen, ihr über das Gelände zu folgen. Sie führte sie zu einem der schmucklosen weißen Container. Im Inneren waren mehrere Büroarbeitsplätze eingerichtet, die wegen der späten Stunde jedoch fast alle verwaist waren. Nur an einem der Schreibtische brannte noch Licht. Als sie eintraten, erhob sich eine hochgewachsene Frau mit rotblonder Lockenmähne, die Carstens sofort erkannte. Sie würde er nicht nach ihrem Namen fragen müssen, denn Dr. Friederike Buchwaldt, die Leiterin der Biologischen Anstalt auf Helgoland, zählte zu den bekannten Persönlichkeiten auf der Insel.

Ole Carstens und Ralf Feddersen stellten sich der Institutschefin kurz vor. Anschließend kamen sie ohne Umschweife zur Sache.

»Es gibt einen Vermisstenfall bei Ihnen?«, begann Carstens das Gespräch.

»Ja, leider«, antwortete Buchwaldt mit leicht heiserer Stimme. Sie klang besorgt. »Seit gestern Vormittag haben wir den Kontakt zu einem unserer Mitarbeiter verloren.«

»Um wen geht es denn?«

»Um Dr. Nico Rodriguez. Er ist Molekularbiologe und Arbeitsgruppenleiter für den Bereich Phykologie.«

»Algenkunde«, ergänzte Dr. Dingenskirchen, die eigentlich Saskia Nußbaum hieß, wie Carstens auf einmal wieder einfiel. Anscheinend waren ihr die fragenden Gesichter der beiden Polizisten aufgefallen. »Algen werden im Allgemeinen ziemlich unterschätzt«, fuhr sie fort. »Wussten Sie beispielsweise, dass Meeresalgen beinahe genauso viel Sauerstoff produzieren wie überirdisch wachsende Pflanzen? Außerdem nehmen sie Kohlenstoff auf und tragen auf diese Weise dazu bei, den Treibhauseffekt zu reduzieren, was –«

»Vielen Dank«, unterbrach Friederike Buchwaldt ihre Kollegin und wandte sich wieder ihren beiden Besuchern zu. »Frau Dr. Nußbaum ist wissenschaftliche Mitarbeiterin im Team von Dr. Rodriguez. Deshalb kennt sie sich gut mit der Materie aus. Unser Kollege hätte heute eigentlich bei einem wichtigen Meeting auf dem Festland sein sollen. Dort ist er aber nicht eingetroffen. Da wir ihn am Telefon auch nicht zu fassen bekommen, machen wir uns natürlich Sorgen.«

»Wo war dieses Treffen?«, fragte Carstens.

»In Potsdam. Dr. Rodriguez wollte dort die Ergebnisse einer arktischen Forschungsreise präsentieren, die er kürzlich geleitet hat.«

»Worum ging's dabei?«, wollte Feddersen wissen. »Können Sie das kurz umreißen?« Nach einem Moment des Innehaltens fügte er rasch hinzu: »Mit einfachen Worten, wenn's geht.«

Auf ein Nicken ihrer Chefin hin ergriff nun wieder Saskia

Nußbaum das Wort. Sie wirkte etwas eingeschüchtert, nachdem ihr Dr. Buchwaldt eben in die Parade gefahren war. Carstens konnte gut nachempfinden, wie klein und unerfahren sich die junge Wissenschaftlerin neben Friederike Buchwaldt fühlen musste, die noch dazu auch körperlich ziemlich respekteinflößend wirkte.

»Grob gesagt geht es um den Effekt, den große Eisberge auf den Nährstoffgehalt im Meerwasser haben. Wir haben in der Arktis solche Eisriesen untersucht, die beispielsweise in Grönland oder Spitzbergen von Küstengletschern abgebrochen und anschließend aufs offene Meer hinausgetrieben sind. Wenn sie dann mit den Meeresströmungen in wärmere Gefilde kommen, beginnen sie allmählich zu schmelzen. Dabei gelangt viel Eisen ins Meer, das in den nährstoffarmen Polarregionen normalerweise nicht vorhanden ist. Dadurch kommt es im Umfeld des Eisbergs zu einem starken Algenwachstum. Wir konnten teilweise noch Hunderte von Kilometern hinter einem Eisberg eine Algenspur nachweisen. In einigen Fällen waren die Chlorophyllwerte selbst in einer Entfernung von tausend Kilometern feststellbar.«

»Chlorophyll, das ist dieser grüne Pflanzenfarbstoff, oder?«, fragte Carstens, dessen letzte Biologiestunde in der Schule mehr als zwanzig Jahre zurücklag.

»Genau. In einer mittleren Entfernung vom Eisberg ist der Gehalt an Chlorophyll im nördlichen Polarmeer etwa zehnmal höher als üblicherweise.«

»Un is dat wat Goodet oder nich?«, fragte Feddersen, der von Meeresbiologie ebenfalls keinen blassen Schimmer hatte.

»Das ist was Gutes«, antwortete Saskia Nußbaum, und zum ersten Mal umspielte der Anflug eines Lächelns ihre schmalen Lippen.

»Warum?«, wollte Feddersen wissen. »Ich dachte immer, große Algenteppiche seien schlecht für die Gewässer.«

»In diesem Fall nicht. Denn dass die Eisberge die Polarmeere mit Eisen sozusagen ›düngen‹ und sich dadurch Algen ausbreiten, mindert den Treibhauseffekt in unserer Atmosphäre.«

»Wieso denn das?«, fragte Carstens.

»Ich sagte ja bereits, dass Algen Kohlenstoff aus der Luft aufnehmen. Wenn sie absterben, sinken sie auf den Grund des Meeres. Das in der Biomasse gebundene CO_2 wird dabei ebenfalls am Boden des Ozeans abgelagert.«

»Und da ist es gut aufgehoben«, sagte Feddersen.

»Richtig. Denn jedes Gramm Kohlendioxid, das durch Algen im Meer gebunden und gespeichert wird, ist raus aus der Atmosphäre. Somit trägt es nicht mehr zur Erderwärmung bei. Aus diesem Grund forschen wir im Polarmeer auch zum Thema Algendüngung.«

»Was soll das denn sein?«, wollte Feddersen wissen.

»Wir haben bei unserer jüngsten Forschungsreise ganz gezielt Eisensulfat ins Meerwasser eingeleitet und das Algenwachstum dadurch massiv angeregt. Der Effekt ist dabei ähnlich wie bei den Eisbergen.«

»Und zu diesem Thema wollte Dr. Rodriguez in Potsdam einen Vortrag halten?«

»Ja«, antwortete Friederike Buchwaldt. »Die Forschung in diesem Bereich wird künftig an Bedeutung gewinnen. Denn durch den Klimawandel schmelzen die Gletscher in der Nord- und Südpolarregion immer schneller. In Küstennähe brechen vermehrt Eisberge ab und gelangen ins Meer. Dadurch, dass im Umfeld der Eisberge dank des hohen Eisengehalts im Schmelzwasser ein beträchtliches Algenwachstum entsteht, kann dann wiederum mehr CO_2 im Ozean gespeichert werden. Wir sprechen hier von einer ›negativen Rückkopplung‹ auf den Kohlenstoffkreislauf.«

»Okay, danke«, sagte Carstens, dem langsam der Kopf zu schwirren begann. Er hatte das Prinzip verstanden, merkte aber, dass er nach dem Streit mit Inken viel zu erschöpft für ein Gespräch über Meeresbiologie war. Deshalb lenkte er die Unterhaltung wieder auf die näheren Umstände des Vermisstenfalls: »Wo genau sollte der Vortrag in Potsdam denn stattfinden?«

»Im Deutschen Arktisbüro. Es befindet sich im Wissenschaftspark ›Albert Einstein‹ auf dem Telegrafenberg in Potsdam. Dort gibt es regelmäßig Veranstaltungen mit Partnern aus Wissenschaft, Politik und Wirtschaft zu Themen rund um die Entwicklungen in der Arktis.«

»Und wann wollte Ihr Kollege dort sein?«

»Die Präsentation war für dreizehn Uhr vorgesehen. Alle haben auf ihn gewartet. Es waren auch ein paar hochrangige Gäste dort. Zunächst ging man davon aus, dass er sich vielleicht bloß verspätet, und hat eine andere Präsentation vorgezogen. Aber um fünfzehn Uhr war er noch immer nicht aufgetaucht.«

»Und dann?«

»Wir erhielten einen Anruf von einem unserer Kollegen aus dem Arktisbüro. Er sagte, dass Dr. Rodriguez nicht erschienen sei und dass man ihn derzeit auch nicht erreichen könne. Außerdem wollte er wissen, ob wir vielleicht etwas von ihm gehört hätten. Hatten wir aber leider nicht.«

»Haben Sie selbst auch noch mal versucht, ihn anzurufen?«

»Ja, natürlich. Mehrmals, den ganzen Nachmittag«, antwortete Saskia Nußbaum. »Aber es meldete sich immer bloß die Mailbox. Inzwischen machen wir uns wirklich große Sorgen.«

»Verständlich«, antwortete Feddersen.

»Wurde Dr. Rodriguez auf dieser Dienstreise eigentlich von jemandem begleitet?«, fragte Carstens.

»Nein, er war allein unterwegs.«

»Und wissen Sie zufällig, ob außer ihm noch weitere Personen bei der Veranstaltung fehlten?«

»Nein, sonst niemand. Insgesamt waren es fünfzehn Gäste. Zu den Teilnehmern gehörte unter anderem der grönländische Minister für Wirtschaft, Energie und Forschung mit seiner

Delegation sowie der dänische Botschafter samt einigen Mitarbeitern. Wenn Sie wollen, kann ich Ihnen die Teilnehmerliste geben.«

»Ja, das wäre gut. Wann hatten Sie denn zuletzt Kontakt zu Herrn Rodriguez?«

»Ich war von uns beiden die Letzte, die ihn hier gesehen hat«, sagte Saskia Nußbaum. »Das war gestern Mittag. Er hatte mich gebeten, ihm ein paar Unterlagen für den Vortrag zusammenzustellen. Die habe ich ihm gegeben, und dann hat er sich auf den Weg Richtung Festland gemacht.«

»Und wirkte er dabei ganz normal auf Sie, oder ist Ihnen an seinem Verhalten etwas aufgefallen? Vielleicht etwas, das schon ein paar Tage zurückliegt?«

Die beiden Wissenschaftlerinnen sahen einander einen Moment lang an, schüttelten jedoch beide den Kopf.

»Dr. Rodriguez war vielleicht ein wenig gestresst und angespannt«, sagte Saskia Nußbaum. »Aber das ist meiner Meinung nach völlig normal vor so einem wichtigen Vortrag.«

»Gab es sonst noch jemanden, der vor seiner Abfahrt mit ihm gesprochen hat?«, hakte Carstens nach.

»Ja, er hat sich noch mit Dr. Thießen ausgetauscht. Der ist ebenfalls Phykologe. Als stellvertretender Arbeitsgruppenleiter für den Forschungsbereich Algenkunde ist er gewissermaßen die rechte Hand von Nico Rodriguez.«

»Ist Herr Thießen noch im Haus?«

Saskia Nußbaum sah auf die Uhr. »Ja, vermutlich. Zurzeit ist er immer recht lange da. Sie können gern mit ihm sprechen.«

»Sehr gut«, sagte Carstens. »Aber vorher wüsste ich gern noch, mit welchem Schiff Herr Rodriguez die Insel verlassen hat. Oder hat er einen Flieger genommen?«

»Tut mir leid, darüber haben wir gar nicht gesprochen. Das müsste aber aus seinen Reiseunterlagen hervorgehen. Wir können das in unserem System prüfen.«

»Machen Sie das bitte. Gibt es in seinem privaten Umfeld

vielleicht noch jemanden, der etwas von ihm gehört haben könnte?«

»Nicht dass ich wüsste«, erwiderte Friederike Buchwaldt. »Verwandte in Deutschland hat er nicht, da er aus Argentinien stammt. Und bei den Kollegen hier im Haus haben wir rumgefragt, es hat keiner mehr etwas von ihm gehört. Auch seine Lebensgefährtin nicht. Sie ist ebenfalls eine Kollegin, allerdings ist sie –«

»Verdammt!«, entfuhr es Carstens, der gerade dabei war, die Details in sein Notizbuch zu kritzeln.

»Was haben Sie?« Friederike Buchwaldt schaute ihn irritiert an.

»Zu fest aufgedrückt.« Er blickte mürrisch auf die abgebrochene Mine seines Bleistiftes.

»Hier, nehmen Sie den.« Sie reichte Carstens einen hellblauen Kugelschreiber, den das Logo der Biologischen Anstalt zierte. In der Mitte des Ovals war eine weiße Qualle mit langen Tentakeln abgebildet. Portugiesische Galeere, dachte er. Das Logo auf dem Kugelschreiber zeigte zwar eine andere Gattung, aber irgendwo hatte er mal gelesen, dass diese giftige Quallenart bis zu fünfzig Meter lange Fangarme hatte und damit das längste Tier der Erde war. Normalerweise hätte er dieses unnütze Wissen beiläufig ins Gespräch eingebaut, um im richtigen Moment ein bisschen Eindruck zu schinden. Das würde ihm bei diesen beiden Damen aber ganz sicher nicht so einfach gelingen. Also bedankte er sich für den Stift und fuhr mit seiner Befragung fort.

»Was sagten Sie eben? Die Lebensgefährtin von Dr. Rodriguez arbeitet ebenfalls hier?«

»Korrekt, die beiden sind seit etwa drei Jahren ein Paar. Allerdings ist sie nicht in seinem Forschungsteam.«

»Ist sie denn noch da? Können wir mit ihr sprechen?«, fragte Feddersen.

»Wir haben sie vorhin nach Hause geschickt. Sie ist natürlich in großer Sorge und war deshalb nicht mehr in der Lage zu arbeiten. Ich habe ihr angeboten, dass wir den Kontakt zur Polizei aufnehmen, damit sie sich damit nicht befassen muss. Und immerhin ist Dr. Rodriguez ja auf einer Dienstreise verschwunden.«

»Die meisten Vermisstenfälle klären sich innerhalb weniger Tage auf«, entgegnete Carstens und bemühte sich, dabei möglichst zuversichtlich zu wirken. »Herr Feddersen wird jetzt noch die Daten der Konferenzteilnehmer aufnehmen. In der Zwischenzeit würde ich gern schon mal mit Herrn Dr. Thießen sprechen. Können Sie mir bitte sagen, wo ich ihn finden kann?«

»Kein Problem«, antwortete Friederike Buchwaldt. »Ich zeichne Ihnen auf, wie Sie zu ihm kommen. Sein Container steht ganz in der Nähe.«

4

Als Carstens den provisorischen Arbeitsplatz von Lars Thießen erreichte, war dieser tief in die Arbeit versunken. Er saß mit dem Rücken zur Eingangstür des Containers an einem Schreibtisch und studierte konzentriert eine Reihe von Messdaten, die auf verschiedenen Monitoren angezeigt wurden. Auf Carstens' Klopfen hatte er nicht reagiert, und auch als Carstens eintrat, zeigte er keinerlei nennenswerte Regung.

»Hallo, Herr Thießen. Darf ich Sie kurz stören?«

Noch immer rührte der Mann sich nicht. Erst als Carstens dichter an ihn herantrat und sein Körper unter der Neondeckenlampe einen dunklen Schatten auf den Schreibtisch warf, fuhr Thießen ruckartig herum. Carstens bemerkte, dass er kleine Stöpsel in den Ohren hatte, mit denen er offenbar laut Musik hörte. Als er sie rausnahm und sich abrupt aus seinem Bürostuhl erhob, drangen verzerrte Gitarren, ein hämmerndes Schlagzeug und ein kreischender Gesang aus den Kopfhörern.

»Wer sind Sie, und was wollen Sie hier?«, fragte Thießen mit einem Gesichtsausdruck, der gleichzeitig Erschrecken und Verärgerung erkennen ließ. Es war offensichtlich, dass Carstens ihn bei einer Arbeit gestört hatte, die hohe Konzentration erforderte.

Der Meeresbiologe war beinahe genauso groß wie Carstens, allerdings deutlich schmaler gebaut und von schlaksiger Statur. Von seinen dunkelblonden Haaren war dem etwa Vierzigjährigen nur noch ein schütterer Kranz geblieben. Mit kleinen müden Augen hinter einer runden Nickelbrille blickte er Carstens an.

Interessanterweise trug Thießen ein schwarzes T-Shirt, auf dem neben einer Reihe von Blitzen der Bandname »AC/DC« aufgedruckt war. Quer darunter stand in silbernen Großbuchstaben das Wort »Thunderstruck«. Carstens war zwar kein Fan der australischen Band, aber natürlich kannte er den Song – einer ihrer großen Hits aus den frühen neunziger Jahren.

»'tschuldigung wegen der Störung«, sagte er und streckte dem Mann seinen Polizeiausweis entgegen. »Frau Dr. Buchwaldt sagte, dass ich Sie hier finde. Wir ermitteln im Fall Ihres vermissten Kollegen, Herrn Dr. Rodriguez.«

»Verstehe«, brummelte Thießen. Noch immer wirkte er ganz und gar nicht erfreut über den ungebetenen Besuch in seinem provisorischen Büro.

»Wie ich hörte, haben Sie Herrn Rodriguez noch kurz vor seiner Abfahrt nach Potsdam getroffen?«

»Stimmt.«

»Hat er sich da irgendwie auffällig verhalten? Oder vielleicht etwas gesagt, das sein Verschwinden erklären könnte?«

»Nö. Schien nur in Eile zu sein. Sagte, er müsse schnell zur Düne rüber.«

»Aha, er wollte also mit dem Flugzeug aufs Festland?«

»Sah jedenfalls nich so aus, als ob er dort campen wollte.«

Carstens reagierte nicht auf diese spitzfindige Bemerkung. Stattdessen fragte er: »Hatte er nur Handgepäck dabei oder einen größeren Koffer?«

»'n Rollkoffer war's. Hat von mir noch ein paar Unterlagen erhalten, die er dort reingestopft hat. Und ist dann eilig losgegangen.«

»Stammten die Daten von der letzten Forschungsreise in der Arktis?«

»Ja. Ham hier derzeit 'ne Menge auszuwerten.« Auch mit dieser Aussage gab Thießen ihm zu verstehen, dass er sich von seinem Besuch gestört fühlte und jetzt eigentlich Wichtigeres zu tun hatte.

»Waren Sie bei dieser Mission dabei?«

»Ja, war ich.«

»Welche Ergebnisse wollte Ihr Kollege denn in Potsdam präsentieren?«

»Woll'n Sie's wirklich genau wissen?« Thießens skeptischer

Blick ließ keinen Zweifel daran, dass er Carstens nicht zutraute, die Materie zu durchdringen.

»Nein, ist schon gut. Ich hab bereits gehört, dass es bei Ihrer Arbeit um Algendüngung geht.«

»Stimmt.«

»Und ist Ihnen während dieser Reise oder danach etwas an Ihrem Kollegen aufgefallen? Hat er sich vor seinem Verschwinden zu irgendeinem Zeitpunkt auffällig verhalten?«

»Nee. Wirkte ganz normal.«

Carstens' Gegenüber bediente das gängige Klischee eines mundfaulen Norddeutschen, der von Sonnenauf- bis Sonnenuntergang höchstens fünfzig Wörter von sich gab, par excellence. Normalerweise schätzte er Leute, die nicht so viel um den heißen Brei herumredeten. Aber jetzt sagte ihm sein Instinkt, dass diese Unterhaltung mit Thießen aus einem bestimmten Grund so einsilbig verlief. Der Mann hatte bereits das Gesicht verzogen, als Carstens den verschwundenen Kollegen zum ersten Mal erwähnte. Eine Art dunkler Schatten war beim Namen Rodriguez über sein Gesicht gehuscht. Das konnte Carstens nicht ignorieren. Deshalb fragte er ihn geradeheraus: »Wie ist Ihre Beziehung zu Dr. Rodriguez?«

Thießen blickte ihn argwöhnisch an. »Wieso wollen Sie das wissen?«

»Routinefrage«, entgegnete Carstens.

»Verstehe. Wir sind Kollegen. Stehen uns privat jetzt nich besonders nah. Aber wir arbeiten zusammen.«

Wow, zusammenhängende Sätze, dachte Carstens. Für seine Verhältnisse wurde der Mann geradezu redselig.

»Die allerbesten Freunde sind Sie also nicht.«

»Sind Sie denn mit all Ihren Kollegen eng befreundet?«, fragte Thießen mit einem leicht gereizten Unterton.

»So viele Polizisten gibt's ja hier auf der Insel nicht. Und ja, mit denen treffe ich mich auch mal abends in einer Kneipe. Wie würden Sie die Zusammenarbeit mit Dr. Rodriguez beschreiben?«

Thießen machte eine kurze Pause, so als suchte er nach den richtigen Worten. »Ich unterstütze ihn bestmöglich.«

So spartanisch die meisten Antworten des Mannes auch ausfielen, in den wenigen Worten schwangen doch eine Menge Emotionen mit. Und Carstens, der für so etwas feine Antennen besaß, hatte das Gefühl, sie allmählich zuordnen zu können. Wenn ihn seine Sensoren nicht täuschten, strahlte der Forscher eine gehörige Spur Verbitterung aus. Mit ein paar gezielten Fragen ließ sich möglicherweise herausfinden, ob er auf der richtigen Fährte war.

»Ich frage mich, warum Dr. Rodriguez eigentlich ganz allein nach Potsdam gefahren ist. Wären Sie nicht auch gern dabei gewesen, um die Forschungsergebnisse zu präsentieren? Schließlich haben Sie ja anscheinend maßgeblich daran mitgewirkt.«

Nun war auch ohne viel Feingespür erkennbar, dass die Miene des Mannes sich weiter verfinsterte. Carstens hatte einen wunden Punkt getroffen.

»Er hat von mir und den Kollegen vor seiner Abreise alles erhalten, was er für den Vortrag brauchte.«

»Aber er hielt es nicht für nötig, Sie mit zum Meeting im Arktisbüro zu nehmen?«

»Ist eben nicht jeder ein geborener Teamplayer.«

»Was meinen Sie damit?«

»Na ja, manche Führungskräfte sehen sich als Teil ihres Teams. Andere sind totale Egomanen und Kontrollfreaks.«

»Das heißt, Dr. Rodriguez hat die Lorbeeren für das Forschungsprojekt für sich allein beansprucht?«

Thießen nickte. »Der Vortrag in Potsdam war ihm extrem wichtig.«

»Woran haben Sie das gemerkt?«

»Er hat 'ne Menge Überstunden geschoben in den vergangenen Wochen. Neulich ist er sogar bis tief in die Nacht hier gewesen.«

»Ist das ungewöhnlich?«

»Ja, denn eigentlich dürfen die Gebäude so spät gar nicht

mehr betreten werden. Ich kenne den Kollegen vom Wachdienst ganz gut. Der ist ihm um ein Uhr nachts hier im Labor begegnet. Hat ihn natürlich zur Rede gestellt.«

»Und was hat Rodriguez gesagt?«

»Hat sich irgendwie rausgeredet. Sagte, dass er noch 'ne dringende Analyse durchzuführen habe, die am nächsten Tag fertig sein müsse.«

»Aha. Und war er der Einzige, der an dem Tag noch so lange hier war?«

»Denke schon. Wir anderen waren mit unseren Arbeiten längst fertig. Die Daten für den Vortrag im Arktisbüro lagen alle vor. Deshalb hätte Iceman hier echt keine Nachtschichten mehr einlegen müssen.«

»Wieso nennen Sie ihn so? Sieht er aus wie Val Kilmer?«

»Nee, mit ›Top Gun‹ hat das nichts zu tun. Er ist eben der ›Mann aus dem Eis‹.«

»Das ist doch ›Ötzi‹.«

»Nein, nicht die Gletschermumie aus Südtirol. Rodriguez wurde 1978 als weltweit erster Mensch in der Antarktis geboren. Ist dadurch in Argentinien so was wie 'ne Berühmtheit.«

»Wusste ich gar nicht«, sagte Carstens. »Wo genau ist er denn zur Welt gekommen?«

»In der Esperanza-Station. Steht sogar im ›Guinness-Buch der Rekorde‹. Unser Iceman hat dort einen eigenen Eintrag. Allerdings scheint er darauf nicht mehr besonders stolz zu sein.«

»Wieso?«

»Er reagiert seit einiger Zeit ziemlich genervt, wenn ihn jemand mit seinem Spitznamen anspricht.«

»Können Sie sich vorstellen, warum?«

»Keine Ahnung. Vielleicht war er auch einfach nur überarbeitet.«

***

Da von Thießen keine weiteren Hinweise zum Verbleib von Nico Rodriguez kamen, beendete Carstens kurze Zeit später das Gespräch. Er gab dem Mann seine Karte und bat ihn, sich für weitere Fragen zur Verfügung zu halten. Als er sich zum Gehen wandte, stellte er überrascht fest, dass in der leicht geöffneten Tür des Containers der Schatten einer Person zu erkennen war. Er ging zum Eingang, öffnete die Tür ganz und blickte in das Gesicht von Friederike Buchwaldt. Er konnte nicht sagen, ob die Institutsleiterin eben erst gekommen war oder ob sie einen Teil der Unterhaltung mitangehört hatte. Sie wirkte keinesfalls verlegen, sondern lächelte freundlich.

»Wie ich sehe, sind Sie hier bereits fertig. Ich hoffe, Herr Dr. Thießen konnte Ihnen weiterhelfen«, sagte sie, während sie Carstens zurück über das Gelände der Biologischen Anstalt begleitete.

»Besonders aufgeschlossen ist Ihr Kollege nicht.«

»Stimmt. Wir haben hier aber auch nur äußerst selten Kontakt zur Polizei.«

»Schon klar. Einen konkreten Hinweis zum Verbleib von Nico Rodriguez konnte er mir zwar nicht geben. Das Gespräch war aber trotzdem recht aufschlussreich.«

»Aha, inwiefern?« Friederike Buchwaldt hob neugierig eine Augenbraue.

»Thießen und Rodriguez verstehen sich nicht besonders gut, oder?«

»Ach, *das* meinen Sie. Na ja, wenn zwei Alphamännchen aufeinandertreffen …«

»Sie als Biologin kennen das ja.«

Friederike Buchwaldt lächelte erneut und entblößte dabei ihre weißen ebenmäßigen Zähne. »Dort, wo Lebewesen in einem begrenzten Revier zusammenleben, gibt's normalerweise auch eine Rangordnung.«

»Fressen und gefressen werden?«

»Ganz so schlimm ist's hier bei uns nicht. Aber ein natürlicher Wettbewerb bleibt auch in der Welt der Wissenschaft nicht aus.«

»Würden Sie sagen: Konkurrenz belebt das Geschäft?«

Die Institutsleiterin musste nicht lange nachdenken: »Wenn man gute Forschungsergebnisse haben möchte, braucht man engagierte Mitarbeiter. Da kommt's schon mal vor, dass in einem Team zwei Kollegen einen Führungsanspruch erheben.«

»Und am Ende ist es dann wie beim ›Highlander‹.«

Sie sah ihn fragend an.

»›Es kann nur einen geben‹«, zitierte Carstens. »Wie in dem alten Kinofilm mit Christopher Lambert.«

»Ich erinnere mich dunkel. Nicht ganz mein Genre.«

»Na gut. Aber es kann nun mal auch hier nur einer den Bereich Algenkunde leiten.«

»Ich ahne, worauf Sie hinauswollen«, antwortete Buchwaldt ernst. »Aber Dr. Rodriguez und Dr. Thießen sind zwei hervorragende Wissenschaftler, die ...«

»... nicht immer einer Meinung sind«, vervollständigte Carstens den Satz.

»Das müssen sie auch nicht sein. Die beiden sind professionell genug, um in ihrem Team gemeinsam exzellente Ergebnisse für uns zu erzielen.«

Carstens dachte daran, wie mürrisch und wortkarg Thießen eben gewesen war. Sollte er sich Rodriguez gegenüber auch so verhalten, gelangten die Konflikte zwischen den beiden vermutlich kaum an die Oberfläche, sondern schwelten latent im Verborgenen. Wie ein britischer Gentleman, der Unstimmigkeiten mit dem Kommentar *»We agree to disagree«* ad acta legte, hatte der Mann außerdem nicht auf ihn gewirkt.

»Ich kann mir jedenfalls nicht vorstellen, dass die beiden nach Feierabend zusammen ein Bier trinken gehen«, sagte Carstens.

»Ich auch nicht. Denn soweit ich weiß, trinkt Dr. Rodriguez am liebsten argentinischen Matetee.«

5

An der Kirchturmuhr von Sankt Nicolai war soeben der neunte Schlag verklungen. Carstens und Feddersen waren wieder auf dem Oberland. Nur einen Steinwurf von der Kirche entfernt, standen sie vor einem Wohnhaus mit blauer Holzfassade und Kapitänsgiebel. Friederike Buchwaldt hatte ihnen die Adresse genannt. Hier wohnte der vermisste Nico Rodriguez zusammen mit seiner Lebensgefährtin Louisa Eckhoff.

Sie klingelten, und eine Frau in Freizeitkleidung öffnete die Tür.

Louisa Eckhoff war nicht überrascht angesichts des Polizeibesuchs. Sie hatte von ihrer Chefin einen Anruf erhalten und wusste daher, dass Carstens und Feddersen sich auf den Weg zu ihr gemacht hatten. Wortlos bat sie die beiden hinein.

Als Carstens die Frau von Nahem sah, hatte er das unbestimmte Gefühl, dass ihr Gesicht Ähnlichkeit mit dem einer bekannten Schauspielerin hatte. Obwohl sie so leichenblass war wie ein geschminktes Kind am Halloweenabend, fand Carstens sie überaus attraktiv. Wären sie einander unter anderen Umständen begegnet, er hätte sich vermutlich beherrschen müssen, nicht in den Flirtmodus zu schalten. Zum Glück besaß er jedoch genügend Anstand, um sich professionell zu verhalten.

Allerdings dachte er, während er sich und Feddersen vorstellte, die ganze Zeit angestrengt darüber nach, welcher Prominenten diese leicht aristokratisch wirkende Frau ähnelte. Doch es wollte ihm partout nicht einfallen.

Dem Aussehen nach war Louisa Eckhoff vermutlich Mitte dreißig. Sie hatte ihr dichtes braunes Haar zu einem lockeren Zopf zusammengebunden. Auf ihrem Gesicht zeichneten sich tiefe Sorgenfalten ab. Zudem wirkte sie ziemlich abgeschlagen und müde.

Das Haus, durch das sie sie führte, war wie die meisten

Gebäude in der Umgebung nicht übermäßig groß. Wer auch immer es eingerichtet hatte, schien jedoch über einen guten Geschmack zu verfügen. Unzählige gerahmte Fotos an den Wänden verliehen den Räumen eine individuelle Note.

Während Carstens' Blick über die Aufnahmen schweifte, wurde ihm klar, dass sowohl Nico Rodriguez als auch Louisa Eckhoff passionierte Taucher sein mussten. Da die Bilder mit Ort und Datum beschriftet waren, konnte er erkennen, dass die meisten in den Gewässern ferner Atolle im Pazifik oder im Indischen Ozean entstanden waren.

Das Wohnzimmer des kleinen Hauses schien Louisa Eckhoff auch gleichzeitig als Arbeitszimmer zu dienen. Auf einem großen Tisch aus massivem Eichenholz stand ein aufgeklappter Laptop. Daneben lagen einige Unterlagen mit wissenschaftlichen Daten, deren Bedeutung Carstens im Vorübergehen nicht auf Anhieb erfassen konnte.

»Arbeiten Sie viel von zu Hause aus?«, fragte er.

»Hin und wieder kommt es vor. Zum Beispiel, wenn ich mal in Ruhe was auswerten will«, antwortete sie. »Aber auch hier habe ich heute nicht viel geschafft. Konnte mich einfach nicht konzentrieren.«

Carstens bemerkte, dass die Frau in einer norddeutschen Mundart sprach. Auffällig war, dass sie am Ende einiger Worte die Vokale besonders stark in die Länge zog. Das deutete darauf hin, dass Louisa Eckhoff vermutlich aus Mecklenburg-Vorpommern stammte.

»Verständlich«, antwortete er. »Sie haben ja auch gerade andere Sorgen. Können Sie uns sagen, wann Sie Herrn Rodriguez zuletzt gesehen haben?«

»Das war gestern am frühen Vormittag, hier zu Hause. Er war morgens noch für etwa zwei Stunden oben in seinem Arbeitszimmer, um ein paar Unterlagen für seinen Vortrag zu sichten. Dann hat er seine Sachen gepackt und sich von mir verabschiedet. Er sagte, er wolle noch ins Institut und anschließend rüber aufs Festland.«

Während Carstens der Frau aufmerksam zuhörte, grübelte er weiter darüber nach, an wen sie ihn erinnerte. Dann fiel ihm ein, welcher Berühmtheit sie so sehr ähnelte. Es waren eindeutig die Gesichtszüge von Romy Schneider, die ihn vom ersten Moment an in ihren Bann gezogen hatten. Allerdings nicht die der blutjungen »Sisi«-Schauspielerin, sondern die der gereiften Charakterdarstellerin, die Romy Schneider in den siebziger Jahren gewesen war. So wie der Filmikone gelang es Louisa Eckhoff, trotz ihrer legeren Kleidung eine natürliche Eleganz und klassische Schönheit auszustrahlen. Gleichzeitig umgab sie aber auch eine spürbare Melancholie und eine Aura des Unnahbaren, was sie in Carstens' Augen nur noch anziehender machte.

»Hat Ihr Lebensgefährte in jüngster Zeit eventuell Andeutungen gemacht, die sein Verschwinden erklären könnten? Oder wirkte er auf Sie sonst in irgendeiner Weise auffällig?«

Louisa Eckhoff schien einen Moment in sich zu gehen. Schließlich antwortete sie leise: »Nein, eigentlich nicht.«

»Oder haben Sie sich kürzlich mal wegen etwas gestritten?«, wollte Feddersen wissen. Dabei warf er Carstens einen kurzen, aber vielsagenden Blick zu.

Sie blickte irritiert auf und schüttelte langsam den Kopf. Dann deutete sie auf eines der Bilder an der Wand. Es zeigte die beiden als glückliches Paar unter Palmen an einem weißen Strand vor türkisfarbenem Wasser. »Das war auf unserer Verlobungsreise«, erwiderte sie mit brüchiger Stimme. »Wir sind gerade dabei, alles für die Hochzeit vorzubereiten. Ich mache mir furchtbare Sorgen um Nico.«

»Wir werden alles tun, um ihn zu finden«, sagte Feddersen in beruhigendem Ton.

Carstens brummte zustimmend. Dann fragte er: »Haben Sie und ihr Verlobter eine vollkommen glückliche Beziehung geführt?«

Louisa Eckhoff sah ihn skeptisch an. »Gibt es denn Ihrer Meinung nach vollkommenes Glück?«

Es war die Antwort einer Wissenschaftlerin, und Carstens war derzeit absolut der Falsche, um darauf vernünftig antworten zu können. »Keine Ahnung. Wie dicht sind Sie denn dran am vollkommenen Glück?«, probierte er es stattdessen.

»Ziemlich dicht, würde ich sagen. Auch wenn wir uns im letzten halben Jahr leider nicht so häufig gesehen haben.«

»Warum nicht?«

»Nico war auf einer dreimonatigen Forschungsreise in der Arktis, und wir haben uns währenddessen nur zweimal persönlich getroffen. Ich habe ihn für ein paar Tage in Grönland und auf Spitzbergen besucht.«

Carstens dachte, dass ein Vierteljahr lang war. In dieser Zeit konnte viel passieren. »Frau Buchwaldt und Frau Nußbaum haben uns schon ein bisschen was über die Forschungsreise erzählt. Wann genau ist Ihr Verlobter denn wiedergekommen?«

»Vor drei Wochen.«

»Und hatten Sie das Gefühl, dass bei den beiden Treffen während seiner Reise und danach zwischen Ihnen alles in Ordnung war? Oder haben Sie vielleicht irgendeine Veränderung in seinem Verhalten festgestellt?«

Sie hielt einen Augenblick zu lang inne, weshalb er nachhakte: »Da war etwas, oder?«

Louisa Eckhoff nickte kaum merklich. »Am Anfang war alles wie immer. Aber dann, in der vergangenen Woche, war er an einem Abend deutlich länger als gewöhnlich im Labor. Eigentlich wollten wir uns an dem Tag hier zu Hause gemeinsam einen netten Abend machen. Doch er rief an und sagte, dass es bei der Arbeit länger dauern würde.«

»War das ungewöhnlich?«, fragte Feddersen.

»Ja. Auch die Tatsache, dass er am Telefon ziemlich gestresst klang und relativ kurz angebunden war.«

»Wann ist Ihr Verlobter denn an dem Abend nach Hause gekommen?«

»Ziemlich spät. Ich weiß noch, dass ich aufgewacht bin, als

er sich neben mich ins Bett gelegt hat. Da war es kurz nach zwei Uhr in der Nacht. So spät ist er vorher noch nie von der Arbeit gekommen.«

»Haben Sie ihn denn gefragt, warum es so lange gedauert hat?«

»Ja, am nächsten Morgen hab ich ihn drauf angesprochen.«

»Und was hat er geantwortet?«

»Er sagte, es habe ein paar technische Probleme im Labor gegeben und dass sich seine Analysen verzögert hätten. Irgendwas mit dem Elektronenmikroskop. Dass er an jenem Morgen ziemlich wortkarg und mürrisch war, habe ich auf seinen Schlafmangel geschoben. Ich hab nicht weiter nachgefragt.«

»Und in den Tagen darauf? War er da auch angespannter als sonst?«, fragte Feddersen.

Louisa Eckhoff überlegte einen Moment. Dann erwiderte sie: »Ja, schon. Aber ich dachte, das würde mit seinem Vortrag zusammenhängen. Er musste für die Veranstaltung in Potsdam noch ziemlich viel vorbereiten. Das erklärte aus meiner Sicht, warum er etwas gestresst wirkte.«

Ein weiteres Foto, das Nico Rodriguez und Louisa Eckhoff als glückliches Paar zeigte, erregte Carstens' Aufmerksamkeit. Allerdings war auf diesem Bild im Hintergrund kein Südseeparadies zu erkennen, sondern eine schroffe, eisbedeckte Felslandschaft. Am Fuße eines markanten steil aufragenden Bergmassivs standen an einer steinigen Küste ein paar rote Wohncontainer. Die Gebäude waren auf stählernen Stelzen errichtet worden. An einem Fahnenmast wehten die argentinische und die deutsche Flagge im Wind. Im Vordergrund des Bildes lagen wie eine halb verwitterte Skulptur ein paar mächtige Walknochen im Schnee. Direkt daneben posierten die beiden Meeresbiologen. Sie trugen dicke Winterkleidung, hielten einander eng umschlungen und lächelten verliebt in die Kamera.

»Wo genau ist dieses Bild entstanden?«, fragte er und deutete auf das gerahmte Foto im Regal.

Louisa Eckhoff atmete tief durch, während sie voller Wehmut die Aufnahme betrachtete. »Das war vor drei Jahren auf King George Island in der Antarktis. Dort haben Nico und ich uns kennengelernt.«

»Gehören die roten Gebäude unten am Ufer zu einer Forschungsstation?«

»Ja, das ist die argentinische Carlini-Station. Das Haus, vor dem Nico und ich stehen, ist das Dallmann-Labor.«

»Der zweite Name klingt aber nicht besonders argentinisch«, wandte Feddersen ein.

»Ist er auch nicht. Namensgeber ist Eduard Dallmann, ein deutscher Polarmeerfahrer und Entdecker. Deutsche Biologen und Geowissenschaftler arbeiten dort in direkter Nachbarschaft zur argentinischen Station und nutzen auch deren Logistik mit.«

»Dann waren Sie beide beruflich dort?«

»Ja, ich war im Auftrag der Biologischen Anstalt in der Station. Nico hatte einen Forschungsauftrag von seiner argentinischen Fakultät. Bei der gemeinsamen Arbeit kamen wir uns allmählich näher. Ehrlich gesagt war es bei mir damals allerdings nicht die berühmte Liebe auf den ersten Blick.«

»Warum? War er nicht Ihr Typ?«

»Doch, schon. Aber ich hatte gerade eine längere Beziehung hinter mir, die auf ziemlich unschöne Weise endete. Deshalb wollte ich mich eigentlich nicht gleich wieder in etwas Neues stürzen. Aber Nico war zum Glück ziemlich hartnäckig.«

»Worum ging es denn bei Ihrem Forschungsprojekt?«, fragte Carstens.

»Mein Fachgebiet ist die Ökophysiologie. Sagt Ihnen der Begriff ›extremophile Lebensformen‹ etwas?«

Sofort bereute Carstens, die Frage gestellt zu haben. Doch er schüttelte bloß den Kopf und hörte Louisa Eckhoff aufmerksam weiter zu.

»Es geht dabei um Organismen, die sich an besonders lebensfeindliche Umgebungen angepasst haben. In meinem Fall ist es eine bestimmte Art von Kieselalgen, die unter extremen Bedingungen im Eis der Polarregionen lebt.«

»Vermutlich trägt sie irgendeinen unaussprechlichen Namen, oder?«, mutmaßte Carstens.

»Richtig, sie heißt ›Fragilariopsis cylindrus‹. Diese Alge existiert in kleinen Eiskanälen, die entstehen, wenn das Meerwasser gefriert. Dort herrschen Salzgehalte, die bis zu viermal höher sind als normalerweise. Zudem kühlt das Wasser dort auf bis zu minus dreißig Grad Celsius ab.«

»Verstehe«, sagte Carstens, der das Thema nicht weiter vertiefen wollte. »Wie hat es sich denn ergeben, dass Sie und Herr Rodriguez nach dem Projekt in der Antarktis gemeinsam nach Helgoland gekommen sind?«

»Wir haben zunächst überlegt, nach Beendigung des Forschungsprojekts zusammen nach Argentinien zu ziehen. Aber dann erfuhr ich von einem Kollegen aus Deutschland, dass der Leiter des Bereichs Algenkunde hier auf Helgoland in den vorzeitigen Ruhestand gehen wollte. Das war ein totaler Glücksfall für uns. Ich habe Nico noch am selben Tag vorgeschlagen, sich auf diese Stelle zu bewerben.«

»Und Ihr Verlobter hat das auch direkt getan, noch von der Carlini-Station aus?«

»Genau. Das Auswahlverfahren erfolgte in seinem Fall eben über E-Mails und Videokonferenzen. Trotz der riesigen Entfernung konnte er das Gremium um Frau Dr. Buchwaldt von seinen Fähigkeiten überzeugen. Am Ende hat er sich gegen die übrigen Bewerber durchgesetzt und die Stelle bekommen.«

»Und dann ist er gemeinsam mit Ihnen nach Helgoland gekommen?«, fragte Carstens.

»So war's.«

»Da passte ja alles perfekt zusammen«, sagte Carstens.

»Das dachte ich am Anfang auch. Aber als wir nach Helgoland kamen, hat mich meine Vergangenheit mit voller Wucht wieder eingeholt. Man kann sein altes Leben eben doch nicht so einfach ablegen wie einen alten Mantel, der einem nicht mehr gefällt.«

»Was genau meinen Sie?«

»Nico ist jetzt der Vorgesetzte meines Ex-Freunds. Das macht die Sache manchmal ziemlich kompliziert.«

Carstens und Feddersen wechselten einen vielsagenden Blick.

»Ihr ehemaliger Lebensgefährte arbeitet auch hier an der Biologischen Anstalt?«

Sie seufzte deutlich vernehmbar. »Ja. Bevor ich Nico kennenlernte, war ich etwa zwei Jahre lang mit Dr. Lars Thießen zusammen.«

»Na, dann wird mir jetzt einiges klar«, sagte Carstens.

»Warum? Kennen Sie ihn?«

»Ich habe vorhin mit ihm gesprochen. Er war einer der Letzten, die Herrn Rodriguez vor dessen Abreise noch kurz im Institut getroffen haben. Wie mir scheint, haben die beiden ein ziemlich angespanntes Verhältnis zueinander. Nun ahne ich, woran das liegt.«

Feddersen griff den Gedanken auf und fragte: »Kann es sein, dass Thießen eifersüchtig auf Ihren Verlobten ist? Immerhin hat der nun alles das, was er selbst nicht hat. Herr Rodriguez ist mit Ihnen verlobt und leitet außerdem den Bereich Algenkunde im Institut, ein Posten, um den er sich vielleicht sogar selbst beworben hat. Das muss doch ziemlich hart für Thießen sein, dass er im Job und in der Liebe das Nachsehen hatte.«

»Natürlich. Aber so, wie Sie das jetzt sagen … Was wollen Sie damit andeuten?«, fragte Louisa Eckhoff bestürzt.

»Erst mal gar nichts«, wiegelte Feddersen ab. »Wir stellen bloß ein paar Fragen.«

»Sie erwähnten eben, dass Ihr Verlobter hier im Haus ein Arbeitszimmer hat«, sagte Carstens.

»Ja, oben.«

»Ich würde mich dort gern mal ein wenig umsehen, wenn Sie erlauben.« Carstens ahnte, dass er von dem wissenschaftlichen Kram vermutlich nicht viel verstehen würde. Aber ihm war der Gedanke gekommen, dass Nico Rodriguez angesichts der bevorstehenden Hochzeit vielleicht Torschlusspanik bekommen haben könnte. Louisa Eckhoffs Verlobter wäre nicht der erste Mann, der beim Gedanken an eine Eheschließung einen Fluchtimpuls verspürte. Zweifellos war diese Frau eine tolle Erscheinung. Aber das allein schützte ja bekanntlich niemanden davor, Pech in der Liebe zu haben. Vielleicht fand sich irgendwo zwischen den Unterlagen im Obergeschoss ein Indiz dafür. Unter Umständen gab es eine Reservierungsbestätigung für ein Flugticket nach Argentinien oder etwas Ähnliches. Wenn Männer abends von der Arbeit aus anriefen und sagten, dass es später werden würde, konnte das allerdings auch ein Anzeichen für eine Affäre sein.

Er selbst wusste das nur allzu gut.

6

»Is schon toll, dass Piloten mit so ’ner lütten Landebahn klarkommen«, sagte Feddersen. Da Carstens am Vorabend im Arbeitszimmer von Nico Rodriguez nichts Verdächtiges hatte finden können, waren sie auf die Nachbarinsel Düne gefahren, um Rodriguez’ Spur zu folgen. Nun ließen sie ihren Blick über das Flughafengelände schweifen.

»Ach, die ist doch richtig lang!«, erwiderte Carstens grinsend. »Hast du mal gesehen, wie die auf ’nem Flugzeugträger landen? *Das* ist ’ne kurze Landebahn, sag ich dir.«

»Da hat Dwarslöper recht«, mischte sich der Chef der Helgoländer Flughafengesellschaft ins Gespräch ein. Er war von hinten an sie herangetreten und hatte ihnen seine kräftigen Arme auf die Schultern gelegt.

»Ach, Sir John, du bist’s. Schön, dich zu sehen«, sagte Carstens.

»Sir John« hieß eigentlich Gunnar Simonsen. Aber seine Familie stammte mütterlicherseits angeblich vom vorletzten britischen Gouverneur Helgolands ab. Und da der sonnengebräunte Mann mit dem Dreitagebart Carstens mit seinem Spitznamen angesprochen hatte, revanchierte dieser sich auf gleiche Weise.

»Unsere Piste ist gerade mal vierhundertachtzig Meter lang. Da kann’s beim Anflug schon mal ’n büschn eng werden«, bemerkte Simonsen mit einem Augenzwinkern. Der passionierte Pilot war Anfang fünfzig, hatte sich jedoch eine geradezu jugendliche Ausstrahlung bewahrt.

»Mit ’nem Airbus kommst du hier wohl nicht so einfach runter.«

»Nee, aber dafür haben wir ja unsere ›Buschflieger‹. Das sind tolle Maschinen. Die ›BN-2 Islander‹ sind wie für unsere Düne gemacht.« Anschließend kam er auf den eigentlichen

Grund ihres Treffens zu sprechen. »Hab gehört, ihr sucht den vermissten Algenforscher von der Biologischen Anstalt?«

»Genau, wir hatten ja deswegen schon telefoniert«, antwortete Feddersen. »Nico Rodriguez wollte gestern rüber zum Festland. Habt ihr euch die Passagierlisten mal angeschaut?«

»Ja, der Mann hatte tatsächlich einen Flug nach Büsum bei uns gebucht. Der ist allerdings ausgefallen.«

»Wegen der dicken Suppe, die an dem Morgen über der Insel hing?«, fragte Carstens.

»Korrekt. Bei so dichtem Nebel konnten wir keine Starterlaubnis geben. Erst am Nachmittag haben wir den Flugbetrieb wieder aufgenommen.«

»Hat Rodriguez so lange hier gewartet?«

»Nee, der hat seinen Flug hier am Schalter direkt wieder storniert. Der machte einen ziemlich hektischen Eindruck.«

»Bist du ihm persönlich begegnet?«

»Zufällig. Der Flughafen ist ja nicht besonders groß. Und ich stand die ganze Zeit über mit der Fluggesellschaft in Kontakt. Dabei ist mir der unruhige Fluggast aufgefallen, der offenbar dringend ans Festland wollte. Wie ich nun erfahren habe, war das der Mann, den ihr derzeit sucht. Das hat mir die Kollegin vom Abflugschalter vorhin bestätigt.«

»Ist er zurück zur Hauptinsel gefahren?«, fragte Carstens.

»Davon gehe ich aus. Den späten Flieger hat er jedenfalls nicht genommen.«

»Lässt sich irgendwie feststellen, wann er den Flughafen wieder verlassen hat?«

Simonsen nickte. »Vielleicht ist er auf einem der Videos. Im Aufenthaltsbereich müsste unsere Kamera ihn eigentlich erwischt haben. Mit etwas Glück ist eine Aufnahme dabei, die ihn beim Verlassen des Gebäudes zeigt.«

»Prima, könntet ihr das bitte für uns überprüfen?«, bat Feddersen.

»Kein Problem. Wenn ihr wollt, können wir das auch gemeinsam erledigen.«

***

Kurze Zeit später hatten sich die drei Männer in Simonsens Büro eingefunden, um gemeinsam die Aufzeichnungen der Überwachungskamera zu sichten. Wie erhofft war Nico Rodriguez auf einem der Bänder zu sehen. Um kurz nach dreizehn Uhr hatte die Kamera im kleinen Aufenthaltsbereich des Helgoländer Flughafens den Meeresbiologen mit dem Hipsterlook und der auffälligen Hornbrille zum ersten Mal eingefangen.

Es war zu sehen, wie Rodriguez zunächst den Schalter der Fluggesellschaft ansteuerte. Sein Reisegepäck bestand nur aus einem kleinen schwarzen Rollkoffer. Diesen gab er nicht auf, sondern behielt ihn auch nach dem Einchecken weiter bei sich.

Er wechselte ein paar Worte mit der Angestellten hinter dem Serviceschalter und blickte zunächst auf das Display an der Wand, dann durch die große Fensterfront nach draußen. Anscheinend hatte ihm die Mitarbeiterin der Fluggesellschaft gerade erzählt, dass sich der Start der Maschine wegen des dichten Nebels verspäten würde. Rodriguez sah auf seine Armbanduhr, verstaute die Bordkarte in der Innentasche seines Jacketts und ging ins Flughafenrestaurant, das sich direkt neben dem Aufenthaltsbereich befand. Etwa eine halbe Stunde später tauchte er erneut vor dem Serviceschalter auf. Wieder wechselte er ein paar Worte mit der jungen Frau. Auch ohne Tonaufzeichnung ließ sich erahnen, dass sich das Gespräch um die Verzögerung des Flugbetriebs drehte.

Als Nächstes sahen sie, wie Rodriguez in seine Manteltasche griff und ein Handy hervorholte. Er tippte aufs Display und führte ein etwa zweiminütiges Telefonat, ehe er für etwa zwanzig Minuten aus dem Sichtfeld der Kamera verschwand.

Danach ging er ein drittes Mal zu der Dame am Schalter. Die gab ihm zu verstehen, dass er sich einen kurzen Augenblick gedulden möge, da sie sich gerade mit Simonsen über die aktuelle Wetterlage austauschte. Diese Situation war Sir John noch gut im Gedächtnis geblieben.

Als Rodriguez erfuhr, dass der Flugbetrieb weiterhin eingestellt blieb, stornierte er umgehend sein Ticket. Die Frau am Schalter wusste auf Nachfrage von Carstens und Feddersen noch zu berichten, dass Rodriguez sie nach der nächsten Schiffverbindung Richtung Festland gefragt hatte. Anschließend hatte er das Flughafengebäude verlassen.

Damit verlor sich die Spur des Mannes. Es ließ sich nicht mehr genau nachvollziehen, ob er tatsächlich das besagte Schiff genommen hatte. Dieses war pünktlich nach Büsum gefahren. Ein weiteres hatte etwa eine Stunde später Richtung Cuxhaven abgelegt. Zwar konnte an der Touristeninformation niemand sagen, ob er dort gewesen war, um eine Fahrkarte zu kaufen. Ein Steward auf der Büsum-Fähre meinte allerdings, sich vage an den Gesuchten erinnern zu können.

War Rodriguez auf diesem Weg unversehrt am Festland angekommen, gab es mehrere Möglichkeiten, wie er anschließend weiter Richtung Potsdam hätte fahren können. Carstens und Feddersen blieb nichts anderes übrig, als die Reiserouten zu überprüfen, um das Verschwinden des Meeresbiologen aufzuklären.

7

Salik Johannsen war im Nachtleben der quirligen Großstadt untergetaucht. In den pulsierenden Straßen und Gassen des beliebten Kopenhagener Kneipen- und Vergnügungsviertels Nyhavn waren unzählige Menschen unterwegs. In einer kleineren Stadt in Jütland wäre er im Straßenbild sicher mehr aufgefallen. Aber inmitten all der Touristen, die zu später Stunde die Bars und Restaurants entlang des Kanals besuchten, war er nur ein weiterer Fremder unter vielen. Als Inuk gehörte er zwar auch irgendwie dazu zur dänischen Gesellschaft. Aber im Grunde waren und blieben die rund achtzehntausend Grönländer in Dänemark – weit weg von ihrer arktischen Heimat – immer eine Art Randerscheinung.

»Darf ich dir schon etwas zu trinken bringen?«, fragte die junge Kellnerin freundlich lächelnd, nachdem er die Hafenkneipe betreten und sich an einen der wenigen noch freien Tische gesetzt hatte.

»Nein danke, ich warte noch auf jemanden«, antwortete er.

Bereits wenige Minuten später gesellte sich der Mann dazu, mit dem Salik verabredet war. Genau wie er stammte auch Bjørn Lauridsen aus Grönland. Doch bis auf die Tatsache, dass beide Inuit waren, hatten sie nicht viel gemeinsam. Salik sah in seiner verwaschenen Jeanshose und der Fliegerjacke mit den zahlreichen Aufnähern aus wie eine grönländische Version von Tom Cruise in »Top Gun«. Lauridsen hingegen verkörperte von Kopf bis Fuß exzentrische Eleganz und hätte problemlos als Verkäufer für Herrenmode durchgehen können. Nachdem er seinen Filzhut mit breiter Krempe abgelegt hatte, kam darunter eine akkurate Seitenscheitelfrisur zum Vorschein. Der Mann wirkte wie ein moderner Dandy und als solcher inmitten des legeren Kneipenpublikums etwas deplatziert.

»Sind wir uns schon mal begegnet?«, fragte er, als er sich Salik gegenübersetzte, wobei er automatisch in ihre westgrönländische Muttersprache Kitaamiutut verfiel.

»Aber natürlich, Herr Abgeordneter«, antwortete Salik betont förmlich. »Allerdings nicht hier, sondern drüben in der Heimat. Wie ich sehe, hast du dir hier in der großen Stadt einen neuen Kleidungsstil zugelegt. Bei uns zu Hause würden sie dich für diese Klamotten vermutlich auslachen.«

Lauridsen runzelte leicht verstimmt die Stirn und schien nachzudenken. Er war einer von zwei nordatlantischen Volksvertretern, die im dänischen Nationalparlament, dem Folketing, die Interessen ihrer grönländischen Landsleute vertraten. Zumindest war das der Auftrag, der ihnen von ihren Wählern erteilt worden war. Salik war sich jedoch sicher, dass wenigstens einer von ihnen vor allem seine eigenen Interessen verfolgte.

»Bei deinen Wahlkampfveranstaltungen daheim hast du jedenfalls noch völlig anders ausgesehen. Meinst du, die Leute hier in Dänemark nehmen einen Grönländer eher ernst, wenn er in solch einem Aufzug herumläuft?«, fragte er mit unverhohlen zynischem Unterton.

Bevor Lauridsen antworten konnte, kam die Kellnerin wieder an ihren Tisch. Sie begrüßte den Abgeordneten lächelnd und bot dann beiden Männern grönländisches Bier an. Ein »Sermeq Ale«-Werbeschild am Tresen wies darauf hin, dass die neue Getränkemarke seit Kurzem in der Bar ausgeschenkt wurde. Bei der Promotion-Aktion anlässlich der Einführung des arktischen Getränks war anscheinend auch Lauridsen dabei gewesen. Jedenfalls schienen die beiden sich daher zu kennen, das konnte Salik ihrem Wortwechsel entnehmen. Ihm fiel wieder ein, dass der Abgeordnete eng mit dem Inhaber der kleinen grönländischen Brauerei befreundet war. Das hatte er vor einiger Zeit in einer örtlichen Zeitung gelesen. Kein Wunder also, dass Lauridsen hier in Dänemark als Markenbotschafter für das Bier aus dem kühlen Norden auftrat.

Das Besondere am Sermeq Ale war, dass es angeblich mit zweitausend Jahre altem Schmelzwasser vom Inlandeis grönländischer Gletscher gebraut wurde. Die Brauerei aus dem Süden Grönlands warb damit, dass ihr Bier dadurch frei von Verunreinigungen und Mineralien sei.

»Ich erinnere mich an dich«, sagte Lauridsen, nachdem die junge Frau ihnen das Bier aus ihrer Heimat serviert hatte und wieder Richtung Tresen verschwunden war. Durch Saliks provokante Äußerung über sein Outfit schien er sich nicht aus der Reserve locken lassen zu wollen. Mit seiner ruhigen, leicht arroganten Art machte er einen überaus kontrollierten Eindruck. »Du warst doch damals bei den Diskussionen um die ›Nordprøven‹-Mine in Narsaq dabei, oder?«

»Richtig, für die hast du dich ja von Anfang an ziemlich starkgemacht. Wir sind deshalb ein paarmal mächtig aneinandergeraten.«

Kaum merklich verhärteten sich Lauridsens Gesichtszüge, nachdem ihm bewusst geworden war, mit wem er es hier zu tun hatte. Er sah Salik prüfend an. »Du hast einige meiner Veranstaltungen empfindlich gestört«, sagte er mit vorwurfsvollem Unterton.

»Unser Land ist zwar noch nicht völlig unabhängig. Aber auch bei uns in Grönland gibt es die freie Meinungsäußerung. Das solltest du als unser Volksvertreter eigentlich wissen.«

Lauridsen beugte sich auf seinem Stuhl nach vorn und fixierte Salik mit durchdringendem Blick. »Wenn dir unsere Freiheit so am Herzen liegt, warum hast du das ›Nordprøven‹-Projekt dann damals so erbittert bekämpft? Du weißt doch ebenso gut wie ich, dass unsere Bodenschätze uns den Weg in die Souveränität ebnen. Oder willst du ewig ein Anhängsel unserer einstigen Kolonialherren bleiben? Sogar unser verdammtes Klopapier wird aus Dänemark importiert!«

»Nicht immer heiligt der Zweck die Mittel«, erwiderte Salik verbittert.

»Zum Glück hat die Mehrheit der Bewohner von Narsaq das damals anders gesehen und sich von den Vorteilen überzeugen lassen«, hielt Lauridsen dagegen. »Und die wirtschaftliche Entwicklung gibt ihnen recht. Die Mine hat einer sterbenden Region endlich wieder neues Leben eingehaucht.«

»Ach, spar dir deine hohlen Wahlkampfsprüche! Es ist schmutziges Geld, das da in eure leeren Kassen fließt. Aber das muss ich dir ja nicht erklären. Du selbst hast dir doch auch die Taschen damit vollgestopft.«

»Was willst du damit –«

»Lass gut sein«, unterbrach ihn Salik. »Ich weiß, dass der Bergbaukonzern deine politische Karriere großzügig finanziert. Und das elende Schmiergeld hat sich ausgezahlt. Denn die Leute in Narsaq sind fast alle auf deine fadenscheinigen Argumente und miesen Versprechungen reingefallen. Du und die Betreibergesellschaft, ihr habt den Menschen doch das Blaue vom Himmel versprochen.«

»Du willst die Vorteile also immer noch nicht sehen«, erwiderte der Abgeordnete kopfschüttelnd.

»Das ist ein einziges Lügengebäude, was ihr da errichtet habt. Davon hat sich ein Großteil der Menschen blenden lassen. Und die, bei denen das nicht geklappt hat, die habt ihr mit eurem dreckigen Geld und mit anderen Mitteln zum Schweigen gebracht.«

»Jetzt halt aber mal die Luft an!« Lauridsen versuchte die eskalierende Situation unter Kontrolle zu bringen. Doch Salik dachte gar nicht daran, klein beizugeben.

»Nein, das werde ich nicht tun! Die Menschen in der Gegend um die Mine zahlen einen hohen Preis für den Wohlstand, von dem Leute wie du sagen, er sei wichtiger als unsere Traditionen.«

»Ach, komm mir nicht mit Traditionen«, knurrte Lauridsen verächtlich. »In vielen Orten Grönlands leben die Menschen wie in einem Museum. Wer will schon auf Dauer so ein Dasein fristen? Wir brauchen endlich eigene Einnahmen und wirtschaftliche Unabhängigkeit. Nur dann können wir auch zu unserem eigenen Lebensstil zurückfinden. Der Schlüssel dazu sind unsere Bodenschätze. Aus denen wir allein aber nun mal keinen Nutzen ziehen können. Wir haben nicht das Know-how und die Ressourcen dafür. Deshalb brauchen wir starke Partner an unserer Seite. Die Mehrheit der Leute versteht, dass wir –«

»Hör endlich auf mit deinem Gelaber!«, unterbrach Salik ihn erbost. »Wie oft hast du diesen Kram schon erzählt? Ich hab's unzählige Male gehört, und mir hängt es zum Hals raus. Du weißt ganz genau, dass die Leute für die vage Aussicht auf Freiheit mit ihrer Gesundheit bezahlen.«

Lauridsen machte Anstalten, etwas einzuwenden, doch Salik ließ ihn nicht zu Wort kommen.

»Dieser ›starke Partner‹, von dem du da sprichst, das ist ein internationaler Bergbaukonzern, dessen Verantwortliche es mit den Vorschriften nicht so genau nehmen. Und das wusstest du von Anfang an!«

»Wovon soll ich etwas gewusst haben?« Lauridsen gab sich ahnungslos.

»Verdammt, tu nicht so scheinheilig. Ich rede natürlich vom Staudamm. Und von dem giftigen Abraum, der in der ›Nordprøven‹-Mine anfällt. Du weißt genau, dass dieses Zeug im Stausee versenkt wird, damit der Staub nicht vom Wind in alle Himmelsrichtungen verteilt wird und ringsherum die Umgebungsluft und die Felder verseucht.«

Lauridsen schien erneut etwas sagen zu wollen, hielt sich jedoch zurück. Vermutlich ahnte er, dass sein Gesprächspartner sich jetzt ohnehin nicht stoppen lassen würde.

»Ich muss dir wohl nicht erklären, dass sich der Stausee mit seinem verseuchten Inhalt direkt oberhalb des Ortes befindet. Viele Leute haben sich deswegen von Anfang an Sorgen gemacht. Sie befürchteten, dass das giftige Zeug ins Trinkwasser gelangt, wenn der felsige Untergrund oder gar der Damm selbst undicht werden sollten. Diese Sorgen hast du mit deinen Freunden von der Bergbaufirma einfach als unbegründet abgetan. Der Stausee sei absolut sicher, habt ihr immer wieder betont.«

»Das ist er auch!«, warf Lauridsen ein. »Das hat uns erst kürzlich eine neutrale Prüforganisation aus Deutschland bestätigt.«

»Ach ja? Ich kann mir schon vorstellen, wie ›neutral‹ diese Prüffirma ist. Sind das zufällig dieselben Leute, die damals in Brasilien einen solchen Damm für sicher erklärt haben? Der ist dann ja auch kurze Zeit später gebrochen, wodurch ganze Landstriche verseucht wurden.«

Lauridsen öffnete den Mund, um zu widersprechen, schloss ihn aber wieder, als Salik ihm einen wütenden Blick zuwarf.

»Wie du sicher weißt, ist das Gebiet rund um die ›Nordprøven‹-Mine geologisch ziemlich instabil. Darauf haben wir damals bei den Bürgersprechstunden ständig hingewiesen. Dort kommt es immer wieder zu Erdbeben, da sich unter dem nahe gelegenen Gletschereis zahlreiche Störungszonen befinden. Seit einigen Jahren gibt es dort verstärkte seismische Aktivität, wie von Wissenschaftlern belegt wurde. Das liegt an den Gletscherbewegungen, die sich durch den Klimawandel beschleunigen.«

»Das ist der Unterschied zwischen Leuten wie dir und Leuten wir mir«, sagte Lauridsen. Er gab sich keine Mühe, seine herablassende Art zu verbergen. »Du siehst nämlich im Klimawandel vor allem die Gefahren. Ich sehe in erster Linie die Chancen.«

»Weil du systematisch alle Fakten ausblendest oder kleinredest, die nicht in dein eng gestricktes Weltbild passen. Ich erklär es dir aber gern noch einmal. Wenn nämlich das Gletschereis und der darauf liegende Schnee schmelzen, dann fließt das Wasser nach unten. Es sammelt sich am Untergrund des Gletschers und wirkt dort wie eine Art Gleitmittel. Und wenn sich die Eisströme abrupt und unerwartet bewegen, können sie seismische Wellen auslösen. Das kann die Erde bis Stärke 5 auf der Richterskala beben lassen. Wir haben damals zu bedenken gegeben, dass sich die Anzahl dieser Gletscherbeben im Laufe der letzten zwanzig Jahre in Grönland verdoppelt hat. Ihr wolltet nicht hören. Doch genau solche glazialen Erdbeben ereignen sich in jüngster Zeit verstärkt auch in der Gegend um die Mine herum immer wieder.«

»Kann schon sein. Aber in Bergbaugebieten kommt es doch ohnehin häufiger zu Erdbeben. Bisher konnte mir jedenfalls noch niemand beweisen, dass der Betrieb der Mine in Narsaq gefährlicher sein soll als irgendwo anders auf der Welt.«

»Deswegen habt ihr euch bei der Genehmigung der Anlage ja auch allein auf Gutachten gestützt, die der Bergbaukonzern selbst erstellt hat. Andere Daten haben euch gar nicht interessiert. Ihr habt systematisch alles ausgeblendet, was dem Betrieb dieser Mine im Weg stand.«

»Wenn in Grönland Leute wie du das Sagen hätten, würde dieses Land sich niemals weiterentwickeln«, antwortete Lauridsen überheblich.

»Und eure dämliche Ignoranz zeigt, dass euch die Gefahren entweder völlig egal sind oder dass ihr sie absichtlich leugnet. Und ich weiß wirklich nicht, was von beidem ich schlimmer fände. Ich habe mir das Ganze jedenfalls kürzlich mal genauer angeschaut, und vor Ort wurden meine schlimmsten Befürchtungen tatsächlich –«

»Du warst auf dem Gelände?«, fiel ihm der Abgeordnete ins Wort. In seiner Stimme lag nun eine Mischung aus Verwunderung und Empörung.

»Ja, das war ich. Der Stacheldraht war ehrlich gesagt kein besonderes Hindernis. Und auch die Wachleute mit ihren Hunden konnten mich nicht davon abhalten. Wie ich feststellen musste, ist die gesamte Anlage ganz und gar nicht sicher. Durch die vielen Erdstöße, die sich dort in letzter Zeit ereignet haben, sind der felsige Untergrund des Stausees und die Staumauer undicht geworden. An mehreren Stellen tritt jetzt giftiges Wasser aus. Das Teufelszeug gelangt durch ober- und unterirdische Wasserläufe hinunter ins Tal. Ich erzähle dir sicher nichts Neues, wenn ich sage, dass unterhalb der Anlage mehrere Gebirgsbäche fließen. Die werden auch für die Bewässerung der Felder und zur Trinkwasserversorgung der Anwohner vor Ort genutzt. Hast du eine Ahnung, was dieses Wasser dort anrichtet?«

Bjørn Lauridsen war still geworden. Sein starrer Blick verlor sich irgendwo im Raum. Er wirkte geistesabwesend, so als ob er die Informationen erst einmal verarbeiten musste. Dann schien ihm die Tragweite dessen bewusst zu werden, was Johannsen gerade gesagt hatte.

8

Der alte Mann hockte allein auf der Pritsche in dem feuchten, muffigen Verlies und grübelte. Er wusste nicht, wie lange er schon hier saß. Er war eingesperrt, und seit einer geraumen Weile hatte er in dem fensterlosen Raum jegliches Zeitgefühl verloren. Da er eine analoge Armbanduhr ohne Datumsanzeige trug, wusste er nicht einmal, ob es morgens oder abends war. Auch auf seinem Handy konnte er nicht nachsehen. Schon als er noch bewusstlos gewesen war, hatte der Akku offenbar kaum Energie mehr gehabt. Und nun war das Gerät mausetot. Angesichts der dicken Wände, die ihn hier umgaben, hätte er aber wohl ohnehin keinen Empfang gehabt.

Der Raum, in dem er gefangen gehalten wurde, war ungefähr zehn Quadratmeter groß. In einer Ecke hing ein verrostetes Waschbecken an der Wand. In einer anderen stand ein hölzernes Plumpsklo. An den nackten Betonwänden waren zwei Leuchtstoffröhren angebracht, die den Kerker in ein kaltes Neonlicht tauchten. Der Fußboden und fast alle Wände bestanden aus grauem Beton. An der gewölbten Decke waren feuchte Stellen zu sehen, die mit einer Art Grünspan bedeckt waren. In eine der Wände war eine massive Stahltür eingelassen, die von außen verriegelt war. Nur die gegenüberliegende Wand bot eine Abwechslung zum ansonsten einheitlichen Grau der Zelle. Sie bestand aus grobem, unbehauenem Felsgestein, das einen rotbraunen Farbton hatte. Auch hier waren viele der Steine mit einem grünlichen Bewuchs überzogen.

Ihm war klar, dass man ihn in einen Bunker gesteckt hatte. Der Raum musste sich im Inneren eines Felsens befinden. Das unterirdische Gefängnis weckte eine Menge unguter Erinnerungen. Sie stammten aus einer Zeit, von der er eigentlich gedacht hatte, endlich halbwegs damit abgeschlossen zu haben.

Nach dem Ende der Diktatur, als es zum großen Umbruch

gekommen war, hatte er seine Sachen gepackt und war weit weggezogen. Er hatte den Dienst bei der Armee quittiert, die Hauptstadt verlassen und sich im Süden des Landes eine neue Existenz aufgebaut. Auf diese Weise wollte er der Vergangenheit entkommen. Das hatte eigentlich auch recht gut funktioniert. Vor ein paar Jahren sah es dann allerdings kurz so aus, als müsste er im fortgeschrittenen Alter doch noch Verantwortung für seine Verbrechen übernehmen. Nachdem die Amnestiegesetze von der Regierung aufgehoben worden waren, hatte es mehrere Prozesse gegeben. Dabei waren einige der damaligen Täter zu Haftstrafen verurteilt worden. Er selbst war jedoch noch einmal davongekommen. Vielleicht hatten sich die Ankläger im Prozess von seiner Rolle als Kriegsheld blenden lassen. Jedenfalls hatte die Staatsanwaltschaft nicht genügend belastendes Material vorgelegt, um ihn hinter Gitter zu bringen.

Der schmutzige Krieg, den sie vor langer Zeit geführt hatten, richtete sich vor allem gegen Feinde im eigenen Land. Linksgerichtete Oppositionelle, aber auch Studenten, Gewerkschafter, Menschenrechtler, Priester oder Sozialarbeiter – im Grunde konnte es jeden treffen, der kein linientreuer Anhänger der neofaschistischen Militärregierung war. Es brauchte nicht viel, um auf einer der gefürchteten Namenslisten der staatlichen Mörderbande zu landen. Oft reichte eine fadenscheinige Begründung, schon drohten den Betroffenen Verschleppung, Folter und Tod.

Und all das war viele Jahre später während des Prozesses wieder ans Tageslicht gezerrt worden. Das Unaussprechliche war in Worte gefasst und protokolliert worden. Aussagen von Tätern und Opfern wurden zu Papier gebracht, erhielten Aktennotizen und Vorgangsnummern. Und dann war auf einmal alles vorbei gewesen. Einige der Haupttäter waren verurteilt worden. Aber er selbst hatte gemeinsam mit ein paar Weggefährten von damals das Justizgebäude als freier Mann verlassen.

Doch nun hatten ihn seine Vergehen an einem Ort wieder eingeholt, an dem er überhaupt nicht damit gerechnet hätte. Ausgerechnet im fernen Norddeutschland war es passiert. Nun war er selbst von einem Entführungskommando verschleppt und in dieses dunkle Loch gesteckt worden. Eine Verwechslung hielt er für ausgeschlossen, da seine Entführer ihn mit Namen angesprochen hatten. Also musste es wohl etwas mit dem zu tun haben, was er in jungen Jahren in seiner Heimat im Auftrag der Militärregierung gemacht hatte.

Es kam ihm vor, als wollte ihn jemand auf eine Zeitreise in seine eigene finstere Vergangenheit schicken. Der Bunkerraum, in dem er hockte, erinnerte ihn auf unheilvolle Weise an die zahlreichen Geheimgefängnisse, in die man die »Subversiven« damals gesperrt hatte. Oft lauerten die Entführer ihnen auf dem Weg zu ihrer Arbeit auf, zerrten sie auf offener Straße in eine abgedunkelte Limousine und schafften sie dann fort, um sie anschließend tage- oder sogar wochenlang zu verhören, zu foltern und schwerstens zu misshandeln. Er selbst hatte an keiner dieser Verhöraktionen teilgenommen. Aber selbstverständlich hatte er gewusst, was mit den Gefangenen geschehen war. Und unschuldig war er ganz gewiss nicht. Denn auch er hatte Dinge getan, bei denen normalen Menschen das Blut in den Adern gefrieren würde.

Musste er jetzt dafür büßen? Viele Jahrzehnte später war er nun der Gefangene und saß in einer kargen dunklen Zelle.

Unmittelbar nach seiner Entführung hatte er große Probleme gehabt, sich zu orientieren. Sein Bewusstsein war zunächst noch getrübt, ihm war übel, und sein Kopf schmerzte. Der Grund dafür war vermutlich irgendein Betäubungsmittel, das sie ihm auf dem Weg hierher gegeben hatten. Als dessen Wirkung schließlich nachgelassen hatte, war er nur allmählich zu sich gekommen. Er konnte sich erinnern, dass er am späten Abend nach einem siebzehnstündigen Flug von Buenos Aires endlich in Hamburg gelandet war. Es war sein erster Besuch in Deutschland. Im Ankunftsbereich des Flughafens hatte ein Mann auf ihn gewartet, ein Schild mit seinem Namen in den Händen. In fließendem Englisch hatte dieser sich als sein Fahrer vorgestellt.

Gemeinsam waren sie zum Parkhaus gegangen, wo der Mann seinen Koffer in einer großen Mercedes-Limousine verstaut und ihm die hintere Fahrzeugtür auf der Beifahrerseite aufgehalten hatte.

Die Fahrt nach Schleswig würde noch einmal etwa eineinhalb Stunden dauern, hatte der Mittdreißiger erklärt, nachdem auch er eingestiegen war. Da er von der langen Anreise müde und erschöpft gewesen war, hatte er auf der A 7 Richtung Norden die Augen geschlossen und war bald darauf in einen tiefen Schlaf gefallen.

Unterwegs musste dann jemand zu ihm auf den Rücksitz gestiegen sein, um ihm irgendein Narkosemittel zu verabreichen. Eine kleine Einstichwunde an seinem Hals zeugte davon, dass man ihm an dieser Stelle mit einer Spritze irgendwas verpasst hatte.

Er vermutete, dass sie nicht nach Hamburg zurückgefahren waren, denn um ihn herum war es vollkommen still. Er hatte sein Ohr an verschiedene Stellen der dicken Betonmauern gepresst, doch es war absolut nichts zu hören. Hätte man ihn in einen der alten Luftschutzbunker unter der Stadt gebracht, wären sicherlich irgendwelche Geräusche oder Vibrationen von Verkehrslärm zu ihm durchgedrungen. Doch hier in diesem Raum war es totenstill wie in einer Gruft. Das einzige Geräusch stammte von Wassertropfen, die gelegentlich von der Decke auf den Boden fielen und sich dort in einer kleinen Pfütze sammelten.

Zum wiederholten Mal versuchte er, die Puzzleteile in seinem Kopf zu sortieren. Wo auch immer er jetzt war – es stand fest, dass er nicht wie geplant in seinem Hotel in Schleswig angekommen war. Ob man ihn dort bereits vermisste? Schließlich sollte er in Kürze als Ehrengast an einer Veranstaltung teilnehmen, zu der man ihn extra aus Südamerika hatte einfliegen lassen.

Die Einladung hatte vor einem Monat überraschend zu Hause in Patagonien in seinem Briefkasten gelegen und augenblicklich sein Interesse geweckt. Es ging dabei um ein internationales Treffen von Marinefliegern, das am schleswig-holsteinischen Fliegerhorst in Schleswig-Jagel stattfinden sollte. Aufgrund seiner Luftkampferfahrungen während des Falklandkriegs sollte er dort einen Gastvortrag halten. Damals, im Jahr 1982, hatte er gemeinsam mit seinen Kameraden im extremen Tiefflug über dem Südatlantik waghalsige Angriffe gegen die britischen Einheiten geflogen. Dabei waren sie bis über die Grenzen dessen, was Mensch und Material leisten konnten, hinausgegangen. Viele von ihnen hatten ihren Einsatz mit dem Leben bezahlt. Auch er war während eines Luftkampfs über den »Malvinas«, wie die Inseln in Argentinien hießen, abgeschossen worden. Doch er hatte überlebt und anschließend seine Erfahrungen in mehreren Büchern und Vorträgen verarbeitet.

Die Einladung aus dem fernen Deutschland hatte ihm sehr geschmeichelt. Und so hatte er keinen Moment gezögert, diese anzunehmen. Wie sich nun herausstellte, war er dabei allerdings in eine Falle getappt.

9

Der grönländische Abgeordnete sah sich in der Hafenkneipe um, so als wollte er sich vergewissern, dass niemand ihnen zuhörte. Dann beugte er sich vor und fragte mit gedämpfter Stimme: »Hast du irgendwelche Beweise für das, was du da behauptest?«

»Warum flüsterst du?«, fragte Salik. »Es kann ruhig jeder hören, was wir zu besprechen haben. Allerdings denke ich nicht, dass hier jemand unsere Sprache spricht.«

»Hast du nun was Konkretes in der Hand oder nicht?«, wiederholte Bjørn Lauridsen.

»Aber sicher.« Salik konnte sich ein überlegenes Lächeln nicht verkneifen. »Die Wachleute von der Bergbaugesellschaft haben natürlich versucht, mich daran zu hindern, die Sache zu dokumentieren und die Beweise in Sicherheit zu bringen. Nur ist ihnen das nicht gelungen. Ich konnte entkommen und habe jede Menge Wasserproben und anderes belastendes Material mitgenommen.«

Lauridsen schien immer mehr Mühe zu haben, seine kontrollierte Fassade aufrechtzuerhalten. »Wo befinden sich diese Beweise jetzt?«

»Keine Sorge, sie sind an einem sicheren Ort. Doch sie werden schon sehr bald an die Öffentlichkeit kommen, wenn du die Sache nicht sofort beendest.«

»Was genau willst du von mir?«, fragte Lauridsen argwöhnisch.

»Ganz einfach. Du wirst ›Nordprøven‹ umgehend schließen lassen. Und außerdem müssen sämtliche Umweltschäden vollständig beseitigt werden. Die Betroffenen erhalten eine Entschädigung, und alle Verantwortlichen werden zur Rechenschaft gezogen.«

Die Gesichtszüge des Abgeordneten verfinsterten sich

weiter. Nachdem er eine Weile geschwiegen hatte, schüttelte er langsam den Kopf und antwortete: »Das liegt überhaupt nicht in meiner Macht. Ich bin seit einem Jahr Abgeordneter im dänischen Folketing. Wenn es bei uns zu Hause angeblich Probleme in einem Bergbaubetrieb gibt, musst du dich an den zuständigen Minister der Regierung in Nuuk wenden.«

»Oh nein, das hättest du wohl gern! Als du noch Mitglied im Naalakkersuisut warst, hast du dich höchstpersönlich für den Bau der Mine eingesetzt. Ich weiß, dass du nach wie vor beste Beziehungen zur Betreibergesellschaft hast. Außerdem bist du nicht nur Abgeordneter, sondern auch Vorsitzender der Regierungspartei. Schon allein deshalb hat dein Wort in Grönland weiterhin großes Gewicht. Erzähl mir also nicht, du könntest in dieser Sache nichts machen. Das Gegenteil ist der Fall. Die Angelegenheit liegt weiterhin in deiner Verantwortung, und der wirst du dich gefälligst stellen.«

»Bisher habe ich von dir lediglich Anschuldigungen gehört«, entgegnete Lauridsen aufgebracht. »Ich habe noch keinen einzigen handfesten Beweis dafür gesehen, dass in Narsaq tatsächlich etwas nicht in Ordnung ist.«

»Ich sagte ja schon, dass es diese Beweise gibt. Ein Freund von mir hat diverse Wasserproben in seinem Labor untersucht. Sämtliche Grenzwerte waren erheblich überschritten.«

»So ein Quatsch, du bluffst doch! Ich werde ganz sicher nicht einen der wichtigsten Betriebe unseres Landes stilllegen lassen, bloß weil irgendein dahergelaufener Wichtigtuer das von mir verlangt. Das Vertrauen der Bevölkerung in die Rohstoffförderung darf nicht erschüttert werden! Immerhin hängt Grönlands Zukunft von Projekten wie diesen ab.«

»Und ich werde nicht zulassen, dass alles einfach so unter den Tisch gekehrt wird. Du setzt die Gesundheit einer ganzen Stadt aufs Spiel. Verdammt noch mal, in dem Wasser sind radioaktive Stoffe! Dir ist hoffentlich klar, dass ich das an die Öffentlichkeit bringen werde.«

»Nein, das wirst du nicht tun! Auf gar keinen Fall.« Lauridsen hatte sich halb von seinem Stuhl erhoben und sah aus, als würde er gleich zum Sprung ansetzen.

An einigen Tischen um sie herum wurde man bereits auf sie aufmerksam. Als dem Folketing-Abgeordneten bewusst wurde, dass er wohl deutlich zu laut geworden war, setzte er sich rasch wieder, atmete einmal tief durch und flüsterte: »Okay, du hast gewonnen. Sag mir, wie viel du haben willst?«

»Ach, du denkst wirklich, du kannst mich kaufen? Da muss ich dich leider enttäuschen. Es geht mir hier um die Sache und nicht darum, mich an diesem Scheiß zu bereichern.«

Lauridsen zog die Augenbrauen hoch. »Verstehe, du willst den Einsatz in die Höhe treiben. Also los, sag schon. Über welche Summe reden wir hier?«

»Du verstehst es wirklich nicht, oder? Noch einmal zum Mitschreiben: Ich lasse mich nicht mit eurem schmutzigen Geld zum Schweigen bringen.«

»Jeder Mensch hat einen Preis. Auch du. Wir haben bloß noch nicht herausgefunden, wo genau er liegt.«

Jetzt war es Salik, der sich auf seinem Stuhl aufrichtete und sich wütend zu Lauridsen hinüberbeugte. »Es ist mir scheißegal, wie viel von deiner dreckigen Kohle du mir anbietest. Ich will, dass diese Mine geschlossen wird – und zwar sofort. Viele Leute, die ich gut kenne, leben in direkter Umgebung der Anlage. Die Gesundheit dieser Menschen darf nicht länger aufs Spiel gesetzt werden.«

Die Unterhaltung war wieder deutlich energischer geworden, und erneut drehten sich einige der anderen Gäste zu ihnen um. Auch dem Gastwirt war die hitzige Auseinandersetzung am Tisch des Abgeordneten nicht entgangen. Er kam hinter seinem Tresen hervor, um nach dem Rechten zu schauen.

Lauridsen war die Situation sichtlich unangenehm. Nachdem er dem Lokalbesitzer versichert hatte, dass alles in Ordnung sei, wandte er sich wieder Salik zu. »Ich glaube, wir sollten das lieber an einem anderen Ort weiterbesprechen.

Ich bin seit einiger Zeit Stammgast in diesem Laden. Deshalb weiß ich, dass hier gerne auch Leute von der Kopenhagener Presse ihren Feierabend verbringen.«

»Umso besser. Denen sollte ich gleich mal davon erzählen.«

»Nein, das lässt du schön bleiben!«, herrschte ihn der Abgeordnete an. Nach einem kurzen Blick auf seine ziemlich edel wirkende Armbanduhr ergänzte er leise: »Eigentlich habe ich gleich noch einen anderen Termin. Den sollte ich vermutlich absagen, damit wir die Sache klären können.«

»Von mir aus. Aber ich warne dich. Ich lasse mich nicht mit irgendeinem faulen Deal abspeisen.«

»Schon gut. Aber vorher muss ich jetzt einmal kurz telefonieren.«

»Nur zu«, antwortete Johannsen betont gelassen und lehnte sich wieder zurück. »Als Parlamentsmitglied hat man verdammt viele Verpflichtungen, was?«

Lauridsen ging nicht weiter auf die Bemerkung ein. Er zog sein Handy aus der Manteltasche und verschwand mit schnellen Schritten Richtung Eingangstür. Beim Rausgehen gab er der Kellnerin zu verstehen, dass er gleich wiederkäme.

Durch die große Panoramascheibe konnte Salik sehen, wie der Politiker die Straße überquerte und beim Telefonieren am Hafenbecken auf und ab ging. Nachdem er das kurze Gespräch beendet hatte, wählte er erneut eine Nummer und führte ein weiteres Telefonat. Dieses dauerte ebenfalls nicht länger als zwei oder drei Minuten. Anschließend kam er zurück und setzte sich wieder an den Tisch.

»So, mein Anschlusstermin ist abgesagt. Jetzt haben wir genügend Zeit, um uns auf das weitere Vorgehen zu verständigen. Für meinen Geschmack haben wir hier aber wirklich schon etwas zu viel Aufmerksamkeit erregt, ganz gleich, ob uns die Leute verstehen können oder nicht.«

»Okay«, lenkte Salik ein. »Also, was schlägst du vor? Setzen wir uns in dein Abgeordnetenbüro?«

»Nein, ganz bestimmt nicht. Würden wir da um diese Uhrzeit auftauchen, bliebe das nicht unbemerkt. Ein Bekannter von mir besitzt ganz in der Nähe einige Seminar- und Konferenzräume. Ich habe ihn eben angerufen, und zum Glück hat er kurz Zeit. Er kommt gleich vorbei und bringt uns eine Zugangskarte für das Gebäude. Dann können wir dort in Ruhe alles besprechen, ohne dabei weiter neugierige Blicke auf uns zu ziehen.«

»Von mir aus. Aber wenn dein Kumpel hier gleich mit einem Koffer voller Geld reinspaziert, um mich zu bestechen, stehe ich sofort auf und zeige dich bei der Polizei an. Und anschließend informiere ich dann tatsächlich die komplette Hauptstadtpresse.«

»Schon gut«, beschwichtigte ihn Lauridsen. »Das wird nicht passieren. Wir beide werden schon eine vernünftige Lösung finden.«

10

Kurz nachdem Carstens und Feddersen den Flughafen verlassen hatten, befanden sie sich wieder auf der kleinen Personenfähre, die sie von der Düne zur Hauptinsel zurückbrachte. Während der Überfahrt stellte Carstens fest, dass er eine Mitteilung auf seinem Handy erhalten hatte. Das Display zeigte einen Anruf in Abwesenheit und eine neue Mailboxnachricht an. Er hatte das Klingeln des Handys nicht gehört, als sie vorhin am Flughafen gewesen waren.

Die Sprachnachricht stammte von Friederike Buchwaldt. Die Leiterin der Biologischen Anstalt bat ihn und Feddersen, baldmöglichst noch einmal vorbeizukommen, da sie ihnen eine wichtige Neuigkeit mitteilen wollte.

Praktischerweise machte die Dünenfähre heute nicht an der Landungsbrücke, sondern am kleinen Nordosthafen fest. Somit gingen sie direkt vor dem Eingang des Instituts an Land und nahmen nur wenige Minuten später in einem Besprechungsraum an einem großen Konferenztisch Platz. Dem sorgenvollen Gesichtsausdruck der Wissenschaftlerin war zu entnehmen, dass seit ihrem letzten Treffen etwas Entscheidendes geschehen sein musste.

»Gut, dass Sie so schnell gekommen sind«, sagte Friederike Buchwaldt. Die ansonsten so ruhig und beherrscht auftretende Frau wirkte heute geradezu aufgekratzt und zugleich zutiefst beunruhigt. »Diese Sache wird langsam wirklich unheimlich. Das kann alles kein Zufall sein.«

»Was meinen Sie? Was ist denn passiert?«, fragte Carstens.

Friederike Buchwaldt stieß einen tiefen Seufzer aus. Dann sagte sie: »Wir vermissen einen weiteren Mitarbeiter. Auch er scheint spurlos verschwunden zu sein.«

»Wie bitte?«, entfuhr es Feddersen. »Ist es jemand aus dem Forschungsteam von Nico Rodriguez?«

»Kann man so sagen.« Sie deutete ein Kopfnicken an. »Allerdings ist der Mann kein ständiger Mitarbeiter.«

»Sondern?«

»Er heißt Salik Johannsen und stammt aus Grönland. Er ist ein erfahrener Pilot, der für uns zahlreiche Forschungsflüge in der Arktis durchgeführt hat.«

»Haben Sie eine eigene Maschine?«, fragte Carstens.

»Nein, das überlassen wir den Profis. Wir konzentrieren uns lieber voll und ganz auf unsere Forschung.«

»Also ist Johannsen bei einer Fluggesellschaft angestellt?«

»Richtig. Die Arctica Air hat ihren Hauptsitz in Kanada, operiert allerdings auch von anderen Standorten wie Grönland oder Spitzbergen aus. Das Unternehmen bietet Linienflüge in nördlichen Polargebieten an und ist darüber hinaus spezialisiert auf Forschungsflüge, zum Beispiel in unserem Auftrag.«

»Arbeiten Sie schon lange mit der Airline zusammen?«, wollte Feddersen wissen.

»Seit vielen Jahren. Das Unternehmen ist weltweit Marktführer in diesem speziellen Bereich.«

»Und seit wann genau wird dieser Pilot vermisst?«

»Das Ganze ist wirklich mysteriös. Johannsen ist schon seit einer Woche verschwunden. Ich habe aber erst heute davon erfahren.«

Feddersen stutzte. »Wie kann das denn passieren?«

»Ich weiß, so etwas darf einfach nicht vorkommen!« Friederike Buchwaldt sah gleichermaßen verärgert und zerknirscht aus. »Wir haben schon vor einigen Tagen einen Anruf von unseren Institutskollegen aus Bremerhaven erhalten. Aber in dem verdammten Baustellenchaos hier ist diese wichtige Telefonnotiz irgendwie verloren gegangen.«

»Wo hat sich Johannsen denn zuletzt aufgehalten?«, hakte Carstens nach.

»Nach dem Abschluss unserer jüngsten Polarmission ist er mit dem Forschungsflugzeug ›Arctic Flyer 4‹ hier in Deutschland unterwegs gewesen. Er hat in den vergangenen Wochen verschiedene Forschungsstandorte angeflogen.«

»Warum?«

»Es waren mehrere Institute an der Expedition beteiligt. Nachdem mit dem ›Flyer‹ in der Arktis Informationen gesammelt wurden, mussten jetzt all die verschiedenen Geräte wieder aus dem Flugzeug ausgebaut und zu ihren Besitzern zurückgebracht werden. Und nun sind sowohl Johannsen als auch der ›Arctic Flyer‹ verschwunden.«

»Was, das Flugzeug ist auch weg?«, fragte Carstens verwundert.

»Genau. Und niemand kann sagen, wo Pilot und Maschine abgeblieben sind. Soweit ich weiß, hat er ein meteorologisches Messinstrument zur Charakterisierung von Eiswolken zurück zur Uni nach Mainz gebracht. Anschließend wurde er eigentlich am Flughafen in Bremen erwartet. Dort sollte ein neuer ›EM-Bird‹ für die nächste Mission eingebaut werden.«

»Was ist das denn?«, fragte Feddersen.

»Ein elektromagnetischer Sensor, mit dem sich die Dicke des Meereises aus der Luft messen lässt«, erklärte Friederike Buchwaldt. »Das Gerät sieht aus wie ein Torpedo, der an einem siebzig Meter langen Schleppseil unter dem Rumpf des Flugzeugs hängt. Während eines Messfluges wird er mit einer Winde herabgelassen und schwebt dann in einer Höhe von gerade mal fünfzehn Metern über dem Eis.«

»Ein echter Tiefflieger also. Für solche Manöver braucht man vermutlich einen sehr erfahrenen Piloten.«

»Korrekt. Und das ist Salik Johannsen zweifellos. Normalerweise ist er auch absolut zuverlässig.«

»Wer hat denn zuletzt mit ihm gesprochen?«

»Vor sechs Tagen hat er bei den Kollegen in Bremerhaven angerufen. Er informierte sie, dass sein Aufenthalt in Mainz länger dauern würde als geplant. Angeblich gab es Probleme beim Ausbau eines wissenschaftlichen Messgeräts.«

»Und das war der letzte Kontakt zu Johannsen?«

»Genau. Anschließend hat er sich nicht mehr gemeldet. Die Kollegen haben noch diverse Male versucht, ihn telefonisch zu erreichen. Leider ohne Erfolg.«

»Das ist ja ’n starkes Stück!«, sagte Feddersen. »Dann fehlt vom Piloten und der Maschine derzeit jede Spur?«

»Genau so ist es.«

»Dann sollten wir am besten gleich mal mit der Flugleitung in Mainz telefonieren. Wir müssen herausfinden, wann genau die Maschine dort gestartet ist und wohin sie geflogen ist.«

»Das haben unsere Mainzer Forschungskollegen bereits getan. Wie es scheint, hat die Maschine den Flugplatz am Tag des Anrufs am späteren Nachmittag beziehungsweise abends unbemerkt verlassen. Die Flugleitung war da schon nicht mehr im Dienst. Tagsüber wurde jedenfalls keine Startfreigabe für die Maschine erteilt. Und bei der Flugsicherung gab es ebenfalls keine Spur vom ›Flyer‹.«

»Das klingt ja so, als hätte Johannsen sein Transpondersignal ausgeschaltet. Wenn dem so war, könnte die Maschine inzwischen praktisch überall sein«, stellte Feddersen fest. »In Deutschland gibt’s doch ’ne ganze Reihe von nicht kontrollierten Flugplätzen. Wenn man’s geschickt anstellt, kann man vielleicht auf einer solchen Piste landen, ohne dass da gleich jemand misstrauisch wird.«

»Das wäre zwar ein Verstoß gegen das Luftverkehrsgesetz. Aber möglich ist das schon. Am besten nehmen wir mal Kontakt zum NLFZ auf«, entgegnete Carstens.

»Was ist das?«, fragte Friederike Buchwaldt.

»Das ›Nationale Lage- und Führungszentrum für Sicherheit im Luftraum‹. Es hat seinen Sitz am Niederrhein, in der Nähe der Gemeinde Uedem. Dort überwachen Soldaten, Bundespolizei und Flugsicherung gemeinsam rund um die Uhr den deutschen Luftraum und arbeiten auch mit den Nachbarländern zusammen. Bei verdächtigen Flugbewegungen, die zum Beispiel eine terroristische Bedrohung sein können, wird der sogenannte ›Renegade-Voralarm‹ ausgelöst.«

»Und was passiert dann?«

»Bei Bedarf werden Abfangjäger der Luftwaffe losgeschickt. Die stellen zunächst einmal Sichtkontakt her. Die Kampfjets setzen sich neben das verdächtige Flugzeug und fordern den Piloten notfalls mit Handzeichen auf, die Verbindung zur Flugsicherung wiederherzustellen«, erklärte Feddersen.

»Denkbar ist aber natürlich auch, dass Salik Johannsen gar nicht die Absicht hatte, sich in dieser Weise unsichtbar zu machen«, wandte Carstens ein. »In seiner Maschine könnte es doch auch einen technischen Defekt an der Bordelektronik gegeben haben. Womöglich hat die Flugsicherung deshalb kein Signal über die Position des ›Arctic Flyer‹ empfangen.«

Friederike Buchwaldt schüttelte den Kopf. »Aber dann hätte er sich doch zumindest vorher beim Tower in Mainz gemeldet, um seinen Flug anzumelden, oder?«

»Stimmt auch wieder«, sagte Feddersen. »Wenn er also tatsächlich einen heimlichen Start unternommen hat, dann wird er anschließend sehr tief geflogen sein, um der Radarerfassung des NLFZ zu entgehen.«

»Tief fliegen ist in der Region schwierig«, gab Carstens zu bedenken. »Ein Onkel von mir wohnt dort ganz in der Nähe. Deshalb kenne ich mich da ganz gut aus. Mainz selbst liegt zwar in der Oberrheinischen Tiefebene. Aber direkt nördlich davon befindet sich der Taunus. In westlicher Richtung liegt der Hunsrück. Da sind einige höhere Berge, auf die man als Pilot gut achtgeben sollte.«

»Solche natürlichen Erhebungen sind aber wiederum ganz praktisch, wenn man als Pilot der Radarüberwachung ausweichen will«, wandte Feddersen ein. »Vielleicht ist es ja dabei zu einem Unfall gekommen. Wenn der ›Flyer‹ abends bei schlechter Sicht irgendwo in einem dünn besiedelten Gebiet im Tiefflug an einem Berghang oder in einem Waldgebiet abgestürzt ist, hat das bisher unter Umständen noch niemand bemerkt.«

»Von einem Absturz hab ich nichts gehört«, antwortete Carstens. »Zur Sicherheit sollten wir das aber ebenfalls überprüfen.«

»Warum sollte Johannsen überhaupt so ein illegales und gefährliches Flugmanöver durchführen?«, fragte Friederike Buchwaldt. »Und wie passt das mit dem Verschwinden von Nico Rodriguez zusammen?«

»Das müssen wir herausfinden. Dabei fällt mir ein: Was für ein Flugzeugmodell ist der ›Arctic Flyer‹ denn eigentlich?«

»Eine umgebaute Douglas DC-3. Die zweimotorige Propellermaschine ist eigentlich Jahrgang 1942.«

»Sie fliegen mit ’nem Rosinenbomber zum Nordpol?«, fragte Feddersen erstaunt.

»Im Prinzip schon. Aber die alte Lady wurde für mehrere Millionen Euro komplett modernisiert und für unsere Zwecke umgebaut, bevor wir sie in Betrieb genommen haben. Unter anderem wurden Cockpit, Antrieb und Triebwerke vollständig erneuert. Wir haben es hier nicht mehr mit einem Oldtimer zu tun, sondern mit einem modernen Hightech-Flugzeug.«

»Verstehe. Gab es denn in jüngster Zeit Schwierigkeiten mit der Maschine?«, fragte Feddersen.

»Nicht dass ich wüsste. Das Flugzeug funktionierte auch unter extremen Einsatzbedingungen immer sehr zuverlässig. Wenn es mal kleinere technische Probleme gab, konnte die Fluggesellschaft diese stets schnell wieder beheben.«

»Wie lange ist Johannsen eigentlich schon für Sie im Einsatz?«

»Das müssen mindestens sieben Jahre sein. Ein absolut erstklassiger Pilot. Er fliegt auch für die grönländische Staatsairline, bestimmt schon seit fünfzehn Jahren.«

»Dann kennt er sich mit Flügen in diesen speziellen Regionen also gut aus.«

»Absolut. In Diensten der Arctica Air hat er auch schon diverse Male höchst anspruchsvolle Evakuierungen durchgeführt. Dabei wurden erkrankte Wissenschaftler mitten im arktischen Winter aus den entlegensten Gebieten ausgeflogen. Als Pilot ist er mit allen Wassern gewaschen.«

»Der Mann scheint's ja wirklich draufzuhaben«, bemerkte Carstens anerkennend. »Sie sagten, er sei Grönländer. Gehört er den Inuit an?«

»Ja, er hat mir mal erklärt, dass seine Familie zur größten Volksgruppe Grönlands gehört. Ich glaube, in der Landessprache heißen sie Kitaamiut. Man kann aber auch einfach Westgrönländer sagen.«

»Aha«, murmelte Carstens. »Und wie gut kennen sich Johannsen und Nico Rodriguez?«

»Johannsen hat schon einige Forschungsflüge durchgeführt, bei denen Herr Rodriguez dabei war. Wie gut sie sich auf diesen Reisen kennengelernt haben, kann ich leider nicht beurteilen. Vielleicht kann Ihnen Louisa Eckhoff mehr dazu sagen.«

»Gut«, sagte Carstens. »Dann sollten wir auch mit ihr noch einmal sprechen.«

11

Salik sah, wie ein großer, stämmiger Mann die Kopenhagener Hafenkneipe betrat. Nachdem dieser Lauridsen entdeckt hatte, steuerte er direkt ihren Tisch an und setzte sich wortlos dazu. Im Unterschied zu ihnen war der Mann kein Inuk, sondern sah mit seinen kurz geschnittenen blonden Haaren und dem hellen Teint skandinavisch aus. Er nickte Lauridsen zur Begrüßung kurz zu. Der kam ohne Umschweife zur Sache.

»Danke, dass du so schnell gekommen bist«, sagte er auf Dänisch. »Wie ich eben schon am Telefon erwähnte, haben wir hier ein kleines Problem.«

Ohne etwas zu erwidern, rückte der Mann mit seinem Stuhl dicht an Salik Johannsen heran. Das Nächste, was dieser spürte, war ein harter Gegenstand, der ihm seitlich gegen die Rippen gestoßen wurde.

»Das ist eine Acht-Millimeter-Pistole. Wenn du nicht willst, dass was Schlimmes passiert, dann stehst du jetzt auf und kommst mit nach draußen.«

Salik stockte der Atem. Er wusste, dass Lauridsen ein harter Brocken war. Aber er hätte nicht im Traum damit gerechnet, dass der Abgeordnete so weit gehen würde, die Sache von einem bewaffneten Komplizen klären zu lassen.

»Verdammt, was soll der Scheiß?«, zischte er. »Seid ihr völlig irregeworden?«

»Halt die Schnauze und steh auf«, erwiderte der Mann. Sein scharfer Tonfall machte klar, dass er sich nicht auf lange Diskussionen einlassen würde.

»Was habt ihr vor?«, fragte Salik, während er sich widerstrebend erhob.

»Wir machen jetzt einen kleinen Spaziergang.« Der Mann drückte seine Pistole weiterhin fest gegen den Stoff von Saliks Pilotenjacke. »Und wenn du Stress machst, bist du tot.«

»Damit kommt ihr nicht durch«, protestierte Salik leise.

»Abwarten«, entgegnete Lauridsen nüchtern. »Ich hätte mich wirklich gern noch weiter mit dir unterhalten, aber ich glaube, ich werde hier jetzt nicht mehr gebraucht«, erklärte er süffisant grinsend und fügte hinzu: »Keine Sorge wegen der Rechnung. Du bist natürlich eingeladen.« Mit diesen Worten drehte er sich um und ging zum Gastwirt an den Tresen.

Die übrigen Gäste in dem Szenelokal waren inzwischen längst wieder in ihre eigenen Gespräche vertieft. Da es vorhin nicht zu einer handfesten Auseinandersetzung gekommen war, nahm niemand mehr Notiz von ihnen. So fiel keinem Saliks verängstigter Gesichtsausdruck auf, als er von dem Hünen Richtung Ausgang gedrängt wurde.

»Linksrum«, befahl der Mann mit der Waffe, nachdem sie die Hafenkneipe verlassen hatten.

Salik gehorchte. Er konnte kaum glauben, in was für eine Situation er da geraten war. Rings um ihn herum schlenderten auch zu dieser vorgerückten Stunde noch immer einige Touristen und Einheimische über die Flaniermeile am Nordufer des Hafens. Keiner der Nachtschwärmer ahnte, dass hier gerade ein Mann mit einer Pistole bedroht wurde.

Nach dem, was Lauridsen soeben gesagt hatte, konnte es keinen Zweifel geben: Er hatte seinem bewaffneten Gorilla vorhin am Telefon den Auftrag erteilt, ihn für immer zum Schweigen zu bringen. Diese Tatsache machte Salik fassungslos. Schließlich hatte er sich nicht mit einem lateinamerikanischen Drogenkartell angelegt. Das hier war nicht Mexico City oder Caracas, sondern das beschauliche Kopenhagen. Ihm war klar, dass es überall auf der Welt korrupte und skrupellose Politiker gab. Doch dass es inzwischen auch in Grönland so weit war, schockierte ihn über alle Maßen.

Seine Gedanken fuhren Achterbahn. Der Mann, der dicht an ihn gedrängt hinter ihm ging, drückte die Pistole weiter fest in seinen Rücken. Dabei schob er ihn unsanft vorwärts. Mit schnellen Schritten ging es über die Inderhavnsbroen. Die

Fußgängerbrücke führte vom Szeneviertel Nyhavn über den Inneren Hafen. An dessen östlichem Ufer begann der Stadtteil Christanshavn. Nach ein paar hundert Metern stellte sich ihnen auf einmal eine Frau mittleren Alters in den Weg. Die verwahrloste Gestalt hatte strähnige Haare, eine aschfahle Gesichtsfarbe und eingefallene Wangen. Ihr ausgezehrter Körper war in einen dunkelgrauen Mantel gehüllt, der ihr viel zu groß war. Wie eine Schamanin fuchtelte sie wild vor Salik mit den Händen in der Luft herum und tänzelte dabei in grotesker Weise von einem Bein aufs andere.

»Gib mir hundert Kronen, und ich sage dir die Zukunft voraus«, krächzte die Frau. Während sie sprach, starrte sie ihn mit einem irren Blick an. Ihr Mund, in dem mehrere Zähne fehlten, verströmte einen üblen Alkoholgeruch.

»Da gibt's nicht mehr viel zu prophezeien«, knurrte Salik und machte einen Schritt zur Seite. Dabei wurde er vom Druck des Pistolenlaufs in seinem Rücken gelenkt. Er wollte sich an der Frau vorbeischieben, doch sie stellte sich ihm erneut in den Weg. Ihre schwarzen Fingernägel krallten sich in seinen Ärmel, und sie rief: »Ich kann auch bei Eskimos die Zukunft lesen! Glaubst du mir nicht? Na los, gib mir deine Hand, und ich zeig's dir.«

Salik kam sich vor wie in einem Horrorfilm. Direkt hinter ihm stand ein Auftragskiller, der ihm vermutlich gleich in den Rücken schießen würde. Und vor ihm torkelte diese betrunkene Verrückte, die sich ebenfalls nicht abschütteln lassen wollte.

»Meine Zukunft geht dich einen verdammten Scheiß an!«, rief er und drängte die Frau zur Seite. Doch als er sie anfasste, bekam die irre Hexe einen hysterischen Anfall. Wie von Sinnen schlug sie auf Salik ein, wobei sie Unverständliches kreischte. Salik versuchte die Frau zu beruhigen, doch dadurch geriet diese nur noch mehr in Rage. Ohne Vorwarnung versetzte sie ihm einen heftigen Tritt mit einem ihrer ausgetretenen Stiefel. Er taumelte zur Seite und prallte gegen eine Häuserwand. Geistesgegenwärtig erkannte er, dass er sich durch das plötzliche Handgemenge von seinem bewaffneten Verfolger gelöst hatte. Die durchgedrehte Schamanin stand jetzt zwischen ihnen, wodurch sie dem Gorilla den Weg versperrte. Da hörte Salik auf einmal irgendwo in der Nähe ein rasch anschwellendes Geräusch, das binnen Sekunden die wüste Schimpftirade der Frau übertönte. Aus vielen Kehlen ertönte laut die Liedzeile: »*Vi er dit sejrs kor. Stoltheden i os bor.*« Nun dämmerte ihm, dass es Fans der Fußballmannschaft Brøndby IF sein mussten. In der Kneipe in Nyhavn hatte über dem Tresen ein großer TV-Bildschirm gehangen. Daher wusste er, dass der Kopenhagener Club an diesem Abend ein wichtiges Heimspiel bestritten hatte. Als Lauridsen kurz draußen gewesen war, um zu telefonieren, hatte er gesehen, dass das Team gegen Ende der zweiten Halbzeit null zu eins zurückgelegen hatte. Anscheinend war es der Heimmannschaft aber gelungen, das Blatt kurz vor Ende der Partie noch einmal zu wenden. Denn was da nun immer lauter wurde, war unverkennbar die Brøndby-Hymne, der »stolze Siegeschor«.

Tatsächlich bog kurz darauf eine große Menschenmenge um die Kurve. Es waren mindestens hundertfünfzig Fußballfans, die lauthals grölend und rhythmisch klatschend die Straße entlangzogen. Viele von ihnen trugen Trikots, Schals und große Fahnen in den Brøndby-Vereinsfarben Gelb und Blau. Salik zögerte keine Sekunde. Er nutzte die Chance, die sich ihm bot, rannte auf die Straße und war im Handumdrehen mit der amorphen Menschenmasse verschmolzen. Er war nun Teil der hüpfenden und springenden Meute, die ihn in ihrem kollektiven Siegestaumel aufgenommen hatte. Hier fühlte er sich wie in einer Art Fischschwarm, der ihn wabernd umgab und ihn in einer gleichförmigen Vorwärtsbewegung mit sich zog.

Nach gut zweihundert Metern entdeckte er links aus dem Augenwinkel zwischen zwei Hauseingängen eine schmale Gasse. Kurz entschlossen drängte er sich durch die Reihen der

Feiernden und verließ in gebeugter Haltung die schützende Deckung des Brøndby-Siegeszugs.

Ohne sich noch einmal umzuschauen, passierte er einen Torbogen und stolperte einen holprigen Weg entlang, der in Schlangenlinien an einer Reihe Häuser vorbeiführte. Die grauen Wände waren mit Graffitis besprüht und mit unzähligen Plakaten beklebt. Salik kannte die Gegend nicht besonders gut. Doch er ahnte, dass er inzwischen die alternative Wohnsiedlung Christiania erreicht haben musste. Seine Vermutung wurde bestätigt, als er im Vorbeirennen ein Holzschild mit der Aufschrift »Pusher Street« erkannte. Wäre er in früheren Zeiten auf der Suche nach Cannabis oder anderen Rauschmitteln gewesen, hätte ihn diese Gasse zielsicher zum nächsten Dealer geführt. Inzwischen war der Drogenverkauf in dieser Gegend spürbar zurückgegangen, doch mit den richtigen Kontakten erhielt man im alternativen Hippieviertel nach wie vor alle erdenklichen Substanzen zur Bewusstseinserweiterung.

Kein Wunder, dass hier so skurrile Gestalten wie die irre Wahrsagerin herumlaufen, dachte er. Insgeheim musste er der seltsamen Frau allerdings dankbar sein, denn sie hatte ihm ja schließlich mit ihrem Wutausbruch zur Flucht verholfen.

Bei jedem Schritt auf dem unebenen Kopfsteinpflaster drohte Salik zu stolpern und zu stürzen. Ein Bänderriss ist das Letzte, was ich jetzt gebrauchen kann, dachte er, wagte aber nicht, das Tempo zu drosseln. Schnell schob er den Gedanken beiseite und rannte weiter. Dann weitete sich der Weg, und er kam an einer giftgrünen Bretterbude vorbei, auf der in riesigen knallroten Lettern das Wort »Bar« prangte. Unter normalen Umständen hätte er jetzt gern auf einer der Holzbänke Platz genommen. Doch er riskierte nur einen kurzen Blick zurück und erkannte einen dunklen Schatten, der etwa hundert Meter entfernt war und ihm mit schnellen Schritten folgte. Salik hetzte weiter, vorbei an kleinen Holzhütten, in denen tagsüber Klamotten und Souvenirs angeboten wurden. Der Weg mündete in einen ringsum von bunt bemalten Verkaufsständen umgebenen Platz. An der gegenüberliegenden Seite erhob sich ein großes Gebäude, auf dessen Fassade zwischen Graffitis die geschwungene Aufschrift »Jazzclub und Kindertheater« zu lesen war.

Er rannte an dem Gebäude vorbei und kam in einen dunklen Hinterhof. Irgendwo hinter sich hörte er die Schritte seines Verfolgers auf dem Kopfsteinpflaster immer lauter werden. Es gab keinen Zweifel: Der Mann würde ihn bald eingeholt haben. Mit zunehmender Panik blickte Salik sich um. Links befanden sich die Eingänge einiger mehrstöckiger Wohnhäuser. Auf der anderen Seite gab es ein paar niedrige Baracken. Sämtliche Gebäude wirkten ein wenig marode und hatten definitiv schon bessere Zeiten erlebt. Auch hier hatten sich unzählige Sprayer mit ihren knallbunten Wandmotiven verewigt.

Im fahlen Schein einer Laterne sah er, wie sich bei einem der Wohnhäuser eine Tür öffnete. Ein langhaariger Mann in Hippie-Kleidung kam heraus und ging gemächlich zu einem der vielen Fahrräder, die vor dem Gebäude abgestellt waren. Salik duckte sich und beobachtete, wie der Mann sich runterbeugte, um sein Fahrradschloss zu öffnen.

Salik spürte, dass sich erneut eine Chance zur Flucht für ihn auftat. Als der Hippie die Kette gelöst hatte, wagte er sich aus seiner Deckung und sprintete auf den Hauseingang zu. Er stieß den Anwohner unsanft zur Seite und entriss ihm dabei das Rennrad. Blitzschnell sprang er auf, trat in die Pedale und raste los. Er hörte den Besitzer des Rades wüste Beschimpfungen ausstoßen und wusste, dass er jetzt zwei Verfolger hatte. Dafür war er nun deutlich schneller als die anderen beiden.

Leider war er jedoch kein besonders guter Radfahrer. Er hatte es erst spät gelernt, da Radfahren in Grönland wahrlich kein Volkssport war. Dort kam man die meiste Zeit des Jahres auf Skiern oder mit einem Hundeschlitten deutlich besser voran als auf zwei dünnen Gummireifen. Dieser Umstand rächte sich jetzt, da er sein frisch erbeutetes Gefährt reichlich unsicher über das Kopfsteinpflaster lenkte. Wenn er das Gleichgewicht verlor, in einer Kurve ausrutschte und stürzte, wäre seine Flucht jäh zu Ende. Doch darüber durfte er sich keine Gedanken machen. Denn momentan ging es für ihn um alles oder nichts.

Plötzlich vernahm er einen lauten Knall. Das Geräusch hallte in der Dunkelheit von den Häuserwänden wider und echote dröhnend durch die Nacht. Der bewaffnete Gorilla begann, auf ihn zu schießen. Nun war die absurde Situation vollends außer Kontrolle geraten. Vor Schreck hätte Salik beinahe die Kontrolle über sein Rad verloren. Mit großer Mühe gelang es ihm, das Gleichgewicht zu halten und einen Sturz zu verhindern.

Weiter voraus erkannte er zwischen zwei Wohnhäusern einen schmalen Durchgang. Wenn er den erreichte, wäre er erst einmal geschützt.

Dieses Ziel vor Augen, setzte Salik zu einem verzweifelten Radsprint an. Die Todesangst verlieh ihm dabei ungeahnte Kräfte. Er fuhr, als gelte es, bei der Tour de France ein Grünes Trikot zu erobern. Kurz bevor er die enge Häuserschlucht erreichte, ertönte in einiger Entfernung ein weiterer Schuss. Salik fürchtete, im nächsten Moment von einem Projektil getroffen zu werden. Doch stattdessen hörte er hinter sich einen Schrei. Er wagte nicht, sich umzudrehen. Der Schuss von Lauridsens verfluchtem Gorilla musste ihn verfehlt und dafür den Langhaarigen getroffen haben. Der war bei der Verfolgung seines gestohlenen Fahrrads vermutlich direkt in die Schusslinie gelaufen.

Salik packte eiskaltes Entsetzen. Es war klar, dass diese Kugel ihm gegolten hatte. Er war schuld, dass der Killer nun einen Unschuldigen erwischt hatte. Dadurch, dass er dessen Fahrrad gestohlen hatte, war der Mann zwischen die Fronten geraten.

Salik wusste, dass es eigentlich seine verdammte Pflicht gewesen wäre, sich um den Verletzten zu kümmern. Doch wenn er jetzt anhielt, würde der Schütze kurzen Prozess mit ihm machen. Er musste notgedrungen erst einmal sein eigenes Leben retten.

Und das war weiterhin in höchster Gefahr. Denn schon fiel ein dritter Schuss. Erneut dröhnte der laute Knall durch die Nacht, etwas Metallisches durchschlug dicht neben ihm die Wellblechwand einer Garage.

Die Panik ließ ihn schneller fahren, als er es je für möglich gehalten hätte. Die Muskeln in seinen Beinen brannten, doch endlich hatte er den großen Innenhof durchquert. Ohne zu wissen, was ihn dahinter erwartete, raste er auf den schmalen Durchgang zwischen den Häusern zu. Zu spät erkannte er eine Reihe von Mülltonnen, die ihm den Weg versperrten. Obwohl er das Lenkrad sofort herumriss, prallte er mit dem linken Bein gegen eine der Tonnen. Gerade noch konnte er einen Sturz verhindern und setzte seine Fluchtfahrt fort. Im dunklen engen Gang, der sich nun anschloss, konnte sein Verfolger ihn vom Innenhof aus nicht mehr ins Visier nehmen. Er durchquerte die Häuserschlucht und bog schlingernd um die Ecke. Von hier aus gelangte er nach einer Weile wieder auf die Straße, auf der er vorhin der verrückten Wahrsagerin begegnet war.

Hinter sich hörte er inzwischen nichts mehr – keine Schritte, die ihn verfolgten, und glücklicherweise auch keine weiteren Schüsse. Doch die Todesangst trieb ihn voran. Und so trat er mit zusammengebissenen Zähnen weiter in die Pedale. Obwohl seine Kräfte langsam schwanden, zwang er sich, das Tempo beizubehalten. Endlich hatte er Christiania hinter sich gelassen und bog in südlicher Richtung auf die Torvegade ein. Er überquerte den Stadsgraven – einen Kanal, der Christianshavn vom Stadtteil Amager Øst trennte. Erleichtert erreichte er nach einer Weile eine kleine Seitenstraße. Hier hatte er vorhin seinen Mietwagen geparkt, bevor er sich mit dem Bus auf den Weg Richtung Nyhavn gemacht hatte.

Erschöpft ließ er sich auf den kalten Ledersitz des BMW

fallen und schloss für einen Moment die Augen. Sein Herz raste von den Anstrengungen der Flucht und wegen der Panik, die ihn noch immer gepackt hielt. Mit Mühe und Not war er dem Killer entkommen, den der Abgeordnete auf ihn angesetzt hatte.

Ihm wurde klar, dass er Lauridsen auf fatale Weise unterschätzt hatte. Mit seinen Anschuldigungen wegen der Mine hatte er sich heute Abend einen mächtigen Feind gemacht.

12

Der Gefangene lag in seinem Kerker auf der Pritsche und dachte über seine Erlebnisse während des Falklandkriegs nach. Und wie aus dem Nichts waren sie wieder da, die Bilder jenes Tages im Mai 1982, an dem er um ein Haar draufgegangen wäre.

Er schloss die Augen und war auf einmal wieder mitten im Kampfgeschehen.

Unter ihm brennt die britische Fregatte, die er im Tiefflug mit einer Fünfhundert-Kilo-Bombe schwer beschädigt hat. Doch schon kurz darauf wird er selbst zum Ziel eines gegnerischen Angriffs. Ein feindlicher »Sea Harrier«-Jet hat ihn ins Visier genommen. Während er mit seiner »Mirage V« in gefährlich niedriger Höhe über der zerklüfteten Hügellandschaft davonschießt, hört er einen gewaltigen Knall. Nur wenige Meter von ihm entfernt blitzt etwas grellgelb auf.

»¡Madre de Dios!«, entfährt es ihm. Eine feindliche Rakete ist soeben knapp über seine rechte Tragfläche hinweggeschossen und unmittelbar neben dem Cockpit explodiert. Sofort zieht er seine Maschine hoch und verschwindet in den tief hängenden Wolken. Doch Zeit zum Durchatmen bleibt ihm nicht. Denn während er sein Ausweichmanöver fliegt, muss er feststellen, dass sein Verfolger noch immer hinter ihm ist. Um dem Feind zu entkommen, wirft er den externen Sprittank ab. Nun ist sein Flugzeug leichter und manövrierfähiger. Nach ein paar weiteren engen Flugkurven zieht er seine Maschine steil nach oben, um die deutlich höhere Geschwindigkeit seines Jets auszunutzen. Auf größerer Flughöhe schafft er es schließlich, sich von dem Angreifer zu lösen und zu entkommen.

Er nimmt Kurs auf die kleine argentinische Flugbasis auf der Isla Borbón im Nordwesten der Malvinas.

Als er sich der grasbewachsenen Landebahn nähert, geht er in den Sinkflug über. Da bemerkt er voller Entsetzen, dass vom Boden aus schon wieder auf ihn geschossen wird. Dieses Mal sind es jedoch nicht die Briten. Seine eigenen Kameraden auf der Flugbasis halten ihn für einen feindlichen Angreifer und haben ihre Flugabwehrkanone auf ihn gerichtet. Erneut versucht er, schnell an Höhe zu gewinnen. Doch schon im nächsten Augenblick wird ihm klar, dass er sein Glück für heute ausgereizt hat. Mehrere Geschosse treffen den Rumpf und die Tragflächen. Wenig später fängt sein Triebwerk Feuer.

Besorgt muss er feststellen, dass seine Maschine nun zusehends außer Kontrolle gerät. Er greift nach dem Auslöser für den Schleudersitz und zieht daran. Sofort wird über ihm die Cockpithaube abgesprengt und er mit gewaltigem Druck in die Luft katapultiert. Kurz darauf sieht er, wie seine führerlose Maschine unter ihm ins Trudeln kommt, auf der Wasseroberfläche aufschlägt und in unzählige Einzelteile zerbricht. Wäre er noch an Bord gewesen, hätte er den Aufprall sicher nicht überlebt.

Der Gefangene öffnete die Augen und musste wieder an die edel gestaltete Einladungskarte aus Deutschland denken, die er vier Wochen zuvor erhalten hatte. Als er sie daheim in Argentinien in seiner Küche betrachtet hatte, war ihm vor Stolz beinah die Luft weggeblieben. Er hatte sich überaus geehrt gefühlt, so viele Jahre später nun als Ehrengast bei einem Pilotentreffen über seine Erfahrungen als Marineflieger sprechen zu dürfen. Dies empfand er als eine besondere Wertschätzung – vor allem, weil sich in Argentinien nach dem verlorenen Krieg kaum jemand für die Soldaten von den Malvinas interessiert hatte. Während es in Großbritannien glanzvolle Siegesparaden gab, wurde die argentinische Junta durch die militärische Niederlage endgültig in den Abgrund gestürzt. Kurze Zeit später fand das Land den Weg zurück zur Demokratie. Das war zwar eine der positiven Seiten des Falklandkriegs. Für die argentinischen Veteranen wendete sich dadurch allerdings kaum etwas zum Besseren. Viele von ihnen waren als blutjunge Rekruten – schlecht ausgerüstet und größtenteils ohne militärische Erfahrung – gegen eine mächtige Streitkraft in den Krieg geschickt worden. Auf den Falklandinseln war nach dem Abzug der Besatzer wieder Ruhe eingekehrt. Doch etliche der Soldaten kamen traumatisiert nach Hause. Im Laufe der Nachkriegsjahre verloren schließlich sogar mehr der ehemaligen Malvinas-Soldaten ihr Leben durch Selbstmord als zuvor durch die Kampfhandlungen.

Den Veteranen der argentinischen Luftwaffe war es dabei noch vergleichsweise gut ergangen. Da sie durch ihre waghalsigen Tiefflugeinsätze den Briten schwere Verluste zugefügt hatten, genossen die Piloten in der Bevölkerung einen echten Heldenstatus. Aber auch sie hatten während der Luftkämpfe viele Kameraden verloren und bei jedem Flug den Tod vor Augen gehabt.

Während er sich jetzt in seinem dunklen Gefängnis an all das erinnerte, kam er zu dem Schluss, dass die schmeichelhafte Einladung zum Marinefliegertreffen in Schleswig wohl bloß eine Finte gewesen war. Sie hatte einzig und allein dem Zweck gedient, ihn unter einem Vorwand nach Deutschland zu locken und zu entführen.

Je länger er in seinem Verlies darüber nachdachte, desto mehr verfestigte sich der Eindruck, dass jemand seine Entführung von langer Hand geplant haben musste. Und wenn er an seine Dienstzeit während der argentinischen Militärdiktatur zurückdachte, gab es auch einen handfesten Grund, ihn auf diese Weise von Südamerika nach Deutschland zu locken: Jemand wollte sich an ihm rächen. Er hätte zwar nicht gedacht, dass ihn dieser Teil seiner Vergangenheit nach so langer Zeit noch einmal einholen würde. Aber nun sah es so aus, als sei das Undenkbare tatsächlich geschehen.

Mord verjährt eben nicht, dachte er. Und wenn hier jemand das Gesetz in die eigene Hand nahm, um Gleiches mit Gleichem zu vergelten, dann waren seine Tage wohl gezählt.

Ihn beschlich eine düstere Vorahnung, welch grausame Strafe ihn schon bald ereilen würde.

Da hörte er auf einmal ein Geräusch an der schweren Stahltür. Sofort sprang er auf und sah, wie die Verriegelung geöffnet wurde. Die Tür wurde aufgeschoben, und eine maskierte Gestalt betrat den Raum. Sie war etwa einen Meter achtzig groß und kräftig gebaut, trug grobe Stiefel, schwarze Jeans und eine ebenfalls schwarze Windbreaker-Jacke. Der Kopf war von einer Sturmhaube verhüllt, sodass vom Gesicht kaum etwas zu erkennen war. Als die Person ihn ansprach, hörte er, dass es sich um einen Mann handelte. Der Stimme nach war es nicht der Chauffeur, der ihn am Hamburger Flughafen abgeholt hatte. Auch sprach dieser Mann nicht Englisch mit ihm, sondern beherrschte seine Muttersprache. Auf Spanisch forderte er ihn auf, sich wieder auf seine Pritsche zu setzen.

»Wo bin ich hier?«, fragte er.

»Du bist an einem sicheren Ort. Mehr musst du im Moment nicht wissen.«

Die Aussprache des Mannes ließ erkennen, dass er ebenfalls aus Südamerika stammte. Und er klang noch nicht sonderlich alt. Er schätzte ihn auf etwa vierzig Jahre.

»Wieso habt ihr mich hierhergebracht?«, fragte er.

»Du hast keine Ahnung?«, entgegnete die schwarze Gestalt höhnisch.

»Nein. Ich weiß nicht, was das alles soll«, antwortete er. Dass er sich in der Zwischenzeit eine Menge Gedanken gemacht und sehr wohl eine Vermutung hatte, verschwieg er lieber.

»Nun, dann werde ich deinem Gedächtnis mal ein wenig auf die Sprünge helfen. Wie du weißt, hat es in Buenos Aires vor einiger Zeit einen Prozess gegeben, der für ziemlich viel Aufsehen gesorgt hat. Da standen Mitglieder der Militärjunta und deren Handlanger vor Gericht. Na, erinnerst du dich wieder?«

Er hielt dem eisigen Blick des Mannes stand, der sich vor

ihm aufgebaut hatte. Mit seiner Vorahnung hatte er also richtiggelegen. Die Situation ließ keinen Zweifel daran, dass er hier erneut auf einer Art Anklagebank saß.

»Manche von euch haben bei diesem Verfahren Haftstrafen für ihre Verbrechen während der Diktatur erhalten«, fuhr der Mann fort. »Du allerdings nicht. Keine Ahnung, wie du das angestellt hast. Aber irgendwie konntest du deinen Kopf aus der Schlinge ziehen. So gehörtest du am Ende zu denen, die man hat laufen lassen.« Nach einer kurzen Pause fügte er in scharfem Ton hinzu: »Sag mir, wie hat sich das angefühlt? Warst du erleichtert, oder hast du wenigstens Scham für diesen Freispruch empfunden?«

»Ich war nur ein kleines Licht«, erwiderte er mit leiser Stimme. »Da war nichts, weshalb man mich hätte einsperren müssen.«

Sein Entführer lachte schallend auf. »Falsch! Ganz falsch, mein Lieber. Und genau deshalb sitzt du jetzt hier hinter Schloss und Riegel, *El Cóndor*.«

Er zuckte zusammen. Diesen Spitznamen hatte er schon lange nicht mehr gehört. Reglos saß er da und war wie versteinert.

»Den Richtern in Buenos Aires konntest du vielleicht etwas vormachen. Aber mir nicht«, sagte der Maskierte. »Ich weiß, was du getan hast, und werde deine Erinnerung gern auffrischen. Sagt dir der Begriff ›Hormigas Voladoras‹ was?«

Er atmete tief durch, behielt sein eisernes Schweigen jedoch bei.

»Natürlich weißt du, was mit den ›fliegenden Ameisen‹ gemeint ist. Klingt ganz niedlich, oder? Leider ist es ganz und gar nicht die Art von Geschichte, die man abends seinen kleinen Kindern vor dem Einschlafen erzählt.«

13

Riesenhafte Schatten erhoben sich aus der Dunkelheit, als Salik sich dem nächtlichen Treffpunkt näherte. Heute – am Abend nach seiner dramatischen Flucht – waren aber nicht die Kneipen von Nyhavn sein Ziel, sondern eine stillgelegte Röhrenfabrik am südlichen Stadtrand von Kopenhagen.

Lauridsen hatte gestern eindrucksvoll seine Skrupellosigkeit bewiesen. Und Salik wusste, dass er nun erst recht nicht klein beigeben durfte. Er musste die Sache umgehend an die Öffentlichkeit bringen. Allerdings war er gezwungen, dabei äußerst vorsichtig zu sein. Denn Lauridsen und sein Auftragskiller wurden sicher weiter alles daransetzen, die Jagd auf ihn zu Ende zu bringen.

Salik hatte vorhin im Internet einen Zeitungsbericht über die Schießerei in Christiania gelesen. In der Meldung stand, dass ein neunundvierzigjähriger Bewohner des autonomen Stadtteils dabei verletzt worden war. Er hatte eine Wunde an der linken Schulter davongetragen. Glücklicherweise handelte es sich um einen glatten Durchschuss, der keine gravierenden Schäden angerichtet hatte.

Die Kopenhagener Polizei hatte den Verletzten noch in der Nacht im Krankenhaus befragt und war nun auf der Suche nach zwei unbekannten Männern. Der eine, der laut Aussage des Opfers die Schüsse abgegeben hatte, wurde als groß, äußerst stämmig und vom Typ her nordeuropäisch beschrieben. Der andere Mann, der nach Aussage des Zeugen auf dessen gestohlenem Rennrad vor den Schüssen geflohen sei, habe von der äußeren Erscheinung her den indigenen Einwohnern Grönlands geglichen. Auch die auffällige Pilotenjacke des Fahrraddiebs hatte der Mann ziemlich genau beschreiben können. Salik hatte sie heute lieber nicht angezogen.

Die Mauern und Dächer der verfallenen Produktionshallen

zeichneten sich als schroffe Konturen vor Salik am silbrig glänzenden Abendhimmel ab. Die Frau, mit der er heute verabredet war, hatte den Ruf, eine erfahrene Investigativjournalistin zu sein. Nach anfänglichen Bedenken hatte sie zugesagt, sich zu vorgerückter Stunde an diesem abgelegenen Ort mit ihm, einem Unbekannten, zu treffen.

Er öffnete ein verrostetes Eisentor, das wohl vor einiger Zeit von jemandem aufgebrochen worden war. Nun stellte es kein Hindernis mehr dar. Überall auf dem Boden des verlassenen Werksgeländes lagen Glasscherben. Bei jedem Schritt knackten und knirschten sie unter seinen Schuhen. Zwischen den Gemäuern ragten Sträucher und Büsche hervor. Salik war immer wieder erstaunt, wie schnell die Natur Areale zurückeroberte, die von den Menschen verlassen worden waren.

Dieser Umstand kam ihm nun durchaus gelegen. Das wild wuchernde Gestrüpp bot ihm eine willkommene Deckung vor etwaigen Verfolgern. Im Schutz der Gebäude bewegte er sich langsam vorwärts. Dabei musste er aufpassen, nicht über eins der Metallrohre zu stolpern, die überall auf dem Boden verstreut lagen und vor sich hin rosteten. Sie waren stumme Zeugen einer Zeit, in der hier auf dem Gelände noch gearbeitet worden war. Das Licht seiner Handytaschenlampe wollte er jedoch trotz der Stolperfallen lieber nicht einschalten. Zu tief saß noch immer der Schock über seine gestrigen Erlebnisse auf der Flucht vor dem bewaffneten Verfolger. So pirschte er sich lieber erst einmal unbemerkt an sein Ziel heran, um sich vorsichtig ein Bild von der Lage vor Ort zu machen.

Er hatte mit der Reporterin vereinbart, dass sie sich um dreiundzwanzig Uhr vor dem verwitterten Hauptgebäude der alten Fabrik treffen würden. Er hatte verlangt, dass die Journalistin allein kommen sollte. Unter gewissen Bedingungen war sie damit einverstanden gewesen. Nach dem Vorfall in Christiania wollte auch sie sich ein wenig absichern. Deshalb würde sie sich im Laufe des Treffens in regelmäßigen Abständen telefonisch bei ihrer Redaktion melden.

Nachdem Salik den großen Klinkerbau mit den kaputten Fensterscheiben und den beschmierten Wänden erreicht hatte, kauerte er sich hinter einen Mauervorsprung. Hier wartete er einige Minuten und beobachtete die Umgebung. Über seinen Kopf hinweg flatterten Fledermäuse, die unter den Dächern der Ruinen offenbar ein Zuhause gefunden hatten. Irgendwo in der Ferne hörte er einen Uhu. Kurz wünschte er, die Tiere könnten ihm beim Flug über das Gelände ihre Sinneseindrücke vermitteln. Wenn er mit Sicherheit gewusst hätte, dass ihm auf dem Weg von der Straße hierher niemand gefolgt war, wäre ihm jetzt nicht so mulmig zumute gewesen.

Vorsichtshalber hatte er die Unterlagen, die er der Journalistin aushändigen wollte, zunächst in seinem Auto gelassen. Er wollte sie nicht mit sich herumtragen, solange nicht klar war, ob er und die Reporterin wirklich allein waren und ob er der Frau auch tatsächlich trauen konnte.

Nach einer Weile konnte er im Dämmerungslicht eine Gestalt ausmachen, die sich langsam dem Gebäude näherte. Salik ging einen Schritt zur Seite und verbarg sich noch tiefer im Schatten des Mauervorsprungs. Vorsichtig lugte er um die Ecke und erspähte erleichtert das Erkennungszeichen, das er im Vorfeld mit der Frau ausgemacht hatte. Die dunkle Gestalt, die dort den aufgeplatztzten Asphaltweg entlangging, trug an beiden Handgelenken ein leuchtendes Neonarmband. Sie hatte die Ärmel ihrer Jacke hochgekrempelt, damit die grellgelben Party-Accessoires in der Dunkelheit weithin sichtbar waren.

Salik kam hinter der Hausecke hervor und betrat die große freie Fläche vor dem Hauptgebäude der ehemaligen Fabrik. Kurze Zeit später stand er einer jungen Frau gegenüber, die sich als Cathrine Rydberg vorstellte. Sie hatte eine sportliche Statur und trug dunkle Jeans sowie einen schwarzen Wollpullover mit einem Strickmuster. Markante Gesichtszüge und ein auffällig dunkler Teint verliehen ihr eine leicht maskuline Ausstrahlung. Salik hätte sie gern bei hellerem Licht etwas genauer betrachtet, denn bei den derzeitigen Lichtverhältnissen war er hin- und hergerissen, ob er ihr Aussehen attraktiv oder einfach nur interessant finden sollte.

Auch Cathrine Rydberg sah ihn durch ihre runde Brille hindurch aufmerksam und ein wenig argwöhnisch an. Das war angesichts der besonderen Umstände allerdings nicht verwunderlich.

»Normalerweise treffe ich mich nicht zu später Stunde mit fremden Männern an abgelegenen Orten«, sagte sie nach einer kurzen Begrüßung.

»Kann ich mir gut vorstellen«, antwortete Salik. »Deshalb erst mal vielen Dank, dass du gekommen bist.«

Sie musterte ihn eingehend und nickte schließlich vielsagend. »Du warst also gestern in Christiania an der Schießerei beteiligt.«

Salik blickte verlegen zu Boden. »Dass der Mann dabei verletzt wurde, tut mir sehr leid. Ich hatte nicht die Absicht, ihn in Gefahr zu bringen.«

»Die Ärzte sagen, er wird die Sache heil überstehen.«

»Freut mich sehr, das zu hören.«

»Du hattest am Telefon angedeutet, dass die Schüsse eigentlich dir gegolten haben?«

»Ja, das stimmt. Deshalb auch die Vorsichtsmaßnahmen und dieser besondere Treffpunkt. Ich wollte sichergehen, dass der Typ mich nicht erneut aufspürt und seinen Auftrag doch noch zu Ende bringt.«

»Auftrag?«, wiederholte sie verblüfft. »Der Schütze ist also ein bezahlter Killer?«

Salik seufzte. »So ist es.«

»Kennst du den Kerl?«

»Nein, aber ich kenne seinen Auftraggeber.«

»Das wäre meine nächste Frage gewesen. Und wer ist der Mann, der dich auf so brutale Weise loswerden will?«

»Ein Politiker aus meiner Heimat. Genauer gesagt, einer der beiden grönländischen Abgeordneten, die unser Land im Folketing vertreten.«

»Wie bitte? Ein gewähltes Mitglied des Parlaments schickt dir mitten in Kopenhagen einen Killer auf den Hals? Bist du dir ganz sicher?«

Salik nickte. »Da gibt's leider keinen Zweifel. Ich war nämlich selbst dabei, als der feine Herr Lauridsen den Mann auf mich angesetzt hat.«

»Bjørn Lauridsen? Den hab ich vor einiger Zeit mal interviewt.«

»Ich weiß«, sagte Salik. »Deshalb wollte ich mich mit dir treffen.«

»Am Telefon hast du gesagt, er sei in einen Umweltskandal in Grönland verwickelt, bei dem verseuchtes Wasser im Umfeld der ›Nordprøven‹-Mine austritt. Kannst du die Hintergründe kurz ein bisschen genauer ausführen?«, bat die Journalistin.

»Klar. Also zunächst einmal muss man wissen, dass diese Lagerstätte in Grönland wirklich gewaltige Mengen an Seltenen Erden enthält. Insgesamt gibt es dort siebzehn verschiedene Elemente, die als Rohstoffe für Hochtechnologieprodukte wie Windturbinen, Elektroautos oder Smartphones extrem wichtig sind. Deshalb werden einige dieser Bodenschätze von westlichen Regierungen als kritisch für ihre Industrie eingestuft.«

»Und in Narsaq gibt es mehr als genug davon.«

»So ist es. Insgesamt mehr als zehn Millionen Tonnen. Das ist nach dem in China das weltweit zweitgrößte Vorkommen an Seltenen Erden. Die Minenbetreiber gehen davon aus, dass die Ressourcen zwanzig bis dreißig Prozent des globalen Bedarfs abdecken können. Allerdings gibt es ein gravierendes Problem.«

»Und das wäre?«

»Dort in Grönland sind im Gestein auch jede Menge radioaktive Materialien wie Uran oder Thorium enthalten.«

»Aber das grönländische Parlament hat doch vor einigen Jahren grundsätzlich auch der Uranförderung zugestimmt, oder?«

Salik verzog verächtlich das Gesicht. »Ja, das war 2013. Mit äußerst knapper Mehrheit von fünfzehn zu vierzehn Stimmen wurde damals ein fünfundzwanzig Jahre altes Verbot für die Förderung von Uran gekippt.«

»Damit war dann der Weg frei für die Anlage.«

»Im Prinzip schon. Aber viele Leute aus der Region hatten natürlich große Bedenken. Lauridsen war jedoch von Anfang an ein großer Befürworter des Projekts. Wie ich inzwischen weiß, wurde er von den Betreibern der ›Nordprøven‹-Mine gut für seine Lobbyarbeit bezahlt. Sie behaupteten damals, man könne die Seltenen Erden aus dem Boden holen, ohne dass dabei Uran oder Thorium freigesetzt wird. Das war die erste Lüge, die sie uns aufgetischt haben.«

»Die Aussage war falsch?«

»Natürlich. Geologen haben in einem Gutachten bestätigt, dass so etwas gar nicht geht. Das mussten schließlich auch Lauridsen und die Betreiber zugeben. Als Nächstes haben sie uns dann erzählt, sie würden die Tailings sicher deponieren.«

»Tailings?« Cathrine Rydberg sah ihn fragend an.

»Das sind feinkörnige Rückstände, die bei der Aufbereitung von Erzen und Mineralien entstehen. Da bei dem Vorgang Chemikalien eingesetzt werden, sind die Tailings oft sehr giftig. Im Falle der ›Nordprøven‹-Mine ist der Abraum zudem radioaktiv. Und da in der Gegend oftmals kräftige Südostwinde wehen, kann man den strahlenden Schutt nicht einfach unter freiem Himmel lagern. Die gefährlichen Partikel würden über die Luft in der ganzen Gegend verteilt werden.«

»Und was macht man stattdessen mit dem Zeug?«

»Man versenkt es im Wasser. Der gesamte ›Nordprøven‹-Komplex liegt auf einem Bergplateau, hoch über einer Siedlung mit etwa tausenddreihundertfünfzig Einwohnern. Dort oben in den Bergen gibt es einen natürlichen See, in dem die gefährlichen Abfallprodukte aus der Mine deponiert werden. Und genau das ist das Problem.«

»Warum, was ist denn damit?«

»Der See hatte ursprünglich einen natürlichen Abfluss, eine Art Überlaufventil. An einer flachen Uferstelle mündet er in ein steiniges Flussbett. Das windet sich ein paar hundert Meter talwärts durchs Felsgestein und vereint sich schließlich mit einem weiteren Flusslauf. Auf diese Weise gelangt Schmelzwasser aus den Bergen bis hinunter ins Meer. Das Gletscherwasser wird unter anderem von der örtlichen Landwirtschaft genutzt. Damit nun von der Mine oben auf dem Bergplateau keine giftigen Tailings ins Tal gelangen, wurde an den südwestlichen Ausläufern des Abraumsees eine Staumauer errichtet.«

»Und das funktioniert?«

»Nein, leider nicht. Denn bedingt durch den Klimawandel kommt es in der Gegend um die Mine in jüngster Zeit verstärkt zu Erdbeben. Eine vorhersehbare Entwicklung, vor der wir gewarnt haben, aber von den Verantwortlichen wollte das niemand hören. Die Bergwerksbetreiber haben nach den Erdbeben auch keine Sicherheitsüberprüfungen unternommen. Hätten sie das getan, wäre ihnen sicher aufgefallen, dass sich durch die Erdstöße am felsigen Untergrund des Sees mehrere Spalten aufgetan haben. Jetzt gelangt kontaminiertes Abraumwasser durch unterirdische Wasserläufe ins besiedelte Tal. Ein weiteres Problem ist der Staudamm. Die Betonmauer hat inzwischen ebenfalls deutliche Risse bekommen. Bei weiteren Erdstößen in der Gegend – und die wird es geben – könnte es zu einem Dammbruch auf breiter Front kommen. Die Folgen wären katastrophal.«

»Das ist ja ein starkes Stück! Und nichts davon ist öffentlich bekannt?«

»Nein, denn der See mitsamt der maroden Staumauer liegt auf dem Gelände der Mine. Das komplette Areal ist von einem hohen Zaun umgeben und wird rund um die Uhr von Sicherheitsleuten bewacht. Da kommt man nicht so ohne Weiteres hin.«

»Aber du warst dort und hast dich umgesehen?«

»Ja, ich habe alles dokumentiert, was ich dir eben erzählt habe. Außerdem hat mir ein Mitarbeiter der Minengesellschaft noch eine Reihe von belastenden E-Mails zugespielt, die von den führenden Köpfen der Bergbaugesellschaft stammen. Aus den Nachrichten geht eindeutig hervor, dass die Probleme von Anfang an absichtlich heruntergespielt wurden. Ihnen war klar, dass der ›Nordprøven‹-Standort wegen der Erdbeben erhebliche Sicherheitsrisiken birgt. Die Mails belegen zudem, dass den Verantwortlichen auch die Leckagen am Stausee und am Fundament der Staumauer bekannt sind.«

»Und damit hast du Lauridsen konfrontiert?«

»Ja, allerdings habe ich ihm nichts von meinem Informanten erzählt. Ich wollte nicht gleich alle Karten auf den Tisch legen. Aber ich hab ihm ordentlich Dampf gemacht und verlangt, dass er die Mine sofort schließen lässt.«

»Woraufhin er dir diesen bewaffneten Typen auf den Hals gehetzt hat?«

Salik schüttelte den Kopf. »Nicht sofort. Zunächst hat er versucht, mich zu bestechen. Erst als er kapierte, dass er damit bei mir nicht weiterkommt, hat er seinen Gorilla gerufen, um mich auszuschalten.«

»Verstehe. Kann ich die Unterlagen sehen?«

»Klar. Die Dokumente sind in meinem Auto.«

»Okay, dann gehen wir da jetzt hin. Ich würde mir gern ein paar Kopien davon machen, wenn du erlaubst.«

14

Salik ging mit der Journalistin über das verfallene Werksgelände zurück zu seinem Mietwagen. Gemeinsam fuhren sie in die Innenstadt, wo sich das Redaktionsgebäude der Wochenzeitung »Ugens Nyheder« befand. Das Blatt, das für seine kritische Berichterstattung bekannt war, erreichte in ganz Dänemark eine große Leserschaft. Themen, die in der Zeitung behandelt wurden, fanden sich kurze Zeit später auch in vielen anderen Medien wieder.

Saliks Geschichte würde sicher über die Landesgrenzen hinaus für Aufsehen sorgen. Denn hier kamen diverse Elemente einer Sensationsstory zusammen: eine nächtliche Schießerei mitten in Kopenhagen, ein Umweltskandal im fernen Grönland, ein gewissenloser Folketing-Abgeordneter – verständlich, dass Cathrine Rydberg großes Interesse an einem Exklusivbericht hatte.

Während Salik den Wagen durch die leeren Straßen Richtung Stadtzentrum steuerte, deutete die Journalistin durch die Frontscheibe auf das Auto, das vor ihnen fuhr. Der dunkle Kombi hatte seine Fahrt verlangsamt und kam nun etwa dreißig Meter vor ihnen zum Stehen. Auf dem Dach des Fahrzeugs blinkte eine helle Schrift auf, und eine Leuchtkelle wurde aus dem Fahrerfenster gehalten.

»Verdammt, eine Polizeikontrolle«, fluchte Salik. In der ganzen Stadt wurde nach dem Grönländer gesucht, auf den gestern Nacht in Christiania geschossen worden war. Wenn er jetzt anhielt und die Polizei seine Pilotenjacke im Kofferraum fand, würde man ihn sicher mit auf die Wache nehmen, um ihn zu befragen. Vielleicht würden die Beamten ihm auch seine Unterlagen abnehmen, die er unter großen Gefahren zusammengetragen hatte. Dann hätte er keine Beweise mehr in der Hand und nichts, was er der Reporterin für ihre Berichterstattung geben konnte. So weit durfte er es nicht kommen lassen. Also trat er das Gaspedal durch.

»Was tust du denn da?«, fuhr ihn Cathrine Rydberg von der Seite her an, als der Wagen mit aufheulendem Motor an der Polizeikontrolle vorbeischoss. Sofort beschleunigten auch die Beamten und nahmen die Verfolgung auf.

»Ich versuche, uns einen kleinen Vorsprung zu verschaffen«, antwortete Salik. »Vielleicht kann ich dich unbemerkt irgendwo rauslassen.«

»Und dann?«

»Dann schnappst du dir meinen Rucksack mit den Unterlagen und verschwindest, so schnell du kannst.«

»Du gibst mir die Originale?«, fragte die Journalistin überrascht. Sie hielt sich am Griff über dem Beifahrersitz fest, als der Wagen mit quietschenden Reifen um eine enge Kurve raste.

»Ja, und du musst verdammt gut darauf aufpassen.«

Cathrine Rydberg griff hinter sich und zerrte den knallroten Rucksack mit dem Logo der grönländischen Fluggesellschaft von der Rückbank des BMW. Salik hatte ihn vor der Abfahrt aus dem Kofferraum geholt, um der Reporterin ein paar der Dokumente zu zeigen. Diese bewiesen, dass sie nicht zu einem Betrüger ins Auto stieg. Das erwies sich jetzt als Vorteil. Denn nun konnte Cathrine die Unterlagen einfach an sich nehmen, ohne dafür erst die Heckklappe des Wagens öffnen zu müssen.

Das Polizeifahrzeug raste mit Blaulicht und Martinshorn hinter ihnen her. Doch Salik konnte die Verfolger mit seinem halsbrecherischen Fahrstil gut auf Distanz halten. Zum Glück waren zu so später Stunde nur noch sehr wenige andere Autos in der Stadt unterwegs. Andernfalls hätte er sicherlich schon längst einen Massencrash verursacht, denn bei seiner Fahrt missachtete er alle roten Ampeln und Verkehrszeichen.

Nach einer scharfen Rechtskurve machte Salik eine Vollbremsung, und der Wagen kam abrupt zum Stehen. »Los, ab durch den Park dort!«, rief er und deutete auf ein schmiedeeisernes Tor. Dahinter lag eine große Grünanlage, die Cathrine ausreichend Deckung bieten würde. Das Redaktionsgebäude von »Ugens Nyheder« befand sich genau auf der anderen Seite des Parks.

Ohne Umschweife schnallte die Journalistin sich ab und sprang aus dem Auto. »Wir hören voneinander!«, sagte sie und rannte auf das große Tor zu.

»Ich zähl auf dich!«, rief Salik ihr nach, bevor er das Gaspedal wieder durchdrückte und der Wagen mit Vollgas davonbrauste.

Nach etwa zwei Kilometern hatte Salik den Abstand zu seinen Verfolgern erneut so weit ausgebaut, dass er das Fahrzeug mit dem blinkenden Blaulicht nur noch als kleine Silhouette im Rückspiegel sehen konnte. Er hatte zwar keine Ahnung mehr, wo genau er sich eigentlich befand. Dennoch machte er nach einer scharfen Rechtskurve erneut eine Vollbremsung, ließ das Auto am Straßenrand stehen und flüchtete zu Fuß weiter.

Liebend gern hätte er versucht, mit dem BMW die Stadt zu verlassen. Doch sicher hatten die Beamten bereits Verstärkung angefordert. Und da sein Auto an beiden Seiten den großen grellgrünen Schriftzug der Car-Sharing-Firma trug, war es als Fluchtfahrzeug einfach zu auffällig.

Während er über Zäune und Hecken sprang und durch dunkle Hinterhöfe rannte, kamen böse Erinnerungen an die vorige Nacht in ihm hoch. Er hätte nicht gedacht, dass sich sein traumatisches Erlebnis so schnell wiederholen würde. Noch dazu war er gezwungen gewesen, all seine Beweise einer fremden Person anzuvertrauen. Er konnte nur hoffen, dass ihn seine Menschenkenntnis nicht trog und die Unterlagen bei Cathrine Rydberg in guten Händen waren. Im Idealfall würde sie schon bald die mediale Bombe hochgehen lassen.

Er musste unterdessen schleunigst die Stadt verlassen. Inzwischen hatte er am eigenen Leib erfahren, zu welchen

Methoden sein Gegner griff, wenn er das Gefühl hatte, die Kontrolle über die Situation zu verlieren. Und Lauridsen war sowohl zu Hause in Grönland als auch in Kopenhagen ziemlich gut vernetzt. Sicher gab es hier wie dort den einen oder anderen, der dem Politiker noch einen Gefallen schuldig war. Dann wäre es nur eine Frage der Zeit, bis man ihn hier in Kopenhagen aufspürte.

Und da waren ja auch noch die Leute von der Bergbaugesellschaft. Für sie war eine derartige Enthüllungsstory ebenfalls wenig schmeichelhaft. Wenn für Salik alles nach Plan verlief, würde sich daheim in Grönland durch Cathrines Artikel politisch und gesellschaftlich der Wind drehen. Es bedurfte nicht viel, um aus einer knappen Minderheit eine Mehrheit zu machen. Und wenn das Parlament dann entschied, die »Nordprøven«-Mine zu schließen und den Uranbergbau wieder zu verbieten, würden den Betreibern der Anlage Millionen an Einnahmen verloren gehen.

Da Salik mit der Sache direkt an die Kopenhagener Presse gegangen war, würde es ihnen auch nicht möglich sein, den Skandal irgendwie am Ort des Geschehens einzudämmen. Mit der kleinen Medienszene in Grönland wären sie vielleicht noch irgendwie fertiggeworden. Aber »Ugens Nyheder« war eine ganz andere Hausnummer. In der Sonntagszeitung erreichte eine solche Story auf einen Schlag über hundertzwanzigtausend Leser. Das waren deutlich mehr Menschen, als sein Heimatland Grönland an Einwohnern hatte.

Indem er die Kopenhagener Hauptstadtpresse eingeschaltet hatte, war er jedoch auch ein Risiko eingegangen. Sicher war Cathrine professionell genug, ihn als Informationsquelle anonym zu halten. Allerdings hatte er Bjørn Lauridsen bereits angedroht, die Medien zu informieren. Also lag auf der Hand, wer der Informant für den Enthüllungsbericht war. Und die Betreiber der Mine würden sicher versuchen, diese offene Rechnung mit ihm zu begleichen.

15

In der Helgoländer Polizeistation, die in einem unscheinbaren grünen Endreihenhaus in unmittelbarer Nähe des Hafens untergebracht war, legte Carstens frustriert den Telefonhörer auf und fluchte deutlich vernehmbar. Sein Anruf beim Nationalen Lage- und Führungszentrum hatte leider keine neuen Erkenntnisse gebracht. Denn ausgerechnet in jener Nacht, als der »Arctic Flyer« vom Flugplatz in Mainz-Finthen verschwunden war, hatte die NATO weitgehend unbemerkt von der allgemeinen Öffentlichkeit in Nordeuropa ein umfangreiches Manöver abgehalten. Die Militärübung probte das Szenario eines Cyberkriegs, weshalb unter anderem ein groß angelegter Hackerangriff auf das Kontrollzentrum in Uedem simuliert worden war. Dadurch hatte den Luftfahrtexperten vorübergehend nur etwa die Hälfte der üblicherweise fünfundvierzig Radaranlagen zur Verfügung gestanden, um den Luftraum zu überwachen. Gleichzeitig waren zu Übungszwecken über mehrere Stunden immer wieder nicht identifizierte Flugzeuge auf den Bildschirmen des NLFZ angezeigt worden.

Laut dem leitenden Beamten, mit dem Carstens gesprochen hatte, hatten die Flugsicherheitsexperten bei dem Szenario in jener Nacht alle Hände voll zu tun gehabt. Sie mussten ihre teilweise lahmgelegten oder gekaperten Systeme wieder zum Laufen bringen. Parallel dazu galt es, die zunächst völlig unübersichtliche Bedrohungslage zu überblicken. Angesichts der eingeschränkten Überwachungsmöglichkeiten und der außergewöhnlichen Lage hätte der »Arctic Flyer« also tatsächlich zeitweise unbemerkt bleiben können, wie Carstens' Ansprechpartner durchblicken ließ.

Gerade wollte Carstens vom Schreibtisch aufstehen, da erhielt er einen Anruf auf seinem Diensthandy. Er kannte die Nummer mit der Vorwahl der Stadt Heide.

»Moin, Herr Kollege«, begrüßte ihn Kriminalhauptkommissar Christian Ehlers. »Lange nichts voneinander gehört.«

»Stimmt«, antwortete Carstens. »Alles klar bei euch auf dem Festland?«

»Alles bestens.« Das war nicht einmal gelogen. Es ging Ehlers tatsächlich deutlich besser als noch im vergangenen Herbst. Damals hatte er mit einem posttraumatischen Stresssyndrom zu kämpfen gehabt. Diese schwere Zeit war dank einer Therapie, zu der ihm seine Frau Paula geraten hatte, inzwischen überwunden. Jetzt konnte er nachts auch endlich wieder einigermaßen durchschlafen. Zwar hielten ihn seine beiden Kinder Bjarne und Stina ordentlich auf Trab. Aber wenn er ihretwegen nachts aufstand, wusste er, dass sich die beiden in der Regel schnell beruhigen ließen. Der Stress als Familienvater bereitete ihm ansonsten keine schlaflosen Nächte.

»Ihr sucht doch derzeit nach einem Mitarbeiter der Biologischen Anstalt und nach einem grönländischen Piloten.«

»Ja, richtig. Weißt du was darüber?«

»Vielleicht schon. Ich hab mir gerade die neuesten internationalen Fahndungsaufrufe angesehen. Dabei bin ich auf ein Phantombild aus Dänemark gestoßen. Der Mann, der da abgebildet ist, sieht eurem Piloten wirklich sehr ähnlich. Außerdem soll er eine Pilotenjacke getragen haben. Wenn du mich fragst, klingt das nach einem Treffer.«

»Echt? Das wär ja mal was. Wo wurde der Mann zuletzt gesehen?«

»Er soll sich kürzlich in Kopenhagen aufgehalten haben. Ob er momentan noch dort ist, ist allerdings nicht sicher.«

»Okay. Und warum wird nach ihm gesucht?«

»Laut der Kopenhagener Polizei war er vor fünf Tagen in eine nächtliche Schießerei verwickelt. Kurz danach hat er sich allem Anschein nach einer Verkehrskontrolle entzogen und sich eine waghalsige Verfolgungsjagd mit den örtlichen Beamten geliefert. Dabei ist er mit einem Mietwagen quer durch die

Stadt gerast. Am Ende ist es ihm gelungen zu entkommen. Er hat das Fluchtfahrzeug im westlichen Stadtteil Vanløse stehen gelassen. Von dort aus hat er sich wohl zu Fuß aus dem Staub gemacht. Seither gilt er als flüchtig. Da der Gesuchte mit großer Wahrscheinlichkeit kein Däne, sondern Grönländer ist und sich vielleicht ins Ausland absetzt, haben die dänischen Kollegen Interpol eingeschaltet. Am besten schaust du dir die Fahndungsunterlagen gleich mal selbst an.«

»Ja, das mach ich. Anschließend können wir uns dazu auch noch einmal persönlich austauschen. Ich wollte sowieso mit dem Schiff rüber ans Festland. Was unseren zweiten Vermissten angeht, führt die Spur nämlich nicht nach Dänemark. Ich muss mich darüber mit den Kollegen aus Itzehoe unterhalten.«

Vier Stunden später trafen sich Carstens und Ehlers am Büsumer Hafen, wo das Polizeiküstenboot »Tertius« an seinem angestammten Liegeplatz festgemacht hatte. In früheren Zeiten hatten sie sich bei ähnlichen Besprechungen direkt am Fischereihafen zusammengesetzt. Doch die Büsumer Station der Wasserschutzpolizei war infolge einer Umorganisation der Landespolizei inzwischen aufgelöst worden. Deshalb fuhren die beiden Beamten in Ehlers' Auto zur Kripodienststelle ins zwanzig Kilometer entfernte Heide.

Während der Fahrt erkundigte sich Ehlers beiläufig nach Inken. Carstens machte ein grimmiges Gesicht und antwortete ausweichend. Zu seinem Leidwesen musste er sich eingestehen, dass er die Sache diesmal wohl gründlich gegen die Wand gefahren hatte. Zwischen ihm und Inken herrschte seit ihrem Streit vor ein paar Tagen völlige Funkstille. Natürlich hätte er sich jetzt intensiv Gedanken machen müssen, ob und wie er in der Lage wäre, seine kaputte Beziehung vielleicht doch noch zu retten. Eventuell gab es einen Weg, Inken davon zu überzeugen, dass er kein vollkommen hoffnungsloser Fall war. Das Problem war jedoch, dass er das im Moment selbst nicht glaubte. Und anstatt sich vielleicht zum ersten Mal in seinem Leben wirklich ehrlich mit seiner eigenen Persönlichkeit auseinanderzusetzen, stürzte Carstens sich lieber in seine Arbeit. Bereitwillig hatte er sich voll und ganz von dem neuen Fall in Beschlag nehmen lassen. Und nur allzu gern war er heute an Bord der »Tertius« gemeinsam mit seinen Kollegen von der Wasserschutzpolizei ans Festland gefahren. Seine Beziehungsprobleme hatte er einfach auf Helgoland zurückgelassen.

Als er in Büsum an Land gegangen war, hatte er sich befreit gefühlt, tief durchgeatmet und es genossen, hier erst einmal ein wenig Abstand zu seinem verkorksten Privatleben drüben auf der Insel zu haben. Doch dann war auch schon der zweifache Familienvater Ehlers an der Hafenmole vorgefahren. Und anstatt mit ihm über irgendwelche Belanglosigkeiten zu sprechen, fragte der Kollege ihn ausgerechnet nach Inken.

Zum Glück war Ehlers sensibel genug, um sofort zu merken, dass Carstens dieses Thema derzeit nicht weiter vertiefen wollte.

16

Ein knappes Jahr bevor Nico Rodriguez zur Konferenz nach Potsdam aufgebrochen war, war er schon einmal mit dem Schiff aufs Festland gefahren. Allerdings nicht nach Büsum, sondern nach Cuxhaven. Von dort aus hatte er einen Zug zum Bremer Hauptbahnhof genommen und war dann mit dem Bus weiter bis zum Stadtteil Blumenthal gefahren. Sein Ziel war eine leicht angestaubte Nachkriegssiedlung am nördlichen Rand der Hansestadt. Die kleinen Einfamilienhäuser stammten überwiegend aus den fünfziger Jahren und wurden inzwischen vor allem von Senioren bewohnt. Er klingelte beim Haus eines älteren Ehepaars, das sich am Ende einer kleinen Sackgasse befand.

»Was kann ich für Sie tun?«, fragte der grauhaarige Mann, nachdem er die Tür geöffnet hatte.

»Sind Sie Günther Malchow?«, wollte Nico wissen.

»Ja, der bin ich. Und wer sind Sie?«

»Das würde ich Ihnen gern in Ruhe erklären. Dürfte ich bitte hereinkommen?«

»Worum geht es denn?« Der Rentner sah ihn argwöhnisch an. Doch Nico erwiderte seinen prüfenden Blick mit einem freundlichen und aufgeschlossenen Gesichtsausdruck.

»Es ist was Familiäres«, sagte er. Nach einer kurzen Pause fügte er hinzu: »Die Sache ist ein wenig kompliziert. Sie werden ziemlich überrascht sein, aber ich bin wegen Norbert hier.«

Günther Malchows Augen weiteten sich. »Wegen Norbert?«, brach es aus ihm hervor. »Mein Bruder ist seit langer Zeit tot. Was zur Hölle wollen Sie von …« Er beendete den Satz nicht. Stattdessen studierte er eingehend Nicos Gesichtszüge. »Diese Augen«, murmelte er nachdenklich.

»Ich sehe es auch«, sagte seine Frau Regina, die nun ebenfalls im Hausflur erschienen war. »Sie haben eine unglaubliche Ähnlichkeit mit meinem Schwager. Wer sind Sie?«

»Mein Name ist Nico Rodriguez. Eigentlich müsste ich genau wie Sie Malchow heißen. Aber ich wurde als Säugling von einer fremden Familie in Südamerika adoptiert. Ihr Bruder Norbert ist mein leiblicher Vater. Und ich bin hier, weil ich nach so vielen Jahren endlich meinen richtigen Onkel und meine Tante kennenlernen wollte.«

Das ältere Ehepaar wechselte einen Blick. Beide schienen das Gleiche zu denken.

»Norbert hatte einen Sohn?«, fragte Regina Malchow verwundert.

»Ja. Ich weiß es selbst erst seit Kurzem und habe ihn leider nicht mehr kennengelernt. Inzwischen habe ich aber ein paar Dinge über ihn herausgefunden – unter anderem, dass ich Verwandte in Deutschland habe.«

»Kommst du … aus Argentinien?«, fragte sie, während sie ihn mit einer einladenden Geste ins Haus bat.

»Das ist ja wirklich unglaublich«, sagte ihr Mann auf dem Weg ins Wohnzimmer.

Nico nickte. *»Sí, eso es.«* Dann wiederholte er auf Deutsch: »Das ist es. Ich werde euch gern meine persönliche Geschichte erzählen. Es wird für euch bestimmt nicht ganz leicht sein. Aber zumindest wisst ihr nun, dass Norbert noch etwas auf dieser Welt hinterlassen hat, bevor er … für immer gehen musste.«

Günther Malchow atmete tief durch. Der Verlust seines Bruders schien ihm auch nach so vielen Jahren immer noch nahezugehen. Nach einer Weile hatte er sich aber wieder so weit gefangen, dass er zu erzählen begann.

»Es fühlt sich an, als sei das alles erst gestern passiert. Ich erinnere mich noch genau, wie aufgeregt Norbert vor seiner Abreise nach Argentinien war. Wusstest du, dass er damals hier in Bremen bei einem großen Autohersteller gearbeitet hat?«

Nico schüttelte den Kopf. »Ich hab kaum etwas über sein Leben in Deutschland in Erfahrung bringen können. Deshalb bin ich zu euch gekommen.«

»Verstehe«, antwortete Günther Malchow und erklärte: »Die Firma hat diverse Produktionsstandorte überall auf der Welt – unter anderem in der Nähe von Buenos Aires. Mein Bruder konnte schon während seiner Schulzeit ziemlich gut Spanisch sprechen. Außerdem hatte er mal ein Semester in Valencia studiert. Deshalb wurde er im Herbst 1976 von seinem Chef gebeten, bei einer geplanten Erweiterung des argentinischen Werks zu helfen.«

»Hat er spontan zugesagt, oder musste er lange überlegen?«

»Na ja, eine kurze Bedenkzeit hat er sich schon erbeten. Dort unten war ja gerade ein halbes Jahr zuvor die Regierung gestürzt worden, und eine brutale Militärjunta hatte die Macht übernommen. Aber da erzähle ich dir wahrscheinlich nichts Neues, oder?«

»Absolut nicht. Der 24. März ist für viele meiner Landsleute jedes Jahr ein trauriger Tag.«

»Für uns auch«, stimmte Regina Malchow zu. »Es war der Beginn einer schlimmen Diktatur, der leider auch Norbert zum Opfer gefallen ist. Er war nämlich nicht nur ein ziemlich guter Ingenieur, sondern auch sehr aktiv in der Gewerkschaft. Dadurch ist er schon bald ins Visier der neuen Machthaber geraten.«

»Ich habe ihm damals empfohlen, nicht nach Südamerika zu gehen«, ergänzte ihr Mann. »Schon direkt nach dem Putsch der Militärs sind ja die Verhaftungen losgegangen. Und es war kein großes Geheimnis, dass auch Gewerkschafter der Junta ein Dorn im Auge waren.«

»Aber mein Vater hat nicht auf dich gehört.«

Er zuckte resigniert mit den Schultern. »Mein kleiner Bruder hatte schon immer seinen eigenen Kopf. Er dachte wohl, ihm könne nichts passieren, da er ja deutscher Staatsbürger war.«

»Aber damit hat er leider falschgelegen«, bemerkte Regina Malchow leise.

»Soweit ich weiß, haben die Militärs in den sieben Jahren der Diktatur mehr als siebzig Deutsche oder Deutschstämmige umgebracht«, sagte Nico. *»Viva la muerte«*, fügte er traurig hinzu.

»Ja, der Tod lauerte damals überall.« Günther Malchow seufzte. »Ach, wäre er doch bloß hiergeblieben.«

»Wann habt ihr denn zuletzt etwas von ihm gehört?«

Malchow musste nicht lange überlegen: »Drei Tage vor seiner Verhaftung. Da haben wir das letzte Mal telefoniert.«

»Und wie ging es ihm zu der Zeit? Hat er geahnt, dass er in Gefahr schwebte?«

»Ich glaube nicht. Vielleicht hatte er dafür aber auch zu viele Schmetterlinge im Bauch. Er hatte schon ein paarmal zuvor entsprechende Andeutungen gemacht«, erinnerte sich Günther Malchow. »Die Frau, in die er sich verliebt hatte, war wie er in der Arbeiterbewegung aktiv.«

»Verstehe. Das war dann wohl meine Mutter.« In Nicos Stimme schwang nun ebenfalls große Traurigkeit mit. »Sie hieß Maria.«

»Stimmt, diesen Namen hat Norbert am Telefon erwähnt«, sagte Regina Malchow. »Aber wir hatten keine Ahnung, dass sie bereits nach so kurzer Zeit ein Kind von ihm erwartete …« Sie wiegte ungläubig den Kopf, während sie ihren Neffen ansah. »Die beiden hatten sich bei einer Gewerkschaftsveranstaltung in der Fabrik kennengelernt. Das muss wenige Tage nach Norberts Ankunft in Buenos Aires gewesen sein. Es war wohl Liebe auf den ersten Blick.«

Nico nickte. »Sie ist damals offenbar wirklich sehr schnell schwanger geworden«, sagte er.

»Sieht ganz so aus. Aber das haben die beiden sicher nicht an die große Glocke gehängt.«

»Sie waren ja nicht verheiratet«, gab Günther Malchow zu bedenken. »Das waren noch ganz andere Zeiten damals.

Und soweit wir wissen, kam deine Mutter aus einer ziemlich konservativen Familie. Ein uneheliches Kind mit einem Deutschen, der noch nicht mal katholisch war. Das hätte bestimmt nicht gut ins Bild gepasst.«

»Das wusste ich nicht. Die Familie meiner Mutter habe ich bislang noch nicht ausfindig gemacht. Aber zum Glück habe ich euch gefunden. Wisst ihr, wann mein Vater damals verhaftet wurde?«

»Wir haben es wenig später erfahren«, sagte Günther Malchow düster. »Es war der 16. November 1977.«

»Mir wurde gesagt, dass man ihn damals direkt von seiner Arbeitsstelle in dem argentinischen Werk abgeholt und verschleppt hat. Stimmt das?«

Sein Onkel seufzte tief. »Wie man heute weiß, wurden in der Firma ›schwarze Listen‹ geführt. Da standen die Namen von Gewerkschaften und Betriebsräten drauf. Außerdem hatte man Spitzel in Gewerkschaftsgruppen eingeschleust. Der damalige argentinische Arbeitsminister wollte, dass ›subversive Kräfte‹ innerhalb der Betriebe eliminiert werden.«

»Also hat man die Arbeiterbewegung gezielt unterwandert?«

»Ja, so war es. Gewerkschafter galten allgemein als Terroristen. Während der Diktatur wurden in dem Unternehmen, für das Norbert gearbeitet hat, mehrere Betriebsratsmitglieder entführt und gefoltert. Die meisten von ihnen sind nie wieder …« Er sprach den Satz nicht zu Ende.

»Auch deine Eltern gehören zu denen, die für immer verschwunden geblieben sind«, stellte Regina Malchow mit trauriger Miene fest.

»Überlebende sagten nach dem Ende der Diktatur aus, dass das Management der Firma gemeinsame Sache mit den Schergen der Junta gemacht habe. So wurde der damalige Werksleiter beschuldigt, Adressen von Gewerkschaftern ans Militär weitergegeben zu haben.«

»Davon habe ich auch gehört«, sagte Nico. »Es gab in

dieser Sache auch einen größeren Prozess in Argentinien. Leider wurde keiner aus der Chefetage der Firma schuldig gesprochen. Allerdings kam dabei immerhin ein schmutziges Detail ans Licht – und das hat auch mit mir persönlich zu tun.«

»Was denn?«, fragte Regina Malchow überrascht.

»Damit kommen wir jetzt wohl zu meinem Teil der Geschichte.«

»Ja, dann erzähl mal«, sagte sein Onkel und schenkte ihm eine Tasse Kaffee ein.

»Wie ich erfahren habe, beteiligte sich die Autofirma an der Einrichtung einer medizinischen Station für Neugeborene. Das Unternehmen lieferte wichtige Geräte für die Behandlung von Frühgeburten – und zwar an ein Militärhospital in der Nähe von Buenos Aires.«

Die Malchows sahen ihn verwundert an.

»Eine Geburtsstation in einem Armeekrankenhaus? Das kann in Zeiten einer Militärdiktatur nichts Gutes bedeuten.«

»Ganz und gar nicht. Auf dem Gelände der Militärbasis gab es damals vier geheime Gefängnisse. Dort wurden ›Subversive‹ gefoltert und getötet. Unter den Gefangenen waren auch schwangere Frauen – so wie meine Mutter. Sie mussten ihre Kinder auf dem Militärgelände zur Welt bringen. Anschließend wurden viele der Frauen getötet.«

»Die armen Kinder«, sagte Günther Malchow.

»Sie wurden zur Adoption freigegeben«, fuhr Nico fort. »Viele kamen zu treuen Anhängern der Diktatur. Allein in diesem Militärkomplex wurden rund zweihundert Kinder vom Terrorregime geraubt und wuchsen dann bei Fremden auf. Oft waren es kinderlose Offiziersfamilien.«

»Diese Verbrecher!«, sagte Regina Malchow. »Bist du in eine solche Familie gekommen?«

»Gewissermaßen. Aber das Paar, bei dem ich gelandet bin, zählte eher zu den Mitläufern. Mein Adoptivvater war Polarforscher. Er hat als Zivilangestellter fürs Militär gearbeitet.«

»Dann warst du vermutlich oft mit deiner Adoptivmutter allein, oder?«

Er schüttelte den Kopf. »Nein, wir waren die ganze Zeit zusammen. Wir haben alle drei an dem Ort gelebt, an dem mein Ersatzvater gearbeitet hat. Dadurch bin ich schon als Säugling zu einer Art nationaler Berühmtheit geworden.«

»Wie meinst du das?«, fragte sein Onkel verwundert.

Nicos Blick verfinsterte sich. Mit Verbitterung in der Stimme antwortete er: »›*Niño del hielo*‹, so haben sie mich genannt. Der ›Junge aus dem Eis‹.«

»Warum denn das?«

»Direkt nach meiner Geburt auf dem Armeegelände hat man mich meiner leiblichen Mutter weggenommen und in einer Nacht-und-Nebel-Aktion zur Esperanza-Station in die Antarktis geflogen. Dort wurde mir dann von einem Militärarzt eine gefälschte Geburtsurkunde ausgestellt. Seither bin ich offiziell der erste Mensch, der auf dem antarktischen Kontinent geboren wurde. Das Ganze war eine verdammte Propaganda-Aktion«, sagte Nico verächtlich.

»Und worin bestand der Sinn?«, wollte Regina Malchow wissen.

»Argentinien beansprucht das Territorium auf der Antarktischen Halbinsel schon lange für sich. Dieser Anspruch kollidiert allerdings mit den Interessen von Chile und Großbritannien in der Region. Um ihn zu untermauern, hat Argentinien kurzerhand eine zivile Siedlung errichtet. Seit 1978 leben dort mehrere Familien das ganze Jahr über. Und mit mir war nun ein Argentinier der weltweit erste gebürtige Antarktisbewohner. Toll, oder?«

Günther und Regina Malchow sagten nichts. Sie mussten erst einmal verarbeiten, was sie gerade gehört hatten.

»In Wirklichkeit wurde ich Tausende von Kilometern weiter nördlich in einem Folterknast meinen wahren Eltern geraubt. Erst kürzlich musste ich erfahren, dass mein ganzes bisheriges Leben eine einzige Lüge war.«

»Wir sind sehr froh, dass du die Wahrheit über deine Identität herausgefunden hast und zu uns gekommen bist«, sagte Regina Malchow. Sie fügte lächelnd hinzu: »Es ist nie zu spät, in den Schoß der Familie zurückzukehren.«

Ihr Mann nickte zustimmend. »Lügen gab es auch bei uns eine Menge. Unsere Regierung hat zum Beispiel behauptet, dass man sich intensiv um die Befreiung der verschleppten deutschen Staatsbürger bemühen werde.«

»Hat man das denn nicht getan?«

»Offiziell schon. Aber hinter den Kulissen haben sich die feinen Herren in Bonn ziemlich gut mit dem argentinischen Militärregime arrangiert. Unsere Politiker hatten Ende der siebziger Jahre nämlich ganz ähnliche Probleme mit linken Guerillagruppen. Das war die Zeit des RAF-Terrors in Deutschland. Da hielten sich die Sympathien für ein paar ›Subversive‹ in der Gewalt der argentinischen Armee doch ziemlich in Grenzen.«

»*¡No me digas!*«, entfuhr es Nico wütend. »Mein Vater war doch nicht bei den Montoneros oder irgendeiner anderen Untergrundgruppe. Er war einfach nur ein deutscher Gewerkschafter, der sich für die Rechte der Arbeiter in seiner Firma eingesetzt hat!«

»Das stimmt«, sagte Regina Malchow. »Aber so genau hat das in Lateinamerika doch keiner getrennt. Da gehörte man aus Sicht der Diktatoren sehr schnell zum Kreis der Verdächtigen. Und unsere eigenen Regierenden haben lieber nicht so genau hingeschaut, was da in Argentinien eigentlich vor sich geht.«

»*¡Qué diablos!*«, fluchte Nico, dessen Stimme nun vor Zorn bebte. »Das hätten sie aber verdammt noch mal tun sollen! Dann würden meine Eltern nämlich heute noch leben.«

»Den Politikern in Bonn war das alles durchaus bekannt«, sagte Günther Malchow. »Die haben die argentinischen Minister sogar offiziell empfangen. Aber dabei ging es vor allem um gute Geschäfte für die deutsche Exportwirtschaft. Niemand hat bei diesen Treffen verlangt, die Verantwortlichen für die grausamen Verbrechen zur Rechenschaft zu ziehen. Sie haben die Argentinier noch nicht einmal darum gebeten, Angehörige wie uns über das Schicksal der Opfer zu informieren.«

»Ihr habt also nie erfahren, wohin mein Vater verschleppt wurde und was sie dort mit ihm gemacht haben?«

Regina Malchow schüttelte den Kopf. »Nein, nie. Man ließ uns all die Jahre völlig im Ungewissen. Während der ersten Zeit hatten wir noch die Hoffnung, dass Norbert irgendwann zurückkommen würde. Doch irgendwann wurde uns klar, dass die Firmenchefs mit den Militärs unter einer Decke gesteckt hatten. Wenn wir das damals geahnt hätten …«

»Im Laufe der Zeit schwand unsere Hoffnung mehr und mehr«, ergänzte Günther Malchow mit gesenktem Blick. »Und spätestens seit Beginn der achtziger Jahre bestand auch allgemein kein Zweifel mehr daran, dass die Tausenden ›Verschwundenen‹ in Argentinien längst tot waren.«

»Weißt du denn, was mit Norbert und Maria passiert ist?«, fragte Regina Malchow vorsichtig.

»Ja, ich weiß es. Und ich denke, es ist höchste Zeit, dass auch ihr nun die ganze Wahrheit erfahrt – so schrecklich sie auch ist.«

17

Sein Entführer blickte auf ihn herab, während er weiter regungslos dahockte und mit starrem Blick an dem Mann vorbei zur Wand sah. Als eben der Begriff »Hormigas Voladoras« gefallen war, hatte ihn das kurz zusammenzucken lassen. Ihm war unwillkürlich ein Schauer über den Rücken gelaufen. Seinem Entführer schien diese Reaktion nicht entgangen zu sein. Offenbar spürte der, dass er auf der richtigen Fährte war, und legte sogleich nach: »Nun, dann werde ich dir jetzt also mal die Geschichte von den fliegenden Ameisen erzählen. Früher dachte ich ja immer, dass diese Tierchen eine eigene Art seien. Heute weiß ich, dass das gar nicht stimmt. Denn innerhalb eines Ameisenvolks gibt es eine Gruppe, die zu einem bestimmten Zeitpunkt Flügel ausbildet. Und weißt du, wann das passiert?«

Er verharrte weiter in seinem Schweigen.

»Bei den Ameisen herrscht eine strikte Aufgabenteilung. Da gibt es spezielle Untergruppen wie etwa die fleißigen Arbeiter. Dann gibt es auch noch diejenigen, die stärker sind als die anderen. Die sind natürlich für die Verteidigung des Volks zuständig. Das Militär sozusagen. Das wäre wohl deine Gruppe, wenn du eine Ameise wärst, oder?«

Es war eine rhetorische Frage, auf die der maskierte Mann keine Antwort erwartete. Also fuhr er unbeirrt fort: »Und dann gibt es in einem Volk noch die Ameisen, die für die Paarung und für die Verbreitung der Art zuständig sind. Klingt nach einer Menge Spaß, oder?«

Noch immer zeigte er keine Reaktion.

»Wenn die fliegenden Ameisen ihre Geschlechtsreife erreicht haben, brechen sie im Frühling zu einem Hochzeitsflug auf. Ein einziges Weibchen paart sich dann mit etwa vierzig Männchen. ›Sodom und Gomorra!‹, möchte man sagen. Und genau wie in der Bibel wird lasterhaftes Verhalten auch hier hart bestraft.«

Es folgte eine dramatische Pause, als wollte er den Spannungsbogen weiter aufbauen. Doch es war längst klar, worauf die Geschichte hinauslaufen würde.

»Wenn die Paarung vorbei ist, haben die Männchen ihre Aufgabe im Ameisenstaat erfüllt und sterben direkt nach dem Hochzeitsflug. Kommt dir an dieser Geschichte irgendwas bekannt vor?«, fragte ihn der Mann in scharfem Ton.

Er sagte nichts.

»Ich deute dein Schweigen mal als Zustimmung. Es weiterhin abzustreiten bringt auch nichts. Denn es gibt Menschen, die bezeugen können, dass auch eure Opfer ›wie die Ameisen‹ gestorben sind. Weißt du eigentlich, was ihr damals angerichtet habt? Leute wie du und deine teuflischen Mitstreiter, ihr habt Tausende von Familien zerstört. Eure Opfer leiden bis heute! Und auch du ganz persönlich hast dabei jede Menge Schuld auf dich geladen.«

Noch immer ließ er sich nicht aus der Reserve locken.

»Bei der Gerichtsverhandlung in Argentinien bist du noch mal ungeschoren davongekommen. Gott allein weiß, wie du das angestellt hast. Aber hier und jetzt wird so etwas nicht passieren. Du wirst dich endlich deiner Verantwortung stellen. Die Zeit des Versteckspiels ist ein für alle Mal vorbei.«

»Was soll das bedeuten?«, fragte er und brach damit nun doch sein Schweigen.

»Ganz einfach. Du hast dabei geholfen, unschuldige Menschen umzubringen. Und auch wenn diese abscheulichen Verbrechen schon Jahrzehnte her sind, ändert das rein gar nichts an deiner Schuld. Schließlich verjährt Mord nicht. Dieses Prinzip gilt übrigens auch hier in Deutschland. Und deshalb wird sich die deutsche Justiz selbst nach so langer Zeit noch für einen Mord an einem deutschen Staatsbürger interessieren. Zumindest dann, wenn neue Beweise vorliegen. Und diese Beweise gibt es.«

Er starrte weiter ins Leere. Schließlich sagte er: »Ihr holt mich hierher nach Deutschland, um mich mit solch absurden Anschuldigungen zu konfrontieren?«

»Aber nein! Was ich dir vorwerfe, ist ganz und gar nicht absurd. Ich sagte ja bereits, dass es glaubwürdige Leute gibt, die das alles bezeugen können. Und diese Menschen werden aussagen, was sie gehört und gesehen haben. Aber bevor das passiert, will ich die Wahrheit aus deinem Mund erfahren. Ich will, dass du mir alles erzählst, was damals passiert ist.«

»Warum zur Hölle sollte ich das tun?«, fragte er verärgert. »Wer bist du überhaupt? Nimm erst mal diese dämliche Maske ab.«

»Du willst wissen, wer ich bin? Eigentlich bist du hier überhaupt nicht in der Position, Forderungen zu stellen. Aber gut, wenn es deiner Erinnerung auf die Sprünge hilft.« Mit diesen Worten zog sich der Entführer die Sturmhaube vom Kopf.

Er erstarrte, als ihm klar wurde, wer ihm hier gegenüberstand. »Mein Gott. Du bist …«

»Wie ich sehe, hast du mich erkannt. Und das, obwohl wir uns so lange schon nicht mehr gesehen haben, lieber Onkel Alfredo.«

»Nico! Das kann doch nicht …«

»Nanu, du freust dich ja gar nicht«, sagte Nico Rodriguez mit bitterem Sarkasmus. »Ist es nicht toll, dass das Schicksal uns nach so vielen Jahren endlich wieder zusammengeführt hat?«

»Was hat das zu bedeuten?«, fragte er verwirrt.

»Nun, ich weiß jetzt alles. Du brauchst also nichts mehr zu leugnen. Los, rede endlich, bevor ich die Geduld verliere!«

18

In dem kleinen Reihenhaus am nördlichen Stadtrand von Bremen hatten Günther und Regina Malchow all die Jahre keinen blassen Schimmer davon gehabt, dass Nico Rodriguez existierte und dass ihr Neffe auf der Suche nach ihnen war. Doch jetzt hatte sich zwischen ihnen bereits nach kurzer Zeit eine vertraute Atmosphäre eingestellt. Manches von dem, was sie sich gegenseitig zu berichten hatten, war nicht leicht in Worte zu fassen. Immer wieder wurden sie von den aufkommenden Emotionen, von Trauer, Wut und Fassungslosigkeit überwältigt. Doch jeder von ihnen hatte den Wunsch, das Gesamtbild des jungen Liebespaares, das vor vielen Jahren in Argentinien verschwunden war, mit seinen Erinnerungen und seinem Wissen zu vervollständigen.

»Es tut mir leid, dass ich euch hier einfach so überfallen habe«, sagte Nico irgendwann, als es draußen bereits dunkel geworden war. »Vielleicht hätte ich mich vorher anmelden sollen.«

»Nein, nein. Schon gut«, beeilte sich Regina Malchow zu sagen. »Es ist nur …«

»Das reißt jetzt natürlich eine Menge alte Wunden auf.« Günther Malchow nahm ihre Hand. Dann sah er wieder zu Nico. »Aber gleichzeitig, wenn ich dich so anschaue …«

»Es ist, als ob er hier wäre«, sagte Regina Malchow und sprach damit aus, was beide zu denken schienen.

»Ja, du siehst Norbert unglaublich ähnlich«, bekräftigte Günther nachdenklich. »Vielleicht möchtest du es selbst sehen. Wenn du magst, kann ich dir ein paar Bilder von ihm zeigen.« Er stand auf und holte ein altes Fotoalbum aus einem Schrank, setzte sich damit neben seinen Neffen und schlug es auf.

Neugierig betrachtete Nico die Aufnahmen. Es waren

Bilder aus einer glücklichen Zeit. Auf den ersten Seiten waren sein Onkel und seine Tante zu zweit bei verschiedenen Fahrradtouren an der Weser zu sehen. Damals waren sie vermutlich Mitte zwanzig. Günther Malchow blätterte weiter durch die vergilbten Seiten, bis er schließlich fand, wonach er gesucht hatte. Er tippte auf das Motiv eines idyllischen Bergpanoramas. »Das war bei unserem Sommerurlaub in Italien. Das muss 1976 gewesen sein.«

»Ein Jahr bevor mein Vater nach Argentinien gegangen ist.«

»Genau. Da waren Regina und ich am Gardasee. Norbert hat uns dort für ein paar Tage besucht. Schau mal, da sind wir mit dem Boot auf eine Insel gefahren. Wie hieß die noch mal?«

»Isola del Garda«, sagte seine Frau. Sie deutete auf einen jungen Mann, der am Heck eines kleinen Motorboots stand und winkend in die Kamera grinste.

Nachdenklich blickte Nico auf das Bild des fröhlichen deutschen Touristen. Und auch er erkannte sofort die große Ähnlichkeit zwischen ihm und dem Mann auf dem Foto. Die Augen, die Stirn, die markante Mundpartie. Die väterliche Abstammungslinie hatte sich bei ihm optisch eindeutig durchgesetzt. »Meint ihr, er wäre ein guter Vater gewesen?«

»Auf jeden Fall!«, versicherte seine Tante. »Er wäre immer für dich da gewesen. Es hätte ihn stolz und glücklich gemacht, dich aufwachsen zu sehen. Es ist furchtbar, dass das Schicksal euch auseinandergerissen hat.«

»Zerrissen … genauso fühlt es sich an«, antwortete Nico. »Wenn man sein ganzes Leben lang zu wissen glaubt, wo man hingehört. Und dann muss man erfahren, dass man als Baby seinen leiblichen Eltern geraubt wurde. Das zerreißt einen innerlich.«

»Wie ist es dir bei deinen Adoptiveltern ergangen? Hattest du trotz allem eine glückliche Kindheit?«, fragte Regina Malchow.

»Das ist es ja gerade! Mir fehlte es im Grunde genommen an nichts. Ich bin sehr behütet aufgewachsen. Okay, wir lebten am Ende der Welt. Aber für mich als Kind war das ja irgendwie auch ganz spannend. Es erschien wie ein großes Abenteuer, dort unten in der Antarktis. Doch dann musste ich erfahren, dass alles nur ein perfides Schauspiel gewesen ist.«

»Jetzt nicht mehr«, sagte Günther Malchow. »Du hast deine wahre Familie gefunden. Du bist hier. Nur das zählt.« Nach einer kleinen Pause fügte er leise hinzu: »Du siehst genauso aus wie Norbert in jungen Jahren. Es macht mich glücklich, dich bei uns zu haben. Durch dich lebt er weiter. Das ist ein unglaubliches Geschenk.«

»Mich macht es auch glücklich, hier zu sein.« Nico sah das ältere Ehepaar lächelnd an.

Dass auch dieses Glück nur von kurzer Dauer sein würde, konnte er in dem Moment noch nicht ahnen.

19

An dem Tag, als Nico Rodriguez zum letzten Mal auf Helgoland gesehen worden war, herrschte lange Zeit dichter Seenebel über dem Meer. Wegen der schlechten Sicht konnte kein Flugzeug die Insel anfliegen oder verlassen. Der gesamte Flugverkehr musste wegen des schlechten Wetters eingestellt werden.

Nico hatte zunächst noch die Hoffnung gehabt, dass sein Flug sich einfach nur verspäten würde. Doch am Ende gab man ihm zu verstehen, dass bis auf Weiteres kein Flugzeug mehr starten würde. Deshalb machte er sich notgedrungen auf den Rückweg zur Hauptinsel.

Eine gute halbe Stunde später stand der Meeresbiologe an Deck eines Fahrgastschiffs, das unterwegs nach Büsum war. An Bord waren außer ihm nur wenige Fahrgäste auf dem Weg zum Festland. Die Veranstaltung im Wissenschaftspark in Potsdam, bei der er einen der Vorträge halten sollte, würde erst am nächsten Tag stattfinden. Somit hatte er noch genügend Zeit, um nach Brandenburg zu kommen. Dort würde er den grönländischen Minister für Wirtschaft, Energie und Forschung sowie den dänischen Botschafter und deren Mitarbeiter treffen. Genau das richtige Forum, um die Bombe platzen zu lassen, dachte Nico. Um seine Anspannung etwas zu mildern, schaute er aufs Meer, wobei sich sein Blick in der scheinbar unendlichen Weite verlor.

Außer seinem Reisegepäck trug er noch eine Aktentasche aus Leder bei sich. Sie enthielt brisanten Inhalt. Auf seinem Laptop und in einer Mappe mit ausgedruckten Dokumenten hatte er alle Unterlagen dabei, die er den politischen Vertretern im Potsdamer Arktisbüro als Beweise vorlegen wollte. Darunter waren auch jede Menge Fotos von undichten Stellen am Stausee, die Salik ihm geschickt hatte. Dort trat überall kontaminiertes Wasser aus.

Die Auswertungen seiner Laboranalysen hatte er ebenfalls ausgedruckt und mitgenommen. Als er Salik den Gefallen tat, das Wasser aus Grönland zu untersuchen, hatte er nicht geahnt, worauf genau er sich da einließ. Aber so oder so hatte er eigentlich keine Wahl gehabt. Denn er war seinem Freund noch etwas schuldig gewesen. Angesichts dessen, was Salik erst kürzlich für ihn getan hatte, konnte der Grönländer weitaus mehr als nur einen kleinen Gefallen von ihm verlangen. Leider war die sehr persönliche Angelegenheit, in die er Salik mit hineingezogen hatte, auf dramatische Weise schiefgelaufen. Er machte sich schlimme Vorwürfe deswegen.

Nico musste sich eingestehen, dass er im Laufe der Geschehnisse total die Kontrolle verloren hatte. Und obwohl alles in einem gewaltigen Desaster geendet hatte, war auf Salik Verlass gewesen. Er hatte die Sache gemeinsam mit ihm durchgezogen und anschließend kein Wort darüber verloren – obwohl es viel zu besprechen gegeben hätte. Denn immerhin hatten sie nun einen Menschen auf dem Gewissen.

Schon allein deshalb konnte Nico jetzt, da die Sache mit Saliks Wasserproben ebenfalls gefährlich wurde, keinen Rückzieher machen. Auch wenn er sich dazu in große Gefahr begeben musste, so war es wenigstens für eine gerechte Sache.

Nachdem Nico seinem Freund von den Ergebnissen der Laboranalyse berichtet hatte, hatte der ihm gestanden, nun alles daransetzen zu wollen, die »Nordprøven«-Mine schnellstmöglich schließen zu lassen. Dieses Vorhaben hatte inzwischen allerdings eine gewaltige Eigendynamik entwickelt.

Bei seinen Nachforschungen war Salik auf einen tiefen Sumpf aus Lügen, Betrug und Korruption gestoßen. Eine schmutzige Spur führte von Grönland mitten hinein ins Folketing – direkt in die Herzkammer der dänischen Politik. Und wie Salik ihm gestern in einem kurzen Telefonat mitgeteilt hatte, war die Angelegenheit für ihn ziemlich brenzlig geworden. Zur Sicherheit wollte er Kopenhagen noch in der

Nacht verlassen und sich an einen sicheren Ort begeben. Wo genau das sein würde, hatte er Nico am Handy allerdings lieber nicht sagen wollen.

Nico hatte versprochen, die Sache in der Zwischenzeit im Interesse seines Freundes weiter voranzutreiben. Von Salik hatte er anschließend per E-Mail noch eine Reihe von Dateien und Fotos erhalten. Zusammen mit seinen Analysen der Wasserproben würde er das belastende Material morgen in Potsdam vor internationalen Wissenschaftlern, Politikern und Pressevertretern präsentieren. Anschließend würde es für einige führende Köpfe ziemlich ungemütlich werden. Auch für Bjørn Lauridsen. Der Politiker war in den vergangenen Jahren nicht müde geworden zu betonen, dass der Abbau der Seltenen Erden Grönlands Weg in die Unabhängigkeit ebnen würde. Wenn die Mine also bald schließen müsste, hätte auch die von Lauridsen angeführte Unabhängigkeitsbewegung ein gewaltiges Problem. Vermutlich wäre die Karriere des Politikers wegen seiner tiefen Verstrickungen in die Affäre augenblicklich zu Ende. Um das zu verhindern, setzte der Mann nun alle Hebel in Bewegung, um seine Widersacher – allen voran Salik – aus dem Weg zu schaffen. Sein Freund war in Kopenhagen von einem Auftragskiller durch die Stadt gejagt worden. Dabei hatte man sogar auf ihn geschossen.

Nico, der jetzt einen Großteil der Verantwortung für die Aufklärung des Skandals trug, stand an Deck der »Seestern« und blickte in Richtung Festland. Am Horizont tauchte allmählich der markante »Büsum-Finger« auf. Das Hochhaus stand direkt am Seedeich des Dithmarscher Badeorts und ragte mit seinen zweiundzwanzig Etagen rund fünfundachtzig Meter in die Höhe. Damit war es das höchste Gebäude an der schleswig-holsteinischen Nordseeküste. Aus allen Himmelsrichtungen war es schon von Weitem zu sehen, und Nico wusste, dass das Fahrgastschiff bald den Hafen erreichen würde.

Er sah auf sein Telefon. Wie vermutet zeigte das Display die ersten kleinen Empfangsbalken. Nach der langen Fahrt auf der offenen Nordsee hatte sein Gerät endlich wieder Kontakt zu einem Funkmast. Kurze Zeit später spürte Nico ein Vibrieren in seiner Hand. Ein Anruf in Abwesenheit wurde angezeigt. Er tippte auf die Mitteilung und betrachtete stirnrunzelnd die Nummer. Es war ein unbekannter Festnetzanschluss. Wer der Anrufer war, konnte er nicht erkennen. Dann fiel sein Blick auf die Ländervorwahl: »0045«. Der Anruf kam aus Dänemark. Das konnte eigentlich nur eins bedeuten: Salik hatte sich erneut bei ihm gemeldet.

Das Wetter war an diesem Tag ziemlich kalt und ungemütlich. Deshalb hielten sich glücklicherweise keine anderen Fahrgäste an Deck der »Seestern« auf, und Nico konnte es riskieren, seinen Freund anzurufen. Er musste es lange klingeln lassen, bevor sich am anderen Ende der Leitung etwas tat. Erst als er schon fast aufgeben wollte, meldete sich jemand auf Dänisch: *»Dette er Hesselø vejrstationen. Hvad kann jeg gøre for dig?«*

Nico hatte keine Ahnung, was der Mann gesagt hatte. Doch er war sich sicher, die Stimme erkannt zu haben.

»Salik, bist du das? Hier ist Nico.«

»Hej, Nico! Ein Glück, dass du es bist. Ich hatte gehofft, dass du zurückrufst.«

»*¡Madre mía!* Schön, dich zu hören. Wo zur Hölle steckst du?«

»Nach wie vor in Dänemark. Ich bin jetzt auf der kleinen Ostseeinsel Hesselø. Nach der Sache in Kopenhagen musste ich erst mal untertauchen. Dafür ist der Ort hier echt gut geeignet.«

»Von der Insel hab ich noch nie gehört.«

»Sie liegt etwa dreißig Kilometer nördlich von Seeland im Kattegat. Zum Glück ist die Insel ein Naturreservat. Ist die meiste Zeit des Jahres unbewohnt. Aber es stehen noch ein paar alte Gebäude, wie etwa der Leuchtturm. Außerdem gibt's eine Wetterstation. Hier bin ich erst mal untergekommen.«

»Hast du dich deshalb eben so komisch gemeldet?«

»Klar. Ich wusste ja nicht, wer mich da anruft. Das alte Festnetztelefon zeigt leider keine Nummern an. Und mein Handy funktioniert hier draußen in der Einöde nicht.«

»Auf jeden Fall gut, von dir zu hören. Wie bist du überhaupt dahingekommen?«

»Ich hab den ›Arctic Flyer‹ genommen. Im Norden der Insel befindet sich eine Landepiste. Sie ist gerade lang genug, um den großen Vogel heil runterzubringen.«

»Hast du keine Sorge, dass das Flugzeug von jemandem entdeckt wird?«

»Doch, klar. Deshalb hab ich die Maschine, so gut es ging, mit Ästen, Zweigen und Seetang zugedeckt. Ein Tarnnetz wär sicherlich besser gewesen. Aber so was hatte ich natürlich nicht dabei. Und wie läuft's bei dir so? Du bist hoffentlich schon auf dem Weg nach Potsdam?«

»*Sí, señor.* Allerdings hatten wir vorhin starken Seenebel. Deshalb haben die auf Helgoland alle Flüge gestrichen. Ich hab jetzt das Schiff genommen. Werde gleich in Büsum ankommen. Von dort aus geht's erst mal mit dem Zug nach Hamburg. Und dann weiter nach Potsdam.«

»Also schaffst du es rechtzeitig zur Konferenz?«

»Sicher. Die ist ja erst morgen. Bis dahin bleibt genug Zeit.«

»Sehr gut. Deswegen hatte ich angerufen. Ich wollte dir noch mal sagen, wie wichtig dein Auftritt dort ist. Wenn der grönländische Minister, der dänische Botschafter und die deutschen Gastgeber Bescheid wissen, können die Leute von der Bergbaufirma die Sache nicht mehr so einfach unter den Teppich kehren. Dann fliegt Bjørn Lauridsen und den Minenbetreibern alles um die Ohren. Außerdem kann ich mich hier nicht ewig verstecken. Die Sache muss also unbedingt morgen über die Bühne gehen. Ansonsten werden sie uns mundtot machen, bevor wir alles veröffentlichen.«

»Vielleicht solltest du lieber auch nach Potsdam ins Arktisbüro kommen. Dann kannst du den Herrschaften aus erster

Hand erzählen, dass Lauridsen dir einen Killer auf den Hals gehetzt hat. Das dürfte die Staatsgäste sicherlich interessieren.«

»Würde ich gern machen. Geht aber leider nicht. Ich muss zurück nach Grönland, zu meiner Schwester.«

»Wieso, was ist mit ihr?«

Nico konnte hören, dass Salik am anderen Ende der Leitung schwer atmete. Er schien um Fassung zu ringen. Nach einer Weile hatte er sich wieder so weit im Griff, dass er berichten konnte, was passiert war.

»Sie haben Lone einen verdammten Tupilak geschickt – *for pokker*!«, fluchte er auf Dänisch.

»Einen Dugilap? Was soll das denn sein?«

»Tupilak, Herrgott«, korrigierte Salik, der noch immer hörbar erregt war. »Mensch, du warst doch schon ein paarmal in Grönland. Hast du da etwa noch nie diese kleinen Schnitzereien aus Rentiergehörn oder Walrossknochen gesehen?«

»Ach, diese grotesken Figuren, die aussehen wie Dämonen in einem Horrorfilm?«

»Ja, die meine ich.«

»*Sí, claro.* Lars Thießen sammelt die Dinger. Aber ansonsten weiß ich nichts darüber.«

»Okay, dann hier das Wichtigste in Kürze: Heutzutage sind das einfach kunstvolle Souvenirs. Sie werden von Touristen in Grönland gern gekauft. Aber früher war das anders. Da galt ein Tupilak als gefährliche Waffe. Er sollte dazu dienen, sich an einem Feind zu rächen – beziehungsweise ihn zu töten.«

»Wirklich, ein Mordwerkzeug?«, fragte Nico erstaunt. »Hatten die Figuren damals noch zusätzlich eine Messerklinge aus Elfenbein?«

»Nein, das waren keine primitiven Stichwaffen. Ein Tupilak war ein mythisches Wesen. Es wurde von einem Angakkoq erschaffen. Der Legende nach konnte der Zauberkundige die Kreatur zum Leben erwecken. Die Schamanen durchstreiften dafür die Gegend und sammelten verschiedene Materialien. Sie nutzten unter anderem Holz, Seetang, Tierknochen, Fell und auch menschliche Körperteile. Diese Fragmente wurden zu einem Skelett zusammengebaut und mit Fellen vernäht. Anschließend führte der Angakkoq eine geheime Zeremonie durch, um den Figuren magische Kräfte zu verleihen.«

»Und damit sollten die Wesen dann Feinde zur Strecke bringen?«

»Ganz genau. Dafür wurde der Tupilak mit möglichst vielen Fähigkeiten ausgestattet. Er konnte Robbenflossen zum Schwimmen haben, Vogelflügel zum Fliegen, Menschenhände zum Zupacken und Bärenzähne für einen tödlichen Biss. Manche Schamanen gaben ihrem Geschöpf auch das Gehirn eines Fuchses. Das sollte es schlauer machen als den Gegner. Große Augen, Nasen und Ohren für besonders scharfe Sinne gehörten ebenfalls dazu. Mit einer Mischung aus menschlichen und tierischen Fähigkeiten sollte diese Kreatur dem Feind überlegen sein.«

»Gruselig. Und was passierte, wenn ›Frankensteins Monster‹ fertig war?«

»Wenn der Angakkoq seinem Tupilak Leben eingehaucht hatte, wurde dieser in die freie Wildbahn entlassen. Dort sollte das Rachewesen sich dann schwimmend, laufend oder fliegend auf die Suche nach dem Feind machen. Es sollte den Gegner mit all seinen Fähigkeiten aufspüren und töten.«

»Und wie konnte man sich gegen diese Höllenkreatur wehren?«

»Dazu war nur ein noch stärkerer Angakkoq in der Lage. Die Grönländer glaubten, dass es einem mächtigen Magier gelingen könnte, den feindlichen Tupilak aufzuhalten. Und genau darin bestand für seinen Erschaffer auch die größte Gefahr.«

»Wieso das denn?«

»Ganz einfach«, antwortete Salik. »Wenn ein anderer Schamane es schaffte, den Tupilak abzuwehren, konnte er diesen umdrehen und gegen seinen Schöpfer richten. Dann würde das Rachewesen zu seinem Angakkoq zurückkehren und versuchen, ihn zu töten.«

»*¡Ay, dios mío!*«, entfuhr es Nico. »Dann sollte man sich also gut überlegen, ob man eine solche Waffe tatsächlich einsetzt.«

»So ist es. Zum Glück ist diese alte Tradition heute nur noch harmloses Kunsthandwerk. Allerdings hat der Tupilak weiterhin eine große Symbolkraft.«

»Und so eine geschnitzte Figur hat deine Schwester jetzt erhalten?«

»Ja, zum Teufel! Und nach allem, was passiert ist ... Ist doch klar, dass man Lone nicht einfach einen Talisman vor die Tür legt. Die Botschaft ist eindeutig.«

»Das war eine Drohung.«

»Natürlich. Weil ich untergetaucht bin, setzen sie jetzt meine Schwester unter Druck.«

»Um über sie an dich ranzukommen.«

»Genau.«

»Und da willst du ernsthaft nach Grönland, um nach ihr zu sehen?«

»Ja, ich kann doch hier nicht rumsitzen, während sie in Gefahr ist.«

»Aber vielleicht ist es genau das, was Lauridsen erreichen will?«

»Wie meinst du das?«

»Na, dich aus deinem Versteck treiben. Wenn du nach Grönland fliegst, können sie dich unterwegs abfangen.«

20

Nach dem Gespräch mit Salik war Nico in Büsum an Land gegangen. Vom Hafen aus hatte er sich auf den Weg zum Bahnhof gemacht. Ein kleiner Zug brachte ihn nach Heide, wo er in einen Regionalexpress umstieg.

Mit jeder Menge politischem Sprengstoff im Gepäck saß Nico nun im Zug nach Hamburg. Eine Weile hatte er einfach nur aus dem Fenster geschaut und versucht, für kurze Zeit einmal nicht an all die dramatischen Ereignisse zu denken.

Das Abteil, in dem er saß, war an diesem Nachmittag relativ leer. Dadurch konnte er den Kopf tatsächlich ein bisschen freibekommen. Die Ruhe wurde allerdings vom Lärm einer größeren Kindergruppe gestört. Das laute Stimmengewirr war immer dann zu hören, wenn jemand durch den Zug ging und die Tür zum nächsten Wagen öffnete. Vermutlich war es eine Schülergruppe auf dem Rückweg von einer Klassenfahrt an der Nordsee. Der Krach der aufgeregten Rasselbande verebbte zwar jedes Mal weitgehend, sobald sich die Waggontür wieder schloss. Dennoch war Nico zunehmend genervt von dem Tumult. Er stand auf und suchte sich einen ruhigeren Platz etwas weiter hinten im Zug.

Nach einer Weile hielt es ihn aber auch dort nicht mehr auf seinem Sitz am Fenster. Er hatte während der Überfahrt nach Büsum und vorhin am Bahnhof insgesamt vier Becher Kaffee getrunken. Nun musste er die Zugtoilette aufsuchen. Erst als er das Zugende schon fast erreicht hatte, fand er schließlich eine freie Kabine. Die Ledertasche mit dem wichtigen Inhalt hatte er mitgenommen. Auf keinen Fall wollte er die brisanten Unterlagen unbeaufsichtigt an seinem Platz liegen lassen.

Mit der Tasche in der Hand betrat er die Toilette. Der Raum war auch für Rollstuhlfahrer geeignet und entsprechend geräumig.

Gerade wollte er die große Schiebetür hinter sich schließen, als diese plötzlich von etwas blockiert wurde. Eine massige Gestalt war aus dem Nichts aufgetaucht und hatte mit einer raschen Bewegung einen Fuß in die Öffnung gestellt. Mit einem Ruck riss die Person die Tür wieder auf. Noch bevor Nico überhaupt begriff, was geschah, stürmte ein stämmiger, hünenhafter Mann auf ihn zu. Unter einem schwarzen Baseballcap, das der Fremde tief in die Stirn gezogen hatte, waren die Umrisse eines kantigen Gesichts und ein rotblonder Dreitagebart zu erkennen.

Ohne Vorwarnung packte ihn der Fremde und drückte ihn brutal nach hinten. Nico taumelte rückwärts. Er hatte dieser Urgewalt nichts entgegenzusetzen. Es war, als wäre er über eine Straße gelaufen und von einem heranrasenden Vierzigtonner erfasst worden.

Der Kraftprotz legte eine seiner mächtigen Pranken um Nicos Hals. Völlig überrumpelt, schnappte Nico nach Luft. Verzweifelt wand er sich, um dem Würgegriff zu entkommen, wurde aber nur noch fester gegen die Wand gepresst. Da spürte er, wie der Mann versuchte, ihm mit seiner freien Hand die Aktentasche zu entreißen. Obwohl Nicos Kräfte bereits schwanden, umklammerte er den Tragegriff und war wild entschlossen, die Dokumente mit allen Mitteln zu verteidigen.

Der Mann ließ Nico keine Zeit zum Nachdenken. Er stemmte sich mit seiner massigen Gestalt gegen ihn und erhöhte den Druck auf seinen Hals, während er weiter an der Tasche zerrte. Nico wusste, dass er die Beweise nicht mehr lange würde verteidigen können. Doch noch gab er nicht auf.

Aus dem Augenwinkel sah er etwas neben sich auf dem Chromwaschbecken stehen. Es war eine Flasche Handdesinfektionsmittel. Hektisch tastete er danach. Zum Glück stand die Plastikflasche dicht genug am Rand des Waschbeckens. So konnte er sie mit dem ausgestreckten Arm gerade noch zu fassen bekommen. Nico mobilisierte seine letzten Kräfte und öffnete den Verschlussdeckel mit dem Daumen. Als die Kappe hochsprang, gab es ein deutlich hörbares Klickgeräusch.

In Nico keimte Hoffnung auf. In diesem Moment bemerkte auch der Angreifer, dass er an der Flasche herumhantierte. Blitzschnell nahm er den Arm von seinem Hals und wollte ihm das Mittel entreißen. Aber es war zu spät, den Gegenangriff noch zu verhindern. Mit dem Mut der Verzweiflung spritzte Nico eine große Ladung Desinfektionsmittel direkt unter den Schirm des Baseballcaps.

Sofort war klar, dass er gut gezielt hatte. Obwohl er das Gesicht des Mannes kaum sehen konnte, musste er dessen Augen getroffen haben. Wütend schrie der Angreifer auf und schlug reflexartig die Hände vors Gesicht. So wie das Desinfektionsmittel roch, enthielt es vermutlich Ethanol. Das Zeug verursachte in den Augen des Mannes sicher einen brennenden Schmerz.

Es war genau der überraschende Befreiungsschlag, den Nico gebraucht hatte. Er war wie ein Boxer, der bereits halb k. o. in den Seilen hing, ehe ihm im letzten Augenblick doch noch ein »Lucky Punch« gegen seinen übermächtigen Gegner glückte.

Der Mann hatte ihn losgelassen, sodass Nico nun selbst agieren konnte. Er nahm all seine Kraft zusammen und stieß den Riesen von sich weg. Der Angreifer prallte gegen die andere Seitenwand der Toilettenkabine. Sofort nutzte Nico die Chance zur Flucht und rannte zurück ins Zugabteil. Die Aktentasche mit seinem Laptop und den Unterlagen hatte er erfolgreich verteidigen können. Doch die Freude darüber währte nur kurz. Denn während er den schmalen Gang entlanglief, konnte er hören, dass er den Fremden offenbar nicht komplett ausgeschaltet hatte. Dieser hatte sich schnell wieder aufgerappelt und stürmte jetzt hinter ihm her. Nico blieb keine Zeit, sich umzudrehen, doch er hörte die schweren Schritte seines Verfolgers auf dem Linoleumfußboden.

Sein Vorsprung war nicht besonders groß. Wenn er eine

zweite Begegnung mit seinem Gegner verhindern wollte, musste er so schnell wie möglich raus aus dem Zug.

Während Nico quer durch den Regionalexpress flüchtete, stellte er erleichtert fest, dass dieser allmählich langsamer wurde. Über die Lautsprecheranlage war die Stimme des Schaffners zu hören. Er kündigte an, dass sie in Kürze den Bahnhof von Itzehoe erreichen würden.

Als Nico die Tür zum nächsten Wagen aufriss, drang ihm ein ohrenbetäubender Lärm entgegen.

»*¡Mierda!*«, fluchte er, als er vor sich die Schülergruppe sah. Es waren die Kinder, deretwegen er sich vorhin in den hinteren Teil des Zuges zurückgezogen hatte. Jetzt standen sie alle vor ihm. Etwa dreißig Jungen und Mädchen, um die elf oder zwölf Jahre alt. Auch sie wollten anscheinend in Itzehoe den Zug verlassen.

Die Aussicht auf das baldige Ende ihrer Klassenreise hatte die Aufregung unter den Kindern noch einmal enorm gesteigert. Die meisten von ihnen waren aufgestanden und riefen lautstark durcheinander. Dabei verstopften sie mit ihrem Reisegepäck den schmalen Gang zwischen den Sitzreihen und Nicos Weg zur rettenden Ausgangstür. Doch diese musste er schleunigst erreichen, wenn er verhindern wollte, dass der Kraftprotz ihn einholte.

In all dem Chaos konnte Nico zwei Lehrer ausmachen. Es waren ein etwa fünfunddreißigjähriger Mann und eine etwas ältere Frau. Beide versuchten, gegen das Geschrei der Kinder anzureden und sie irgendwie dazu zu bringen, den Zug halbwegs geordnet zu verlassen.

Unterdessen verlangsamte der Regionalexpress weiter seine Fahrt. Draußen vor dem Fenster konnte Nico bereits die Häuser der Stadt erkennen. Jetzt würde es nur noch kurze Zeit dauern, bis der Zug in den Bahnhof rollte und an einem der Gleise zum Stehen kam.

Nico drehte sich um. Durch die geschlossene Zugtür erblickte er seinen Verfolger. Gleich würde er die Schiebetür öffnen und zum zweiten Mal auf ihn losgehen. Was dann mit ihm passierte, wollte Nico sich lieber gar nicht erst ausmalen. Denn immerhin hatte er dem Mann eben Desinfektionsmittel in die Augen gespritzt. Und für eine solche Aktion hatte der Typ garantiert eine passende Bestrafung parat.

Falls es dem Fremden vorhin nur darum gegangen war, ihm die Aktentasche zu entreißen, hatte Nico ihm jetzt einen guten Grund geliefert, außerdem brutal mit ihm abzurechnen.

Wutentbrannt stürmte der Riese auf den Bereich zu, in dem die Kindergruppe noch immer einen heillosen Tumult verursachte. Nico sah keinen anderen Ausweg, als sich mitten durch den chaotischen Haufen von Jungen und Mädchen zu drängeln. Dabei hielt er die wertvollen Unterlagen weiterhin fest umklammert. In dem dichten Gewirr war es eigentlich viel zu eng, um ans andere Ende des Abteils zu kommen. Deshalb musste er einige der aufgedrehten Nervensägen unsanft zur Seite stoßen. Sofort fingen diese an, ihn zu beschimpfen und sich lautstark über sein rabiates Vorgehen zu beschweren.

Auch der Lehrer hatte ihn inzwischen bemerkt. Wild gestikulierend gab er Nico zu verstehen, dass er gefälligst am Ende des Waggons stehen bleiben solle. »Jetzt warten Sie doch, bis wir ausgestiegen sind! Sehen Sie denn nicht, dass hier kein Durchkommen mehr ist?«, rief er ihm durch den Lärm seiner Schüler entgegen.

»Ich hab's wirklich eilig!«, entgegnete Nico und hob entschuldigend die Hände. Die Aufmerksamkeit aller Kinder war nun auf ihn gerichtet. Da hörte er, wie sich hinter ihm die Schiebetür öffnete. Er allein ahnte, in welch großer Gefahr sich die gesamte Reisegruppe jetzt befand. Nico hatte keinen Zweifel daran, dass sein Gegner auf ein paar Halbwüchsige keine Rücksicht nehmen würde. Er hoffte inständig, dass diese schlimme Sache hier nicht in einer blutigen Katastrophe endete.

Draußen vor dem Fenster konnte Nico bereits die blauen Bahnhofsschilder mit dem Ortsnamen »Itzehoe« vorbeiziehen sehen. Nur noch wenige Augenblicke, und der Zug würde anhalten. Ohne Rücksicht auf die jungen Fahrgäste bahnte er sich weiter seinen Weg durch das Getümmel. Glücklicherweise waren einige der Schülerinnen und Schüler inzwischen widerwillig in ihre Sitzreihen zurückgekehrt, um ihm Platz zu machen. Diejenigen, die noch immer im Gang standen, traten mürrisch zur Seite, als er sich an ihnen vorbeischob und sich auf diese Weise allmählich dem Ausgang näherte.

Voller Sorge blickte Nico sich ein weiteres Mal um und sah, dass die riesenhafte Gestalt am Ende des Waggons aufgetaucht war. Nicos Herz schien für einen Moment auszusetzen. Verzweifelt wurde ihm klar, dass er einen riesigen Fehler gemacht hatte. Er hatte sich durch die Schülergruppe gezwängt und sie damit womöglich in Lebensgefahr gebracht. Denn nun standen all diese Jungen und Mädchen zwischen ihm und seinem Widersacher.

In einem Augenblick der vollkommenen Klarheit sah Nico den Mann, die Kinder und die beiden Lehrer, analysierte die Lage und traf eine Entscheidung. Auf keinen Fall durfte es an Bord dieses Zuges zu einem Blutbad kommen. Deshalb konnte es nur einen Ausweg aus dieser Situation geben: Er musste aufgeben – hier und jetzt. Um die Kinder zu schützen, musste er dem Mann seinen Laptop mitsamt den brisanten Unterlagen aushändigen.

Doch gerade als er die Hände heben und sich ergeben wollte, fiel ihm etwas auf: Der hochgewachsene Mann dort hinten trug keinen Dreitagebart und auch kein Baseballcap. Es war gar nicht sein Verfolger, sondern der Schaffner. Neben der Tür befand sich eine kleine Kabine für das Zugpersonal. Von dort aus hatte er den Reisenden via Gegensprechanlage die nächsten Zug- und Busverbindungen am Bahnhof Itzehoe durchgegeben. Jetzt war er aus seinem Kabuff herausgekommen, um nach dem Rechten zu sehen. Er musste gehört haben, dass die Schüler sich lautstark über Nico und seine Drängelei beschwerten.

Der Zugbegleiter machte einen Schritt nach vorn. Im selben Moment öffnete sich hinter ihm die Schiebetür. Ohne Vorwarnung stürmte der rotblonde Kerl in den Gang zwischen den Sitzreihen. Dabei stieß er beinahe ungebremst mit dem Schaffner zusammen. Dieser geriet kurz ins Wanken und fluchte laut. Doch auch er hatte eine kräftige Statur. So konnte er sich trotz des Zusammenpralls auf den Beinen halten. Schon richtete er sich wieder auf und packte Nicos Verfolger an der Schulter. Mit dröhnender Stimme fuhr er den Mann wütend an, hier im Zug gefälligst mehr Rücksicht auf andere Fahrgäste zu nehmen.

Der Mann mit dem Baseballcap zögerte nicht. Sofort schlug er mit der Faust auf den Schaffner ein. Der reagierte geistesgegenwärtig und wich dem Schlag mit einer raschen Seitwärtsbewegung aus. Dadurch touchierte ihn der Hieb nur leicht am Kinn. Seine Bewegungen wirkten so, als hätte er Erfahrung im Kampfsport. Damit schien der Angreifer nicht gerechnet zu haben. Trotzdem setzte er seine Attacken unbeirrt fort. Es entwickelte sich vor den entsetzten Augen der Kindergruppe ein handfester Kampf zwischen den beiden Kontrahenten. Die Schüler waren jetzt allesamt verstummt. Wie gebannt starrten sie auf die beiden Männer, während sich der Lehrer schützend vor die Gruppe stellte.

Der Regionalexpress war unterdessen in den Bahnhof Itzehoe eingefahren. Kaum dass die Türen sich öffneten, begann die Lehrerin damit, die verängstigten Kinder aus dem Zug zu lotsen. Als die meisten von ihnen den Zug verlassen hatten und zu ihren wartenden Familien liefen, nutzte Nico die Gelegenheit zur Flucht. Er sprang aus dem Waggon und tauchte im allgemeinen Getümmel am Bahnsteig unter.

Die brisanten Unterlagen in der Aktentasche hielt er dabei weiterhin fest umklammert.

21

Pablo Rodriguez sah seine Frau Inés besorgt an. Sie saß noch immer am Fenster und schaute auf das antarktische Treibeis. Die weißen Brocken zogen nahe der kleinen Siedlung träge in der Esperanza-Bucht vorüber.

»Du hast ihm wirklich alles gesagt?«, fragte er.

Sie nickte. »Ich konnte es einfach nicht länger für mich behalten. Die Zeit war längst reif für die Wahrheit.«

»Und das hast du einfach so ganz allein entschieden?«, fragte er mit finsterem Blick.

»Ach, schau uns doch an«, antwortete sie. »Wir sind alt und grau. Irgendwann kommt der Zeitpunkt, an dem man mit offenen Karten spielen muss.«

»Aber warum ausgerechnet jetzt?«

Sie seufzte und faltete ihre Hände, die von den vielen Jahren in der Kälte rissig geworden waren. »Ich glaube, der Prozess in Buenos Aires hat bei mir den Anstoß gegeben.«

»Der Prozess?«

»Ja. Damals war ich wirklich froh, dass es nach all den Jahren doch noch zu einer Anklage kam. Ich hatte gehofft, dass auch Alfredo endlich seine gerechte Strafe erhält.«

Pablo nickte mit betretener Miene. »Irgendwie hat er ein Talent dafür, seinen Kopf aus der Schlinge zu ziehen.«

»Der Freispruch ist jetzt schon eine Weile her. Aber ich muss auch heute noch oft daran denken. Das Urteil hat mich damals total schockiert«, sagte sie. »Dass ausgerechnet er zu denen gehört, die man laufen lässt … Und dann war da kürzlich noch die Sache mit der DNA-Analyse.«

»Was meinst du?«

»Es ging um eine Frau aus der Nähe von Córdoba. Sie hat vor einigen Wochen ihre wahre Identität herausgefunden. Sie war bei einem ehemaligen Oberst und seiner Familie aufgewachsen. Aber eigentlich war sie die leibliche Tochter eines Widerstandskämpfers. Dessen schwangere Frau war kurz nach dem Militärputsch entführt worden. Sie hatte das Baby während der Folterhaft bekommen. Das Mädchen war ihr weggenommen und zu einer regimetreuen Offiziersfamilie gegeben worden. Kommt dir diese Art von Verbrechen bekannt vor?«

Ihr Mann blickte zu Boden. »Und wie hat man die Wahrheit herausgefunden?«, fragte er mit leiser Stimme.

»Akribische Nachforschungen«, antwortete sie. »Forensische Wissenschaftler konnten nach Jahrzehnten endlich die Identität eines toten Mannes klären. Der war in den Siebzigern als namenlose Leiche am Ufer des Río de la Plata angespült worden. Die Strömung hatte seinen leblosen Körper rüber nach Uruguay getrieben. Ich muss dir sicher nicht sagen, wo er gestorben ist, oder?«

Er schüttelte schweigend den Kopf.

»Ein genetischer Abgleich brachte schließlich Gewissheit. So erfuhr die erwachsene Frau, dass sie nicht die Tochter eines argentinischen Offiziers war. Ihr leiblicher Vater war ein Kommunist.«

Pablo sagte nichts. Er hatte die Lippen fest zusammengepresst und die Stirn in Falten gelegt.

»Ich wollte einfach nicht, dass es Nico eines Tages so ergeht. Dass er die Wahrheit auch auf solch eine Art erfährt. Kannst du das verstehen?«

Pablo sah sie nachdenklich an. »Wegen dieser Sache und wegen Alfredos Freispruch wolltest du Nico über alles aufklären?«

»Ja, der Prozess hat viel in mir aufgewühlt. Hätte man Alfredo verurteilt, wäre zumindest ein Teil der Schuld getilgt worden. Aber sein Freispruch hat für mich alles nur noch schlimmer gemacht.« Nach einer kurzen Pause fügte sie hinzu: »Hast du dich denn nie schuldig gefühlt wegen dem, was passiert ist?«

»Doch, natürlich. Mit der Zeit ist dieses Gefühl allerdings zu einem notwendigen Übel geworden.«

»Aber Alfredo war doch einer von den Tätern. Und das wussten wir die ganze Zeit, während er als dein Jugendfreund bei uns ein und aus ging. Somit waren auch wir Teil dieses verdammten Systems, das Nico zur Waise gemacht hat!«

»Natürlich«, sagte er beschwichtigend. »Doch das habe ich im Laufe der Jahre mehr und mehr verdrängt. Hier unten am Ende der Welt erschien mir alles so unendlich weit weg. Bei uns gab es ja keine geheimen Gefängnisse für Subversive.«

»Unser Sohn ist doch der lebende Beweis für all die Entführungen, Folterungen und die Morde!«, rief sie erregt. Ihre Stimme hatte einen schrillen Tonfall angenommen. »Alfredo hatte seine Eltern auf dem Gewissen. Und dann ist er zu uns gekommen und hat uns ihr neugeborenes Kind anvertraut. Indem Nico hier bei uns aufgewachsen ist, hat er uns doch jeden Tag an all diese Gräueltaten erinnert.«

»Herrje! Warum konntest du nicht einfach weiter Gras über alles wachsen lassen? Die Sache mit Nicos Eltern ist doch schon so lange her. Die meisten Täter von damals sind inzwischen alt oder bereits selber tot.«

Inés sah Pablo mit vor Empörung funkelnden Augen an. »Mord bleibt Mord – auch wenn inzwischen eine Ewigkeit vergangen ist.«

»Aber am Anfang warst du doch auch glücklich, dass wir Nico hatten, oder?«, fragte er vorsichtig.

Sie nickte kaum merklich. »Ja, das war ich wohl. Aber irgendwann wurde mir klar, dass dieses Glück nicht unser eigenes war. Es war eine gestohlene Familienidylle. Weil wir selbst keine Kinder bekommen konnten, haben wir einen Pakt mit dem Teufel geschlossen. Wir nahmen ein geraubtes Baby bei uns auf und gaben es all die Jahre als unser eigenes aus. Dadurch haben auch wir eine Menge Schuld auf uns geladen.«

Pablo saß stumm da und rührte sich nicht. Insgeheim schien er zu wissen, dass sie recht hatte.

»Nico sieht genauso aus wie sein leiblicher Vater«, sagte Inés nach einer Weile.

Erstaunt blickte er sie an. »Was sagst du da? Woher willst du das wissen?« In seiner Stimme lag eine Mischung aus Verwunderung und Argwohn.

»Alfredo hat mir ein Foto des Mannes gezeigt.«

»Was hat er getan? Zur Hölle, wann war das?«

»Ist lange her. Nico muss zu der Zeit etwa acht Jahre alt gewesen sein. Schon damals war mir klar, dass irgendwann der Moment der Wahrheit kommen würde. Für diesen Tag wollte ich vorbereitet sein.«

»Und da hast du Alfredo einfach so nach Nicos Eltern gefragt?« Er wirkte schockiert angesichts der Tatsache, dass sie ihm das all die Jahre verheimlicht hatte. Auch dass sie Nico hinter seinem Rücken alles erzählt hatte, schien ihm gehörig zu missfallen. »Was hat er dir gesagt?«

»Nicos Vater stammte aus Deutschland. Er hieß Norbert Malchow und war Ingenieur. Er arbeitete bei einem großen Autohersteller in Bremen. Die Firma hat auch ein Werk in Buenos Aires. Norbert Malchow wurde damals von seinem Arbeitgeber nach Argentinien geschickt. Dort sollte eine neue Produktionsstraße für ein Transportermodell eingerichtet werden.«

»Und dabei hat er dann Kontakt zu den falschen Leuten gehabt?«

»Ja. In der Firma hatte es wohl schon seit einiger Zeit Probleme mit linken Gewerkschaftern gegeben. Zu dieser Gruppe gehörte auch Nicos Mutter. Sie war eine junge Argentinierin. Beide haben sich schnell ineinander verliebt. Die engen Kontakte der beiden zu den kritischen Betriebsräten sind ihnen dann zum Verhängnis geworden.«

»So ging es damals doch vielen«, antwortete er. Sein Gesichtsausdruck wirkte so kalt wie die Eisberge, die draußen vor dem Fenster langsam durch die Bucht trieben.

Inés Rodriguez blieb das nicht verborgen. Sie versuchte,

seine unterkühlte Fassade zu durchdringen: »Deine Freunde vom Militär haben das Leben einer jungen Familie zerstört. Und wir haben uns aus den Trümmern eine eigene aufgebaut. Das alles war doch immer nur eine Illusion. Davor kann man doch nicht für alle Zeit die Augen verschließen!«

»Aber wir hatten doch gar keine andere Wahl«, begann er sich zu rechtfertigen. »Du weißt, wie wichtig den Leuten in Buenos Aires dieses Siedlungsprojekt war. Und ein Baby, das in der Antarktis zur Welt kommt und den Besitzanspruch Argentiniens auf dieses Land unterstreicht –«

»Er ist aber nicht hier zur Welt gekommen, sondern in einem schrecklichen Folterknast!«, schrie sie ihn an. »Hör endlich auf, in deiner verlogenen Scheinwelt zu leben. Nico ist nicht unser Sohn. Und er ist auch nicht der verdammte ›Mann aus dem Eis‹!«

»Ja, das weiß ich doch«, entgegnete Pablo beschwichtigend.

Sein ruhiger Tonfall zeigte Wirkung. Als sie fortfuhr, hatte sie sich wieder einigermaßen im Griff. »Nico wurde immer eingeredet, er sei etwas Besonderes. Der erste Mensch, der hier in der Antarktis zur Welt gekommen ist. Sein Name steht in sämtlichen Nachschlagewerken – sogar im verdammten Buch der Weltrekorde. Und immer wieder Fernseh- und Zeitungsberichte zu seinen runden Geburtstagen. Natürlich hat das alles seine Persönlichkeit geprägt.«

»Meinst du wirklich, das hatte so einen großen Einfluss auf ihn?«, fragte er nachdenklich.

»Was denkst du denn? Neil Armstrong war doch auch für jeden immer der erste Mensch auf dem Mond. Genauso dachte Nico sicherlich, er wäre für alle Zeiten der ›Mann aus dem Eis‹.«

»Fühlst du dich jetzt schuldig, weil du ihm diesen Teil seiner Persönlichkeit genommen hast?«

Sie nickte traurig. »Ja, sicher. Aber ich musste uns von dieser Lüge befreien. Also habe ich ihm erklärt, dass ich nicht seine leibliche Mutter bin. Mit dieser Wahrheit muss er nun für den Rest seines Lebens klarkommen.«

»Er war schon immer ein tapferer Junge«, sagte Pablo.

»Stimmt«, antwortete sie. »Aber wie wird er das alles verkraften? Wie stark muss jemand sein, damit ihn so was nicht aus der Bahn wirft?«

22

Nico Rodriguez beobachtete aus sicherer Entfernung, wie sein wütender Verfolger von vier Bundespolizisten abgeführt wurde. Gemeinsam mit dem männlichen Betreuer der Schülergruppe war es dem Schaffner gelungen, den Angreifer so lange in Schach zu halten, bis der Regionalexpress in den Bahnhof Itzehoe eingefahren war. Noch ehe die Kinder den Zug verließen, hatte ihre Lehrerin die Polizei verständigt. Die Beamten waren innerhalb weniger Minuten zur Stelle gewesen und hatten den Randalierer in Gewahrsam genommen.

Nico hatte sich unterdessen eilig aus dem Staub gemacht. Auf keinen Fall wollte er riskieren, gemeinsam mit dem Kerl aufs nächste Polizeirevier gebracht zu werden. Immerhin hatte auch er für Ärger und Aufsehen gesorgt, als er sich ziemlich rücksichtslos durch die Gruppe der Kinder drängelte. Hätte sein Verfolger nicht kurze Zeit später alle Aufmerksamkeit auf sich gezogen, wäre den beiden Lehrern sicher sofort klar geworden, dass Nico vor dem Mann auf der Flucht gewesen war.

Am Ende des Bahnsteigs kauerte Nico hinter einem Stromkasten und stellte aufatmend fest, dass die Polizisten den Bahnhof in der anderen Richtung verließen. Auf den Schlägertyp würde nun sicherlich ein Verfahren wegen Körperverletzung zukommen.

Er verspürte jedoch nur kurz Erleichterung über die Tatsache, dass der Fremde vorerst in Gewahrsam war. Denn ihm war durch diesen Zwischenfall schlagartig bewusst geworden, wie gefährlich ihr geplantes Vorhaben war. Zuerst hatte man versucht, Salik in Kopenhagen auszuschalten. Und nun waren diese skrupellosen Leute auch hinter ihm her.

Die nächsten Schritte mussten sorgfältig überlegt werden.

Wenn er Pech hatte, würden die Polizisten den Mann bald wieder freilassen, nachdem sie seine Personalien festgestellt hatten. Denkbar war auch, dass Saliks grönländischer Rivale Bjørn Lauridsen und die Leute von der Bergbaugesellschaft noch weitere brutale Handlanger mobilisierten, um ihm die brisanten Unterlagen abzunehmen. Irgendwie mussten sie herausgefunden haben, dass er in Saliks Auftrag auf dem Weg nach Potsdam war.

Während er über sein weiteres Vorgehen nachdachte, lief er einige Zeit ziellos durch die Straßen von Itzehoe. Dabei schaute er sich immer wieder um, um sich zu vergewissern, dass ihm niemand folgte. Schließlich erreichte er ein Naherholungsgebiet, in dem sich ein großer Teich befand. Am schilfbewachsenen Ufer setzte er sich auf eine Bank und zückte sein Handy. Er tippte auf den Telefonspeicher und wählte noch einmal die dänische Festnetznummer der alten Wetterstation auf Hesselø. Nico hoffte, dass Salik seinen geheimen Zufluchtsort auf der Ostseeinsel noch nicht verlassen hatte. Zu seiner Erleichterung hörte er nach kurzer Zeit die vertraute Stimme am anderen Ende: *»Hesselø vejrstationen. Hvem er der?«*

»*¡Hola, muchacho!* Hier ist noch mal Nico.«

»*Hej, kollega!* Hab noch gar nicht wieder mit dir gerechnet. Bist du etwa schon in Potsdam?«

»Nein, leider nicht. Im Zug nach Hamburg gab's einen Zwischenfall.«

»Was ist passiert?«, fragte Salik besorgt.

»Jemand wollte sich die Unterlagen schnappen. Vielleicht war's derselbe Typ, der in Kopenhagen hinter dir her war. So ein riesenhafter Kerl mit kantigem Kinn und rotblonden Bartstoppeln.«

»Was sagst du da? Verdammt, bist du verletzt?«

»Nein, alles okay. Als der Zug in Itzehoe ankam, konnte ich entkommen. Aber es war ziemlich knapp. Fast hätte er meinen Laptop und die Dokumente gekriegt.«

»*Forbandet lort!*«, fluchte Salik. »Jetzt sind sie dir also auch auf den Fersen. Wie zur Hölle sind sie bloß auf dich gekommen?«

»Wüsste ich auch gern«, antwortete Nico. »Hast du Lauridsen irgendwas erzählt, das ihn auf meine Spur gebracht haben könnte?«

»Keine Ahnung.«

»Denk nach!«, sagte Nico. »Irgendwie muss er die Verbindung ja hergestellt haben.«

Salik schwieg einen Moment. Dann brach es aus ihm heraus. »Verdammt, die Wasserproben.«

»Was ist mit denen?«

»Ich hab einen großen Fehler gemacht. Bei dem Treffen in Nyhavn ist mir rausgerutscht, dass ein Freund von mir die Wasserproben in seinem Labor untersucht hat.«

»Bist du wahnsinnig geworden?«

»Tut mir leid!«, sagte Salik zerknirscht. »Ich hab für einen kurzen Augenblick die Kontrolle verloren.«

»Das darf nicht passieren«, sagte Nico. »Da war es für Lauridsen natürlich leicht herauszufinden, dass du als Pilot regelmäßig für unser Institut arbeitest.«

»Ist ja kein großes Geheimnis.«

»Absolut nicht. Dich findet man ja sogar auf unserer Homepage, wenn man ein bisschen im Netz stöbert. Und dort hat Lauridsen sicher auch von dem Termin in Potsdam erfahren. Da ist ihm dann wohl klar geworden, dass bei der Konferenz alle schmutzigen Details über die ›Nordprøven‹-Mine an die Öffentlichkeit kommen sollen.«

»So muss es gewesen sein. Und auf eurer Website steht in der Meldung wohl auch dein Name, oder?«

»Sicher, ich bin ja schließlich einer der Hauptredner. So war es dann auch bestimmt ziemlich leicht, die Verbindung zwischen uns herzustellen.«

»Klar. Wir haben ja zusammen schon an ziemlich vielen Expeditionen teilgenommen«, antwortete Salik. »Was ist eigentlich mit den Daten? Die hast du doch hoffentlich auch in der Cloud gespeichert, oder?«

»Nein, das war mir zu riskant. Ist alles auf der lokalen Festplatte.«

»Du hast keine Sicherungskopie gemacht?«, fragte Salik entsetzt.

»Doch, natürlich. Den Datenstick werde ich jetzt erst mal an einen sicheren Ort bringen. Ich hoffe nur, dass unterwegs nicht noch mehr schlimme Dinge passieren.«

23

Nachdem er den Hörer des alten Telefons aufgelegt hatte, saß Salik in der Wetterstation und sah gedankenverloren aus dem Fenster. Eigentlich hatte er schon längst den »Arctic Flyer« startklar machen und Hesselø Richtung Grönland verlassen wollen. Doch das Gespräch mit Nico machte ihn nachdenklich. Er ließ seinen Blick über die grünen Wiesen der kleinen Insel schweifen und versuchte, seine Gedanken zu sortieren. Ein ungutes Gefühl nagte an ihm. Er wusste: Es war sein schlechtes Gewissen.

Eine innere Stimme sagte ihm, dass es nicht richtig war, Nico wichtige Details vorzuenthalten. Schließlich war sein Freund nun ebenfalls auf den Radarschirm von Bjørn Lauridsen und dessen Leuten geraten. Deshalb hätte er es eigentlich verdient, alles über Saliks Plan zu erfahren. Doch obwohl er Nico zu seinem Komplizen gemacht hatte, gab es etwas Entscheidendes, das er ihm bislang verschwiegen hatte.

In Gedanken kehrte er noch einmal zurück zu jener Nacht, als er der »Nordprøven«-Mine einen heimlichen Besuch abgestattet hatte. Es war erstaunlich einfach gewesen, auf das Areal zu gelangen. Lediglich ein Bolzenschneider war nötig gewesen, um im Schutze der Dunkelheit den schlichten Maschendrahtzaun zu durchtrennen. Er hatte befürchtet, bei seinem Einbruch einen Alarm auszulösen. Doch nichts geschah, als er den Draht zerschnitt und sich anschließend durch die Öffnung zwängte. Vermutlich rechneten die Betreiber der Mine nicht damit, dass von den Bewohnern der Kleinstadt Narsaq jemand versuchen würde, die Anlage unbemerkt zu betreten. Es gab zwar einen Sicherheitsdienst, der auch nachts vor Ort war. Allerdings hatte Salik die Anlage zuvor einige Wochen lang genau ausgekundschaftet. Daher konnte er relativ sicher sein, dass die Wachleute ihren nächsten Rundgang erst in etwa einer Stunde starten würden.

Falls er Glück hatte, würde diese Kontrollrunde sogar komplett ausfallen. Schließlich spielte die grönländische Fußballnationalmannschaft heute beim internationalen »Island Games«-Turnier. Da saßen viele Grönländer vor dem Fernseher und fieberten mit ihren Spielern mit. Salik hoffte, dass auch die Wachmannschaft der Mine an diesem Abend ihr Nationalteam anfeuerte und deshalb ihren Job vielleicht etwas weniger genau nahm. Dass die gegnerische Elf ausgerechnet von den weit entfernten Falklandinseln kam, hatte aus Saliks Blickwinkel beinahe etwas Schicksalhaftes. Denn dort unten im Südatlantik hatte »Onkel Alfredo« einst als junger Soldat im Jahr 1982 seine Kampfeinsätze gegen britische Schiffe geflogen. Und nun – viele Jahre später – hatte Salik seinem Freund Nico dabei geholfen, Alfredo nach Deutschland zu locken, ihn in Hamburg zu entführen und ihn in den alten Weltkriegsbunker nach Helgoland zu bringen.

Aus heutiger Sicht konnte er gar nicht mehr genau sagen, warum er sich auf Nicos Vorhaben eingelassen hatte. Vielleicht war es die Tatsache gewesen, dass ihm als Kind immer wieder ein majestätischer Albatros über dem Berg Kvanefjeld begegnet war. Eines Tages war das Tier zum ersten Mal am Himmel über ihm erschienen. Sein Großvater hatte sich mit Vögeln gut ausgekannt. »So einer ist noch nie hier gewesen«, hatte er ihm erklärt. Salik hatte erfahren, dass Albatrosse normalerweise vor allem auf der Südhalbkugel zu Hause waren. Hin und wieder kam es jedoch vor, dass sich ein solches Tier im Sturm auf die nördliche Hemisphäre verirrte. Wenn das geschah, blieb der Albatros seiner Heimat manchmal jahrelang fern. Und so war es auch im Falle dieses Vogels gewesen. Immer wieder tauchte der Albatros über den schroffen Felsen in der Nähe von Narsaq auf.

»Dieser Vogel ist der Geist deines verstorbenen Vaters Ingmar«, hatte sein Großvater eines Tages gesagt. Sehr lange schon hatte der alte Carl Johannsen sich schuldig gefühlt, weil er Saliks Vater in jungen Jahren fortgehen ließ. Eigentlich hatte er gedacht, dass der Sohn es eines Tages besser haben würde, wenn er im fernen Dänemark eine gute Schulbildung erhielte. Doch er hatte sich geirrt. Unheilbar dem Alkohol verfallen, hatten die Perspektivlosigkeit und die Entfremdung von den Traditionen der Vorfahren Ingmar Johannsen nach seiner Rückkehr langsam in die Verzweiflung getrieben. Eines Nachts war er dann allein hinaus in einen tobenden Schneesturm gegangen. Seine Leiche hatte man erst im nächsten Frühling in einer nahe gelegenen Bucht gefunden.

Wie eine plötzliche Eiszeit hatte sich damals die Trauer über den Verlust des Vaters auf Saliks Seele gelegt. Sämtliche Emotionen waren wie eingefroren. Es dauerte sehr lange, bis in seinem Inneren allmählich wieder Leben einkehrte. Geholfen hatte dabei auch der Albatros. Nachdem er zum ersten Mal in der Gegend von Narsaq erschienen war, hatte er am Himmel stets genau über jenem Berg seine Bahnen gezogen, an dessen Fuß sich Ingmar Johannsens Grabstelle befand. In den darauffolgenden Wochen und Monaten seiner Trauer war Salik immer wieder an diesen Ort gekommen, hatte sich auf den steinigen Boden am Westhang des Berges gesetzt und Richtung Meer in den Himmel geschaut. Oft war dann nach einer Weile der Albatros am Horizont aufgetaucht und mit seinen mächtigen Schwingen dicht über ihn hinweggeglitten.

Er hatte bewundert, mit welcher Eleganz der Seevogel am Himmel schwebte. Und so war im Laufe der Jahre allmählich der Wunsch immer größer geworden, es diesem Albatros gleichzutun. Salik hatte gewissermaßen selbst wie dieser elegante Vogel werden wollen.

Er hatte diesen Wunsch oft mit seinem Großvater besprochen, und dieser hatte ihm gut zugeredet. Später hatte Carl Johannsen alle seine Ersparnisse investiert, um ihm die Pilotenausbildung zu finanzieren. Nachdem Salik diese absolviert hatte, war er einige Jahre lang im Dienst der staatlichen grönländischen Fluggesellschaft tätig gewesen. Nach wie vor liebte er besonders die Anflüge auf seinen Heimatflughafen. Das lag auch daran, dass er bei diesen anspruchsvollen Manövern inmitten der schroffen Felslandschaft – genau wie damals der Albatros – den Berg über dem alten Friedhof überflog, auf dem sein Vater und inzwischen auch sein Großvater begraben lagen.

Doch dann war eines Tages genau an diesem Ort die »Nordprøven«-Mine errichtet worden. Seither war der Berg für die Allgemeinheit nicht mehr zugänglich. Auch der alte Friedhof lag nun hinter einem hohen Stacheldrahtzaun.

Kurz nach dem Beginn des Förderbetriebs hatte es auf dem Gelände eine offizielle Begehung gegeben. Politiker, Pressevertreter und interessierte Bürger waren an jenem Herbsttag über die Anlage geführt worden. Unter Aufsicht von Mitarbeitern der Bergbaufirma hatten sie sich überall umsehen können. Bei dieser Besichtigung war auch Salik als offizieller Besucher dabei gewesen. Allerdings hatte er sich zu keiner Zeit von der makellosen Selbstdarstellung der Minengesellschaft blenden lassen. Stattdessen hatte er den Rundgang genutzt, um sich die örtlichen Details genau einzuprägen. Heimlich hatte er mit einer kleinen versteckten Kamera Fotos vom gesamten Areal gemacht. Zu Hause hatte er diese Bilder ausgewertet und sich mit Hilfe der Aufnahmen einen detaillierten Lageplan des Komplexes gemacht. Dadurch wusste er bei seinem nächtlichen Einbruch auf dem Gelände, in welche Richtung er sich bewegen musste.

Als er über die menschenleere Anlage schlich, war er froh, dass der Mond hinter dichten Wolken verborgen war. Auf dem kargen Bergplateau wuchsen keine Büsche oder Sträucher, hinter denen er in Deckung hätte gehen können. Allerdings lagen überall große Felsbrocken, die ihm auf seinem Weg genügend Sichtschutz boten.

Salik war den Weg anhand seines Lageplans in den vergangenen Tagen unzählige Male durchgegangen. Jetzt steuerte er zielstrebig auf ein großes Gebäude zu, das sich auf dem höchsten Punkt des Minengeländes befand. Nach einer Weile gelang es ihm, mit einem Dietrich die Tür eines Seiteneingangs zu öffnen. Im Inneren des Wellblechgebäudes kannte er sich bereits aus, denn bei der öffentlichen Führung hatte er sich auch hier umschauen können.

Über eine Treppe gelangte er ins Obergeschoss. Dort ging er einen langen Gang entlang, der mehrere Büroräume miteinander verband. Eine Notbeleuchtung tauchte alles um ihn herum in ein grünliches Dämmerlicht. So konnte er sich mühelos fortbewegen, ohne eine Taschenlampe benutzen zu müssen. Ganz am Ende des Flures betrat er einen großen Büroraum. An der Tür war ein Schild mit der Aufschrift »Geschäftsleitung« angebracht. Er ging in das geräumige Zimmer und sah sich um. Dabei musste er nun doch die Taschenlampe seines Handys einschalten, da die Notbeleuchtung lediglich draußen auf dem Flur ein wenig Licht spendete. Schnell zog er die Jalousien vor dem Fenster herunter, damit der Schein seiner Handylampe von draußen nicht gesehen werden konnte.

In einer Ecke hinter dem Schreibtisch stand ein verschlossener Aktenschrank. Wieder benutzte er seinen Dietrich. Er überflog die Unterlagen im Schrank und fand schließlich, wonach er gesucht hatte. Mit einigen der Dokumente ging er in einen kleinen Nebenraum. Dort befand sich ein Kopierer. Er schaltete das Gerät ein und begann, die Unterlagen einzulegen. Das Gerät war deutlich lauter als erwartet, sodass Salik zur Sicherheit die Tür zum Korridor schloss.

Etwa zwanzig Minuten später hatte er einen Stapel Kopien angefertigt und verstaute das sensible Material in seinem Rucksack.

Nachdem er die Originaldokumente wieder an ihren Platz gebracht hatte, ging er zurück zum Treppenhaus und schlich hinunter ins Erdgeschoss. Dort lief er zielstrebig zu einer Verbindungstür, hinter der sich eine große Lagerhalle befand. Bei der Werksbesichtigung hatte hier eine Pressekonferenz mit anschließendem Empfang stattgefunden. Dazu waren vor Ort eine festliche Bühne und einige Stuhlreihen aufgebaut worden. Unter dem Hallendach hingen unzählige rot-weiße Fähnchen. Sie waren an langen Bändern befestigt, die quer durch den Raum verliefen. Da der Hauptsitz der Bergbaufirma im kanadischen Toronto war, hatten die Verantwortlichen ihre Landesfahnen abwechselnd neben die grönländischen gehängt.

Diese demonstrativ zur Schau gestellte Verbundenheit hatte Salik tief in seinem Inneren wütend gemacht. Nun wehte also nicht mehr die Flagge Dänemarks, der ebenfalls rot-weiße »Dannebrog«, über ihren Köpfen. Stattdessen sollte man jetzt zur kanadischen »Maple Leaf Flag« mit dem markanten Ahornblatt aufblicken.

So sieht also unsere neue Unabhängigkeit aus, hatte Salik damals verbittert gedacht. Er wusste, wie verlogen das ganze Gerede der Politiker über die angebliche Eigenständigkeit seines Landes war. Genau wie einst die Dänen waren auch die Kanadier nicht gekommen, um ihnen auf Augenhöhe zu begegnen. Auch sie würden die Einheimischen nicht als gleichberechtigte Partner anerkennen. Ihnen ging es vor allem um die Ausbeutung der wertvollen Bodenschätze Grönlands. Die Sorgen der örtlichen Bevölkerung vor Umwelt- und Gesundheitsschäden waren dabei nichts weiter als störende Begleiterscheinungen.

Von der Dekoration war nichts mehr zu sehen, als Salik nun erneut in der Halle stand. Stattdessen fiel der Schein seiner Taschenlampe auf mehrere lange Regalreihen. Im vorderen Bereich befanden sich zahlreiche Werkzeuge und Ersatzzeile für die Maschinen. Er schlich an den Regalen entlang, bis er vor einer weiteren Tür stand. Auf einem beleuchteten Schild stand »Dangerous Materials«. Er wusste, dass sich im Raum dahinter das Gefahrstofflager befand. Auch diese Tür öffnete er mit seinem Dietrich und trat ein.

Auf Paletten standen zahlreiche Fässer, Kanister und Kartons. Sie alle trugen verschiedene Warnhinweise. Salik ging das Material durch, bis er schließlich fand, wonach er gesucht hatte. Er griff in einen großen Karton und holte einige weiße Säcke hervor. Zwei kleinere, die jeweils fünf Kilogramm wogen, stopfte er in seinen Rucksack. Kurzerhand schnappte er sich noch einen Zehn-Kilo-Sack und klemmte sich diesen unter den Arm. Anschließend schlich er Richtung Ausgang.

Nachdem er das Gebäude unbemerkt wieder verlassen hatte, überquerte er in geduckter Haltung hangabwärts das felsige Außengelände. Sein Ziel war der Stausee, der sich ein Stück weiter unten am Rande des Bergplateaus befand. Der Weg führte über ein Geröllfeld, auf dem sich auch zahlreiche große Felsen befanden. Wie schon auf dem Weg zur Lagerhalle nutzte Salik diese Gesteinsbrocken, um dahinter in Deckung zu gehen.

Bevor die Minenbetreiber damit begonnen hatten, hier im Talkessel ihren giftigen Abraum zu entsorgen, hatte sich auf der Hochebene ein natürliches Gewässer befunden. Der Taseq-See war ursprünglich nur durch klares Schmelzwasser aus den Bergen gespeist worden. An seinen westlichen Ausläufern war das Areal über dem Ufer des Sees relativ flach gewesen. An der Ostflanke hingegen waren steile Berghänge aufgestiegen.

Seit seiner Kindheit hatte Salik diesen Ort geliebt. Doch inzwischen war aus der friedlichen Idylle eine Lagerstätte für Giftmüll aus dem Minenbetrieb geworden. Wenn er daran dachte, wie sehr sich diese Gegend verändert hatte, spürte er in sich eine Mischung aus Wut, Trauer und Verzweiflung. Und genau diese Gefühlslage war es, die ihn zu seinen Taten antrieb. Er konnte nicht länger ohne Widerstand bei all den üblen Dingen zusehen, die hier geschahen. Die Zeit zu handeln war gekommen.

Der verseuchte See, den Salik an dessen flacherer Westseite umrundete, wurde nach Süden hin durch einen hohen Staudamm begrenzt. Dieser sollte verhindern, dass die toxischen und radioaktiven Substanzen aus dem Abraumbecken in den nahe gelegenen Narsaq-Fluss gelangten. Glücklicherweise lag die Betonmauer weit entfernt von den Werksgebäuden. Somit war das Risiko gering, dass ihn doch noch jemand entdeckte, sobald er sein Ziel erst einmal erreicht hatte. Ein gewisses Risiko bestand allerdings weiterhin, denn seine geplante Aktion würde sich nicht geräuschlos erledigen lassen. Doch auch für diesen Fall hatte er vorgesorgt.

Nachdem er den Berghang bis zum Fuß des Staudamms hinabgestiegen war, setzte er sich auf den felsigen Untergrund und wartete. Er sah zum Nachthimmel hinauf und lächelte zufrieden.

Der Klimawandel hat auch seine Vorteile, dachte er, während sich dicke Unwetterwolken über ihm zusammenbrauten. Früher hatten sie hier nie Gewitter erlebt. Doch inzwischen war es in Südgrönland deutlich wärmer als in seinen Kindertagen. In der Gegend um Narsaq wurde mittlerweile sogar in bescheidenem Umfang Gemüse angebaut. Die Wetterveränderungen brachten es mit sich, dass es nun auch in der Arktis vermehrt zu Gewittern kam. Ein dumpfes Grollen war bereits seit einiger Zeit zu hören. Heute war es zudem noch stürmisch. Das hieß, dass Donner und Wind den Lärm verschlucken würden, den er gleich am Fundament des Staudamms verursachen musste.

Er kniete sich hin, setzte seinen Rucksack ab und öffnete ihn. Als Erstes holte er die zwei Säcke heraus, die er vorhin aus dem Gefahrstofflager mitgenommen hatte, und legte sie neben sich auf den Boden. Danach griff er noch einmal in seinen Rucksack und zog das Werkzeug hervor, das er für sein Vorhaben eingepackt hatte. Es war ein akkubetriebener Bohrhammer. Er nahm das schwere Gerät in die Hand, spannte einen Betonbohrer ein und verschraubte das Bohrfutter. Dann fing er an, ein tiefes Loch in die Betonmauer des Staudamms zu bohren.

Wie befürchtet war der Bohrhammer erschreckend laut. Der Wind und das Donnergrollen am Himmel dämpften zwar den Krach, den das Gerät verursachte. Dennoch konnte Salik sich nicht sicher sein, dass der Lärm weiter oben auf dem Plateau nicht mehr zu hören war. Aber dieses Risiko musste er eingehen. Denn eine so gute Gelegenheit wie heute Abend würde sich in nächster Zeit nicht wieder bieten.

Salik ließ sich von dem Getöse nicht beirren und bohrte mehrere tiefe Löcher in die massive Betonmauer des Staudamms. Anschließend öffnete er einen der weißen Säcke. Darin befand sich ein hellgraues Pulver. Dieses füllte er in einen Plastikeimer, den er ebenfalls aus dem Lager geklaut hatte, verdünnte es mit Wasser und begann, beides miteinander zu verrühren.

Zufrieden sah Salik wenig später auf die flüssige Masse, die sich im Eimer gebildet hatte. Mit diesem überaus wirksamen Quellsprengstoff konnte man festes Gestein oder auch Beton zum Bersten bringen. Der große Vorteil war, dass es dabei nicht zu einer lauten Explosion kam. Denn bei dem Mittel, das Salik aus dem Lager gestohlen hatte, handelte es sich um Branntkalk. In Verbindung mit Wasser verwandelte sich dieser in Calciumhydroxid. Bei dem chemischen Vorgang dehnte sich die Substanz nach und nach so stark aus, dass selbst massiver Fels mühelos auseinandergesprengt wurde.

Salik nahm den Eimer und ging zum ersten Bohrloch. Dort goss er von dem Sprengstoff so viel hinein, dass die Öffnung am Fundament der Mauer komplett gefüllt war.

24

In der Kopenhagener Innenstadt, im zentral gelegenen Viertel Indre By, brannte zur späten Stunde noch Licht in den Redaktionsräumen der dänischen Wochenzeitung »Ugens Nyheder«. Cathrine Rydberg, die als Redakteurin im Politikressort arbeitete, stand vor dem Büro ihres Chefs und klopfte an die Glastür.

»Herein!«, sagte er mit gewohnt kraftvoller Stimme.

Cathrine betrat das Büro und sah Thure Jepsen hinter seinem großen Schreibtisch aus dunklem Eichenholz sitzen. Als sie eintrat, lächelte er und fragte, ob er ihr einen Kaffee anbieten könne. Sie lehnte dankend ab und ließ sich in den tiefen Ledersessel fallen, der vor Thures imposantem Schreibtisch stand. Das Büro befand sich im dritten Stockwerk eines alten Backsteingebäudes in der Kronprinsessegade. Durch die hohen Fenster konnte Cathrine die Parkanlage »Kongens Have«, den »Königlichen Garten«, sehen. Dieser lag direkt gegenüber vom Redaktionshaus. Am nördlichen Rand des Parks hatte Salik Johannsen gestern am späten Abend mit seinem Auto angehalten, und Cathrine hatte sich seinen Rucksack mit den vertraulichen Unterlagen geschnappt. Anschließend war er mit quietschenden Reifen weitergefahren. Cathrine war dann mitsamt den Dokumenten quer durch den Kongens Have bis zum Verlagshaus gerannt.

»Hast du in der Zwischenzeit mal wieder was von deinem Informanten gehört?«, fragte Thure.

Sie nickte. »Ja, er hat sich vorhin noch einmal kurz gemeldet. Die Sache zieht immer weitere Kreise.«

»Okay, dann erzähl mal. Was hast du herausgefunden?«

»Die Unterlagen, die er mir zu der Sache überlassen hat, waren wirklich umfangreich. Es sind unter anderem auch Bilder von der Staumauer der ›Nordprøven‹-Mine dabei. Darauf sind deutliche Risse im Betonfundament zu sehen. An mehreren Stellen tritt stark kontaminiertes Wasser aus. Das gelangt in der Nähe der Anlage in den Narsaq-Fluss. Und der dient zur Trinkwasserversorgung der örtlichen Bevölkerung.«

»Sind es große Mengen, die dort austreten?«

»Kann ich derzeit nicht genau sagen. Aber wenn bei einem weiteren Erdbeben der marode Staudamm bricht, ergießen sich gewaltige Massen der giftigen Brühe ins Tal. Vermutlich werden dann große Teile der Gegend unbewohnbar.«

»Klingt nicht gut. Und diese Gefahr ist der Betreiberfirma bekannt?«

»Nicht nur der«, antwortete Cathrine. »Auch eine große deutsche Prüfgesellschaft könnte in die Sache verstrickt sein.«

»Wie denn?«

»Die Mitarbeiter einer Tochterfirma dieser Organisation haben die Anlage in Narsaq kürzlich geprüft. In einem Stabilitätsgutachten bescheinigten sie die Sicherheit der Staumauer. Laut Johannsen sind an dem Damm zu dieser Zeit allerdings schon deutliche Risse sichtbar gewesen. Die zahlreichen Erdbeben in der Gegend hatten dem Bauwerk bereits sehr zugesetzt.«

»Die Prüfer haben ihn trotzdem als sicher eingestuft?«

»Ja. Anscheinend wider besseres Wissen.«

»Und Salik hat das herausgefunden.«

»Richtig. Deswegen hat Lauridsen vorgestern Nacht auch alles drangesetzt, ihn zu stoppen. Zum Glück hat er sich mir rechtzeitig anvertraut, bevor er sich absetzen musste.«

»Weißt du, wo er jetzt ist?«

Cathrine nickte. »Als ich vorhin mit ihm telefoniert hab, war er auf Hesselø. Dort ist er in der alten Wetterstation untergetaucht.«

»Ein gutes Versteck. Ist er mit dem Boot rübergefahren?«

»Nein, er hat ein Flugzeug genommen. Im Norden der Insel gibt's eine kleine Landebahn. Am Telefon sagte er allerdings, dass er Hesselø schon bald wieder verlassen müsse.«

Thure sah Cathrine verwundert an. »Was ist passiert? Fühlt er sich auch dort nicht mehr sicher?«

»Doch, ich glaube schon. Aber er muss dringend zu seiner Familie nach Grönland.«

»Warum denn?«

»Er macht sich große Sorgen um seine Schwester.«

»Was ist mit ihr? Wird sie bedroht?«

»Sieht so aus. Sie hat kürzlich einen Tupilak erhalten. Das sind diese grönländischen Dämonenfiguren, die –«

»Kenne ich«, warf Thure ein. »Hat die Frau denn auch in dieser Sache rumgeschnüffelt?«

»Nicht dass ich wüsste. Aber wie es scheint, versuchen die Minenbetreiber jetzt, über die Schwester an Salik ranzukommen.«

»Du meinst, sie wollen ihn aus seinem Versteck locken?«

»Dass sie es wirklich auf die Schwester abgesehen haben, kann ich mir nicht vorstellen. Aber Salik möchte natürlich nichts riskieren. Deshalb will er gleich morgen nach Narsaq fliegen.«

»Verstehe. Und was bedeutet das für deinen Artikel?«

»Den müssen wir wohl erst mal auf Eis legen. Er ist wirklich beunruhigt wegen seiner Familie in Grönland. Und solange die nicht sicher ist, sollen wir erst einmal nichts veröffentlichen.«

»Ich glaube nicht, dass wir ihm diesen Gefallen tun können«, wehrte Thure ab.

Cathrine sah ihren Chef irritiert an. »Was willst du damit sagen?«

»Die Story ist zu wichtig, um sie jetzt ad acta zu legen. Wir müssen ein Interview mit Salik führen.«

»Heißt das, ich soll zu ihm nach Hesselø?«

»Nein, *wir beide* fahren dort rüber. Du musst Salik zu einem Treffen mit uns überreden. Dann führen wir vor Ort mit ihm ein Interview und zeichnen alles auf. Außerdem brauchen wir sein Okay für eine zügige Berichterstattung.«

»Und was ist mit seiner Schwester?«, fragte Cathrine besorgt.

»Ich kann verstehen, dass er sie nicht in Gefahr bringen will. Aber das verseuchte Wasser in Narsaq ist für sie und viele andere doch auch eine große Bedrohung. Mach ihm klar, dass eine Veröffentlichung der beste Weg ist, sowohl ihn als auch seine Familie zu schützen.«

25

Während Thure Jepsen und Cathrine Rydberg in Kopenhagen das weitere Vorgehen planten, saß Salik weiterhin in seinem Versteck auf Hesselø. In seiner Erinnerung ging er noch immer die Ereignisse an der Staumauer des Taseq-Sees durch. Dort hatte er in jener Nacht im Abstand von einigen Metern mehr als zwanzig Löcher ins Betonfundament gebohrt. Erleichtert, dabei von niemandem entdeckt worden zu sein, hatte er anschließend den Bohrhammer wieder in seiner Tasche verstaut. Nach etwa einstündiger Arbeit waren nun alle Öffnungen mit Quellsprengstoff gefüllt. Dieser würde sich im Laufe der Nacht immer weiter ausdehnen und den Beton dabei auseinanderdrücken.

Salik kam sich vor wie einer der »Mauerspechte« Ende 1989 in Berlin. Die Souvenirjäger hatten seinerzeit zu Tausenden mit Hammer und Meißel die Berliner Mauer bearbeitet, um sich Erinnerungsstücke zu sichern. Genau wie die Grenzanlage damals für die Menschen in Berlin war für ihn diese Mauer hier am Taseq-See ein unerträglicher Schandfleck. Ein Symbol des politischen Versagens. Dennoch hoffte er, bei seiner Aktion nicht zu viel von dem Branntkalk verwendet zu haben. Die ganze Sache war ein schwieriger Balanceakt. Denn sein Ziel war es nicht, den Staudamm unmittelbar zum Einsturz zu bringen. Stattdessen sollte die Mauer deutliche Risse aufweisen. Jeder sollte auf den ersten Blick sehen, dass dieses Bauwerk nicht sicher war. Solange der Staudamm äußerlich intakt erschien, konnten die Minenbetreiber die Öffentlichkeit leicht beschwichtigen. Doch schon bald würde Schluss sein mit diesem unsäglichen Schauspiel.

Von Anfang an hatten die Verantwortlichen den Leuten vorgegaukelt, dass von den giftigen und radioaktiven Stoffen im Taseq-See keine Gefahr ausginge. Auch die immer zahlreicheren Erdbeben in der Gegend hatten sie stets heruntergespielt. Wenn Saliks Plan aufging, würden allerdings an vielen Stellen deutliche Risse im Fundament der Staumauer klaffen. Für ihn war dieser Sabotageakt ein notwendiges Übel. Die Allgemeinheit musste wachgerüttelt werden. Er wusste, dass er dabei ein großes Risiko einging. Etwas zu viel von dem Quellsprengstoff und er selbst versetzte dem maroden Staudamm den Todesstoß.

Doch nun gab es kein Zurück mehr. Weder für ihn noch für die Schlipsträger in ihren schicken Büros in Nuuk, Toronto und in Kopenhagen.

Den Zeitpunkt für seinen Anschlag hatte Salik sorgfältig gewählt. Denn in wenigen Tagen sollte auf dem Minengelände eine routinemäßige Sicherheitsüberprufung stattfinden. Dabei würde die Prüffirma sicher feststellen, dass die Risse im Beton durch Sprengzement entstanden waren. Vermutlich würden die Verantwortlichen aber wieder versuchen, alles unter den Teppich zu kehren. Damit würde man sie wegen Strafvereitelung drankriegen können.

Vielleicht konnte Salik auf diese Weise aber auch die »Mauer aus Schweigen«, wie er es nannte, zum Einsturz bringen. Wenn durchsickerte, dass es auf dem Gelände einen Sabotageakt gegeben hatte, wäre die Bergbaugesellschaft ebenfalls arg in Bedrängnis. Denn dann würde sie zugeben müssen, dass die Mine nicht ausreichend gegen Eindringlinge gesichert war. So oder so würde seine Aktion ein Schlaglicht auf diese Anlage werfen und die Betreiberfirma gehörig in Erklärungsnöte bringen.

Um größtmöglichen Druck aufzubauen, brauchte Salik jedoch noch mehr belastendes Material. Wenn die Risse im Beton der Außenmauer erst einmal sichtbar waren, kam er gewiss nicht mehr so einfach in die Nähe des Staudamms. Deshalb hatte er vorgesorgt, um noch in jener Nacht alles Nötige zu erledigen.

In einer weiteren Tasche, die er mitgebracht hatte, befand sich ein gelber Minitauchroboter. Die kleine Unterwasserdrohne verfügte über eine hochauflösende Kamera und leistungsstarke LED-Scheinwerfer, die tausendzweihundert Lumen erzeugen konnten. Mit diesem Gerät war es möglich, bis in einer Tiefe von hundert Metern gestochen scharfe Unterwasserbilder und -filme in UHD-Qualität zu machen.

Mit der Drohne unter dem Arm kletterte Salik am Rand der Staumauer den felsigen Abhang wieder hinauf. Nach einer Weile erreichte er das Ufer des Abraumbeckens. Mit Wut im Bauch dachte er daran, dass an dieser Stelle bis vor einigen Jahren noch ein kristallklarer Bergsee gewesen war. Mühelos hatte er auf den Grund des Gewässers schauen können, wenn er als Kind gemeinsam mit seinem Großvater hier am Ufer gesessen hatte. Für eine so gute Sicht wäre Salik jetzt dankbar gewesen. Aber er musste sich mit der Hoffnung begnügen, dass der Taseq-See eines fernen Tages wieder zu einem idyllischen Ort für Einheimische und Touristen werden würde.

Damit das geschah, musste Salik seine Mission erfolgreich beenden. Ihm war klar, dass er den Tauchroboter nach dessen Einsatz in der giftigen Brühe wohl nicht mehr würde mitnehmen können. Aber wenn er heute Nacht seinen Zweck erfüllte, war es dieses Opfer allemal wert.

Salik setzte das kleine Gefährt ins Wasser und startete über eine Fernbedienung den Motor. Dann klappte er ein Notebook auf und stellte eine Verbindung zu dem Tauchroboter her. Auf dem Monitor des Rechners erschien ein trübes Unterwasserbild. Wegen der zahlreichen Schwebeteilchen im See war die Sicht alles andere als gut. Salik schaltete dennoch die LED-Kamera ein. Er hoffte, dass es irgendwie möglich war, am Grund des Sees ein paar brauchbare Bilder einzufangen. Er drückte den Joystick der Fernbedienung nach unten, und das Fahrzeug setzte sich in Bewegung.

Langsam versank das Gefährt im Wasser, und nach einer Weile war im Lichtkegel schließlich der felsige Untergrund zu erkennen. Salik ließ die Drohne dicht über den Boden des Stausees hinweggleiten. Es dauerte nicht lange, bis er fand, wonach er gesucht hatte. Am Grund des Abraumbeckens waren deutlich mehrere Spalten im Gestein zu erkennen. Er lenkte den Tauchroboter über eine davon und hielt das Gerät an. Die Unterwasserkamera zeigte eine etwa fünf Meter lange Öffnung. Diese war mehrere Zentimeter breit und vermutlich in jüngster Zeit bei einem der Erdbeben entstanden.

Jetzt wollen wir doch mal sehen, ob du auch als Tintenfisch etwas taugst, dachte Salik und nahm eine zweite Fernbedienung zur Hand. Mit dieser konnte er ein kleines Gerät bedienen, das er nachträglich am Tauchroboter hatte anbringen lassen. Die Drohne sank auf seinen Befehl hin noch ein Stück tiefer hinab, dann drückte er einen Knopf in der Mitte der zweiten Bedienkonsole. Auf dem Display seines Notebooks erkannt er, dass sich das bräunliche Wasser unter dem Tauchroboter hellblau verfärbte. Genau das war Saliks Absicht gewesen.

Er hatte mit dem Knopfdruck eine Farbkartusche ausgelöst. So wollte er nachweisen, dass kontaminiertes Wasser durch die Öffnungen im Boden des Abraumbeckens drang. Er vermutete, dass die Giftbrühe sich durch weitere Spalten im Inneren des Felsgesteins ihren Weg bergabwärts bahnte und unterhalb des Stausees wieder austrat. Aufgrund der auffälligen Verfärbung würde man die Stellen nun leicht erkennen können, an denen giftiges Abraumwasser aus dem Berg floss und sich unterhalb des Plateaus mit dem Narsaq-Fluss vermischte.

Nachdem der »Tintenfisch« seine Aufgabe am ersten Spalt erledigt hatte, steuerte Salik noch zwei weitere Risse an. Dort wiederholte er die Prozedur, bis die Farbkartuschen des Tauchroboters leer waren. Die HD-Kamera der Drohne hatte die komplette Aktion gefilmt und das Signal störungsfrei an das Notebook übertragen. Salik war zufrieden mit dem Ergebnis und steckte die Speicherkarte in seine Hosentasche.

Im nächsten Moment hielt er unvermittelt inne. Wenn er sich nicht getäuscht hatte, war da eben durch den starken Wind hindurch ein Geräusch zu hören gewesen. Er versuchte sich zu konzentrieren.

Da war es wieder. In einiger Entfernung konnte er ein anschwellendes Getöse vernehmen. Er schloss die Augen und lauschte. Was immer das Geräusch verursachte, schien schnell näher zu kommen. Dann erkannte er, was es war: lautes Hundegebell.

Salik stieß einen leisen Fluch aus. Vermutlich hatte jemand das Loch im Zaun entdeckt. Er hatte die Lücke vorhin nur notdürftig verdeckt. Auch hatte er nicht alle Türen im Gebäude wieder abgeschlossen. Nun war dem Sicherheitspersonal also aufgefallen, dass sich jemand illegal auf dem Gelände aufhielt.

Er sah auf die Uhr. Das Fußballspiel zwischen Grönland und den Falklandinseln konnte eigentlich noch nicht vorbei sein. Demnach hatten die Wachleute tatsächlich vor dem Abpfiff der Partie eine Kontrollrunde gemacht.

Hastig packte Salik seinen Laptop wieder ein. Dann warf er die Fernbedienung des Tauchroboters in den Stausee. Die Drohne hatte ihre Aufgabe erfüllt. Sie musste auf dem Grund des Abraumbeckens zurückbleiben.

Trotz des starken Winds hörte Salik das Gebell der Hunde jetzt immer lauter. Etwas weiter oberhalb sah er in einiger Entfernung einen Lichtkegel am Berghang aufblitzen. Nun gab es keinen Zweifel mehr: Sie waren unterwegs zum See. Salik spürte, wie ein beklemmendes Gefühl in ihm aufstieg. Wenn die Security-Leute ihn hier fanden, bekäme er gewaltige Probleme. Einbruch, Diebstahl und Sabotage waren keine Kavaliersdelikte.

Vielleicht würden sie ihn aber auch gar nicht der Polizei übergeben. Sie könnten ihn auch für immer aus dem Weg räumen. Hier oben im Gebirge war es leicht, einen Sturz aus großer Höhe wie einen tragischen Unfall aussehen zu lassen. Dazu durfte er es nicht kommen lassen.

So schnell er konnte, kletterte er den steilen Abhang hinauf, der sich an der Westseite des Sees erhob. In der Dunkelheit war das ein ziemlich riskantes Unterfangen. Unter seinen Füßen spürte er an vielen Stellen loses Geröll. Außerdem lagen überall Gesteinsbrocken herum, die in der Nacht gefährliche Hindernisse darstellten.

Wenn er jetzt stolperte und unglücklich fiel, würde er im schlimmsten Fall nie wieder aufstehen. Dann müssten sich die Wachleute nicht einmal die Mühe machen, ihn selbst ins Jenseits zu befördern.

Doch diesen Gefallen würde er ihnen nicht tun. Mit seinem Großvater war er früher oft genug hier gewesen. Daher wusste er, dass das Felsgestein weiter oben am Berg fester war. Wenn er es schaffte, über den Bergrücken zu klettern, hätte er einen kleinen Vorteil. Dann würde er es riskieren können, auf der anderen Seite kurz seine Taschenlampe einzuschalten, um sich zu orientieren. Nicht weit entfernt gab es einen schmalen Trampelpfad, der auf der Südseite des Hochplateaus bergabwärts zum Rand des Minengeländes führte. Dieser Weg war halbwegs befestigt, sodass er dort schneller vorankommen würde.

Wie befürchtet drohte er bei seinem Aufstieg mehrmals auszurutschen. Doch jedes Mal konnte er das Gleichgewicht halten und einem Absturz entgehen. Stolpernd, rutschend und wankend kraxelte er in geduckter Haltung den Hang hinauf. Unten am Ufer des Sees konnte er einige Lichtkegel ausmachen. Glücklicherweise boten ihm die großen Felsen auf seinem Weg nach oben ausreichend Deckung.

Sehr beunruhigend war allerdings das anschwellende Hundegebell. Es hörte sich an, als hätten die Wachleute die Tiere von der Leine gelassen. Die kläffende Meute schien ganz versessen darauf zu sein, ihn in ihrem Revier aufzuspüren und zähnefletschend in Schach zu halten.

Erleichtert spürte er schließlich, dass der rutschige Geröllboden unter seinen Füßen in festen Untergrund übergegangen war. Er hatte den oberen Teil des Bergmassivs erreicht. Hier war nur noch nacktes Gestein, auf dem er relativ sicher laufen konnte.

Auf die Gefahr hin, gesehen zu werden, trat er aus dem Schatten eines Felsvorsprungs und rannte los. Seine Beine, die bereits vom beschwerlichen Aufstieg schmerzten, schienen angesichts des plötzlichen Sprints einen lautstarken Protestschrei auszustoßen. Er war noch nie ein besonders guter Läufer gewesen. Doch die Angst vor seinen Verfolgern setzte ungeahnte Kräfte in ihm frei. Die waren auch nötig, denn bis zum Gipfel waren es noch etwa dreihundert Meter.

In den Lärm der Hunde mischten sich nun auch die Rufe der Wachleute. Ihre aufgeregten Stimmen drangen vom Fuße des Bergs zu ihm herauf. Anscheinend hatten sie ihn entdeckt, als er seine schützende Deckung aufgegeben hatte. Eine Leuchtrakete wurde abgefeuert und tauchte den Himmel über dem Taseq-See in ein blutrotes Licht. Dann gab es einen weiteren Knall. Jemand musste einen Warnschuss abgegeben haben. Ein lauter Widerhall wurde von den umliegenden Hängen zurückgeworfen. Jetzt ging es buchstäblich ums Ganze. Der nächste Schuss wäre sicher keine Warnung mehr.

Ohne sich noch einmal umzudrehen, rannte Salik weiter dem Gipfel entgegen. Der Abhang wurde immer steiler. Seine Lungen brannten, und es kam ihm vor, als würde jede Faser seines Körpers schmerzen. Doch im Moment der völligen Erschöpfung spürte er, dass ihm plötzlich etwas neue Kraft verlieh. Seine Beine, die eben noch zentnerschwer waren, fühlten sich auf einmal an, als strömte frische Energie durch sie hindurch. Beinahe kam es ihm so vor, als zöge ihn eine unbekannte Macht die letzten hundertfünfzig Meter zum Gipfel empor. Einen kurzen Augenblick glaubte er, am Nachthimmel die Umrisse eines großen Vogels zu erkennen. Dann wurde ihm bewusst: Genau an diesem Ort hatte er damals als Kind mit seinem Großvater gesessen. Hier war ihnen zum ersten Mal der Albatros begegnet.

Völlig unerwartet überkam Salik trotz der Gefahr, in der er sich befand, ein Gefühl von Sicherheit und Geborgenheit. Wie damals in seinen Kindertagen fühlte er sich auf dem Berggipfel seinem verstorbenen Vater besonders nah.

Mit zusammengebissenen Zähnen rannte Salik weiter nach oben. Dann hatte er es geschafft. Er war auf dem höchsten Punkt angekommen.

Unter normalen Umständen hätte er hier für einen Moment innegehalten und die besondere Magie des Ortes in sich aufgenommen. Doch dafür blieb jetzt keine Zeit.

»Ich komme wieder!«, sagte er in die Nacht hinein.

Dann rannte er hastig weiter.

26

Kriminalkommissarin Tamara Jürgens stand im leeren Vernehmungsraum der Itzehoer Polizeidienststelle und sah aus dem Fenster. Dabei dachte sie über das Gespräch nach, das sie gerade geführt hatte. Sie hatten den Mann bereits mehrmals vernommen, doch auch dieses Mal war wieder nicht viel aus ihm herauszubekommen gewesen. Verschiedene Zeugen hatten allerdings unabhängig voneinander zu Protokoll gegeben, er habe vor drei Tagen im Regionalexpress Richtung Hamburg einen Unbekannten verfolgt, der vor ihm geflohen sei. Die Aussagen stimmten auch darin überein, dass ein Zugbegleiter und ein Lehrer dem Verfolger in die Quere gekommen waren und er die beiden brutal angegriffen hatte. Schnell hatten die herbeigerufenen Bundespolizisten herausgefunden, dass der Beschuldigte außerdem einschlägig vorbestraft war. Da er mit seiner Tat im Zug gegen Bewährungsauflagen verstoßen hatte, hatten sie ihn vorläufig festgenommen.

Tamara nahm ihr Diensthandy aus der Tasche und wählte eine Nummer, die sie schon oft angerufen hatte. Es war der Anschluss von Andreas Nolde, der bei der Kripo in Heide arbeitete. Während das Freizeichen ertönte, stieß Tamara einen leisen Seufzer aus. Eigentlich hatte sie keine große Lust, mit ihm über dienstliche Angelegenheiten zu sprechen. Denn seit einiger Zeit verband beide deutlich mehr als die gemeinsame Arbeit bei der Kriminalpolizei. Nolde hatte kurz zuvor seine damalige Freundin verlassen. Noch während der Trennungsphase waren er und Tamara sich bei den Ermittlungen zu einem Fall nähergekommen. Sie hatten ihre Beziehung nicht gleich an die große Glocke hängen wollen. Der Plan war gewesen, alles in Ruhe auf sich zukommen zu lassen. Ohne feste Pläne oder große Erwartungen wollten sie einfach schauen, wie sich die Sache zwischen ihnen entwickelte.

Nolde war zwar direkt nach der Trennung von seiner Ex-Freundin Daniela für ein paar Tage bei ihr zu Hause in Tellingstedt eingezogen. Doch das war nur eine kurze Übergangslösung gewesen. Bald schon hatte er in Albersdorf – keine zehn Minuten von ihr entfernt – eine eigene Wohnung gefunden. Sie schlossen zwar nicht aus, künftig zusammenzuwohnen. Allerdings hatten sie es damit nicht eilig. Die Zuneigung, die sich als »zartes Pflänzchen« zwischen ihnen entwickelte, wollten sie nicht gleich zu Beginn durch zu viel Nähe erdrücken.

»Wie geht's dir?«, fragte sie, nachdem er an den Apparat gegangen war.

»Mer fiere et Levve«, murmelte er. Damit spielte er auf ein Partylied aus seiner Kölner Heimat an. Der Verweis war jedoch ironisch gemeint, wie Tamara an seiner ernsten Stimme hören konnte.

»Hast du immer noch nicht verkraftet, dass der FC Köln gestern verloren hat?«, fragte sie.

»Jo, wat wellste maache …«, antwortete er resigniert.

Um ihn ein wenig aufzumuntern, gab sie nun auch einen Spruch auf Kölsch zum Besten: »Mer stonn zesamme – in Freud und Leid.«

»Lieb von dir«, entgegnete er, wobei seine markante rheinische Sprachmelodik auch weiterhin verriet, dass er ursprünglich aus dem Bergischen Land stammte. »Das heißt, wir sehen uns heute Abend?«

»Ja, natürlich. Ich freu mich schon auf dich.«

»Ich mich auch«, antwortete er. Sie konnte hören, dass es ehrlich gemeint war.

»Kann ich dich kurz was Dienstliches fragen?«

»Wenn's sich nicht vermeiden lässt.«

»Ich fürchte, nein«, sagte sie mit Bedauern in der Stimme. »Ihr habt doch gestern früh eine Vermisstenmeldung rausgegeben. Dabei ging es um einen verschwundenen Meeresforscher.«

»Stimmt«, antwortete Nolde. »Die Sache kam ursprünglich von Ole Carstens und den Kollegen auf Helgoland.«

»Ich weiß. Ich glaube, wir haben eine Spur von dem Mann.«

»Tatsächlich? Ist Nico Rodriguez wiederaufgetaucht?«

»Leider nicht. Aber mir scheint, er wurde am Tag seines Verschwindens von mehreren Fahrgästen in einem Regionalexpress Richtung Hamburg gesehen.«

»Aha. Das würde passen. Und wann war das genau?«

»Vor drei Tagen am Nachmittag. Allerdings war er nicht allein unterwegs.«

»Nein? Ist Salik Johannsen bei ihm gewesen? Das ist ein Kollege von ihm. Der wird momentan ebenfalls gesucht.«

»Hab davon gehört. Der Pilot aus Grönland, oder?«

»Richtig. Die beiden kennen sich durch ihre gemeinsame Arbeit für das Forschungsinstitut auf Helgoland.«

»Verstehe. Der war es jedenfalls nicht. So wie es aussieht, wurde Rodriguez gestern in dem Zug von einem anderen Mann verfolgt. Der lieferte sich schließlich eine Schlägerei mit einem Zugbegleiter und einem Lehrer. Während die drei in das Handgemenge verstrickt waren, ist der Meeresforscher getürmt.«

»Wo genau ist er abgehauen?«

»Hier bei uns am Bahnhof in Itzehoe. Mehrere Zeugen vor Ort haben Rodriguez' Flucht bemerkt. Sie sagten aus, dass der Mann aus dem Zug gesprungen und abgehauen sei.«

»Und seither fehlt von ihm jede Spur?«

»Leider ja. Ich habe einen Kollegen gebeten, den Zeugen das Foto aus der Vermisstenmeldung zur Identifizierung vorzulegen, zweifle aber eigentlich nicht daran, dass er es ist. Beschreibung, Zeitpunkt und Ort sind mehr als schlüssig.«

»Habt ihr denn wenigstens den Typen, der hinter Rodriguez her war?«

»Ja, haben wir. Der Schaffner und der Lehrer konnten ihn so lange festhalten, bis die Bahnpolizei ihn abgeführt hat. Da er einschlägig vorbestraft ist, haben die Kollegen den Mann an uns übergeben. Wir haben ihn inzwischen vernommen. Er hat den Übergriff auf die zwei Männer zugegeben. Allerdings hat er abgestritten, jemanden im Zug verfolgt zu haben.«

»Ach, wirklich? Was war denn seine Version?«

»Er sagte, er habe es lediglich eilig gehabt und dabei versehentlich den Schaffner angerempelt. Daraus sei dann eine Rangelei entstanden. Der Lehrer habe dem Bahnangestellten zu Hilfe kommen wollen und sei so ebenfalls in das Handgemenge verwickelt worden.«

»Und hast du ihm das abgenommen?«

»Nicht eine Sekunde. Vor allem wegen seiner Vorgeschichte.«

»Aha. Mit wem haben wir es denn hier zu tun?«

»Er heißt Leif Dalgaard und stammt ursprünglich aus Dänemark. Seit etwa zehn Jahren lebt er allerdings überwiegend in Deutschland. Aktuell hat er seinen Wohnsitz in der Nähe von Rendsburg.«

»Okay. Und was genau hat er auf dem Kerbholz?«

»Die Kollegen vom LKA haben eine prall gefüllte Akte über Dalgaard. Bis vor Kurzem war er der Anführer einer kriminellen Motorradgang namens ›Mjølnir‹. Die ist inzwischen verboten worden. Die Bande hatte sich nach Thors Hammer benannt und war grenzübergreifend eine große Nummer im Rotlichtmilieu.«

»Hab schon von denen gehört«, antwortete Nolde. »Die sollen nicht gerade zimperlich gewesen sein.«

»Absolut nicht«, fuhr Tamara fort. »Die Mitglieder haben in den vergangenen fünfzehn Jahren zahlreiche Straftaten in Städten wie Kiel, Flensburg, Neumünster, Århus, Odense und Kopenhagen begangen. In Dalgaards Polizeiakte finden sich sowohl in Dänemark als auch in Deutschland mehrere Anklagen wegen Menschenhandels und Zwangsprostitution. Auch wegen Körperverletzung, illegalen Waffenbesitzes und Drogenhandels ist er mehrfach verknackt worden.«

»Also kein unbeschriebenes Blatt, der Mann. Hat er seine Haftstrafen inzwischen abgesessen?«

»Wie es aussieht, ja. Seit zwei Jahren ist er wieder auf freiem Fuß. Und nun rennt er hier wie eine Wildsau durch einen Regionalzug und verfolgt Nico Rodriguez, der seitdem vermisst wird.«

»Interessant«, antwortete Nolde. »Habt ihr außer den Zeugenaussagen noch was?«

»Ja, es gibt ein Video von einer Überwachungskamera aus dem Regionalexpress. Dalgaard ist darauf nicht gut zu sehen, da er ein Baseballcap trägt. Dafür sieht man deutlich, dass ein anderer Mann vor ihm davonläuft. Das Video zeigt Rodriguez leider nur von hinten, wie er sich durch eine Gruppe von wartenden Schulkindern zwängt. Gleich nachdem die Türen aufgehen, springt er aus dem Zug und läuft davon.«

»Das ist doch schon mal was. Vielleicht ist Rodriguez den ehemaligen Mitgliedern der ›Mjølnir‹-Bande bei irgendeiner illegalen Sache in die Quere gekommen. Die Gruppe ist zwar verboten, aber die alten Verbindungen bestehen sicher weiterhin.«

»Davon können wir ausgehen. Ich denke, wir sollten Europol und Interpol einschalten.«

»Haben wir schon gemacht. Schließlich ist Rodriguez argentinischer Staatsbürger. Salik Johannsen, der mit ihm befreundet sein soll, ist Grönländer.«

»Und jetzt kommt mit Leif Dalgaard auch noch ein gebürtiger Däne dazu«, ergänzte Tamara. »Der Fall wird immer internationaler. Weißt du zufällig, warum Rodriguez überhaupt nach Potsdam unterwegs gewesen ist? Hast du eine Ahnung, wo genau er hinwollte?«

»Ole Carstens hat mir erzählt, dass er dort im Wissenschaftspark die Ergebnisse einer Arktisexpedition vorstellen wollte, die er geleitet hat. Zu seinem Team gehörte auch Salik Johannsen. Der war in den vergangenen Jahren schon oft bei derartigen Forschungsprojekten dabei. Er ist einer der erfahrensten Piloten in dem Bereich. Die ganze Sache hat übrigens auch eine politische Dimension.«

»Warum?«, fragte Tamara.

»Weil der grönländische Minister für Wirtschaft, Energie und Forschung sowie der dänische Botschafter zu den Teilnehmern der mehrtägigen Konferenz zählten.«

»Meinst du, Rodriguez und Johannsen haben bei ihrer Forschungsreise irgendetwas Brisantes entdeckt, das nun gefährlich für sie geworden ist?«

»Schon möglich. Und wenn dem so ist, sind unter Umständen noch weitere Mitglieder des Forschungsteams in Gefahr.«

»Hat denn inzwischen irgendjemand die Ergebnisse der Expedition vorgestellt?«

»Soweit ich weiß, ist sein Stellvertreter nach Potsdam gefahren, um die wissenschaftlichen Erkenntnisse zu präsentieren.«

»Aha. Und wer ist das?«, fragte Tamara.

Nolde blätterte in seinen Aufzeichnungen. Kurz danach hatte er den Namen gefunden: »Ein gewisser Lars Thießen. Der arbeitet auch in der Biologischen Anstalt auf Helgoland.«

»Carstens und Feddersen sollten dringend mit dem Mann reden«, sagte Tamara. »Möglicherweise ist er dadurch auch ins Visier derjenigen geraten, die –«

Sie kam nicht mehr dazu, den Satz beenden, denn ein junger Kollege kam mit hochrotem Kopf in den Raum gestürmt. Ohne darauf Rücksicht zu nehmen, dass sie gerade telefonierte, platzte er herein und rief: »Du musst sofort mitkommen. Es ist was passiert!«

***

Die dramatischen Ereignisse, von denen Tamaras Kollege Kenntnis erhalten hatte, hatten kurz nach der Vernehmung des Dänen im Itzehoer Polizeipräsidium ihren Lauf genommen. Leif Dalgaard hatte sich zunächst widerstandslos abführen lassen, als zwei uniformierte Vollzugsbeamte gekommen waren, um den Mann in seine Zelle zurückzubringen. Wegen des Verstoßes gegen seine Bewährungsauflagen würde er die nächste Zeit weiterhin in Untersuchungshaft verbringen müssen.

Normalerweise hätte Dalgaard zu Fuß vom Polizeigebäude in eine Gefängniszelle gebracht werden können. Allerdings war die kleine JVA in Itzehoe zurzeit überbelegt. Deshalb sollte Dalgaard in eine andere Haftanstalt verlegt werden. Vor dem Haus wartete daher ein silbergrauer Transporter mit blauen Streifen und der Aufschrift »Justiz«. Dalgaard wurde von den Sicherheitskräften auf die Rückbank gesetzt. Dann machte sich der VW-Bus auf den Weg ins fünfundvierzig Kilometer entfernte Neumünster. Dort befand sich die größte Haftanstalt Schleswig-Holsteins, wo der Mann in der Vergangenheit bereits mehrfach eingesessen hatte.

Hinter der Stadtgrenze verlief die Strecke in nordöstlicher Richtung über die B 206. Kurz hinter der kleinen Ortschaft Mühlenbarbek machte die Straße eine lang gezogene Linkskurve. Der Fahrer des Justizfahrzeugs lenkte den VW-Bus aus der Biegung heraus und wollte gerade beschleunigen, als plötzlich von rechts aus einer kleinen Seitenstraße ein grüner Trecker samt Anhänger auf die Landstraße fuhr. Das große Gespann bog jedoch nicht auf die Fahrbahn ein, sondern rollte weiter geradeaus, bis es quer auf der Landstraße stand und der Fahrer des Gefangenentransporters scharf bremsen musste.

Im nächsten Augenblick tauchte etwa dreißig Meter hinter dem VW-Bus ein riesiger Mähdrescher auf. Er war aus einem Feldweg gekommen und blockierte ebenfalls die komplette Straße. Dadurch wurde dem Gefangenentransport die Fahrt in beide Richtungen versperrt. Gleichzeitig rasten sechs schwere Motorräder aus der Seitenstraße, aus der eben der Traktor gekommen war. Die Biker stoppten ihre Maschinen und sprangen ab. Jeder der Männer hatte ein Sturmgewehr im Anschlag. Die Mündungen waren allesamt auf die Windschutzscheibe des Transporters gerichtet.

Entsetzt sahen die Justizangestellten, dass der Fahrer des Traktors aus seinem Führerhaus sprang. Auch er war mit einem vollautomatischen Gewehr bewaffnet und baute sich direkt vor ihnen auf. Wie die anderen Männer trug er dunkle Motorradkleidung und einen Helm mit geschlossenem Visier. Der hochgewachsene Mann schien der Anführer des Überfallkommandos zu sein. Er gab der Besatzung des Transporters zu verstehen, dass sie mit erhobenen Händen aussteigen sollten. Die Beamten befolgten den Befehl. Da ihr Fahrzeug keine schusssicheren Scheiben hatte, wären sie einem Angriff schutzlos ausgeliefert.

Kaum dass die beiden Justizmitarbeiter den VW-Bus verlassen hatten, nahmen drei der Biker ihnen die Dienstwaffen ab und stießen sie in einen Wald, der direkt an die Landstraße grenzte. Dort fesselten sie die Überfallenen mit Kabelbindern an Bäume. Leif Dalgaard wurde unterdessen von zwei Komplizen aus dem Fahrzeug geholt. Er sprang auf den Rücksitz eines Motorrads, und kurz danach brausten alle Männer auf ihren Maschinen in nördlicher Richtung davon.

Alles in allem hatte die gesamte Befreiungsaktion weniger als drei Minuten gedauert.

27

Tamara und Andreas Nolde gingen schweigend einen schmalen Schotterweg entlang. Links von ihnen befand sich ein Maisfeld, rechts erhoben sich mehrere alte Eichen und hohe Büsche. Der Kies unter ihren Füßen raschelte, während über ihnen der Wind in den Baumkronen rauschte. Irgendwo ganz in der Nähe waren Krähen zu hören, die ihre Ankunft mit lautem Krächzen quittierten.

Nach etwa zweihundert Metern ging der Weg in einen Trampelpfad über. Von hier an liefen sie durch hohes, nasses Gras. Schließlich erreichten sie einige Polizeifahrzeuge, die vor einem Gittertor abgestellt waren. Am Drahtgeflecht hing ein Schild mit der verblassten Aufschrift »Achtung! Klärteichanlage. Lebensgefahr«.

»Die Warnung ist berechtigt«, murmelte Tamara, als sie durch das Tor gingen.

Dahinter erstreckte sich, so weit das Auge reichte, das satte Grün der Elbmarschen. Auf den Feldern rund um den kleinen Ort Grönland drehten sich mächtige Windräder, deren Brummen als monotones Geräusch zu ihnen herüberwehte.

Direkt vor Tamara und Nolde lagen zwei Teiche. Das vordere Gewässer war etwa so groß wie ein Fußballfeld. Auf der glatten Wasseroberfläche spiegelten sich die getupften Wolken am Himmel wider. Hätte das Schild am Tor nicht darauf hingewiesen, dass es sich um eine naturnahe Abwasseranlage handelte, hätte man die Teiche auch für eine Fischzucht halten können.

Am Ufer herrschte reger Betrieb. Doch Tamara nahm ihre Kollegen, die hier ihren Aufgaben nachgingen, gar nicht richtig wahr. Ihre Aufmerksamkeit war auf den leblosen Mann gerichtet, der vor ihnen im Gras lag. Seine Haare und Kleidung waren vom Wasser durchtränkt. Dennoch erkannte sie den

Toten sofort. Die Bilder, die ihnen die Helgoländer Kollegen von Nico Rodriguez zur Verfügung gestellt hatten, hatten sich in ihr Gedächtnis eingebrannt. Ole Carstens hatte ihnen auch erzählt, dass der Meeresbiologe verlobt war. Er und Louisa Eckhoff hätten eigentlich noch in diesem Jahr heiraten wollen. Der Traum von einem glücklichen gemeinsamen Leben war nun zerstört. Tamara war heilfroh, dass nicht sie diejenige war, die diese schlimme Nachricht überbringen musste. Carstens hatte die Vermisstenmeldung aufgenommen und würde nun auch mit der Verlobten sprechen.

Instinktiv spürte sie, dass es höchste Zeit war, ihren Selbstschutz zu aktivieren. Wenn sie sich am Fundort einer Leiche von starken Emotionen ablenken ließ, konnte das den Blick auf die wesentlichen Details trüben. Also versuchte sie, sich auf die Fakten zu konzentrieren. Sie betrachtete den Toten, während ein Kollege Fotos vom Leichnam machte.

An Rodriguez' Stirn klaffte eine große Wunde. Das Blut war vom Wasser teilweise abgewaschen worden. Dennoch war eindeutig erkennbar, dass der Mann einen schweren Schlag abbekommen haben musste.

»Erschlagen oder ertrunken?«, fragte sie.

Wienke Sönnichsen von der Kieler Rechtsmedizin zuckte mit den Schultern. »Kann ich noch nicht genau sagen. Dafür müssen wir ihn näher untersuchen. Dann können wir zum Beispiel sehen, ob er Wasser in der Lunge hat. Falls ja, hat er vermutlich noch gelebt, als er in den Teich geraten ist.«

»Kannst du sagen, wie lange er bereits tot ist?«

»Von der Körpertemperatur her muss der Tod vor etwa zwölf Stunden eingetreten sein«, antwortete Sönnichsen.

»Das wäre dann gestern Abend so gegen zweiundzwanzig Uhr gewesen.«

Die Rechtsmedizinerin nickte.

»Vermutlich is er im Kofferraum hergebracht worden. Wir ham hier jede Menge Schleifspuren. Außerdem Reifen- und Fußabdrücke aufm Boden, die dazu passen würden«, sagte Torsten Borchard in breiter holsteinischer Mundart. Der Kriminaltechniker war gemeinsam mit zwei weiteren Kollegen gerade dabei, eine Reihe von Gipsabdrücken auf dem matschigen Untergrund zu machen.

»Gestern hat's ziemlich stark geregnet«, bemerkte Tamara.

»Jo, dat is gut. Dadurch ham sich die Profile tief in den Boden eingegraben.«

»Ganz schön dicke Schlappen, oder?«, fragte Nolde.

»Dat kannst wohl sagen!«, erwiderte Borchard. »Vielleicht 'n Jeep oder Pick-up. Werden wir sicher bald rauskriegen.«

»Wer hat den Toten denn gefunden?«, fragte Tamara.

»Zwei Jugendliche – fünfzehn und sechzehn Jahre alt. Die beiden waren hier mit ihrem Hund unterwegs. Christian nimmt gerade die Aussagen auf.«

»Ehlers ist auch hier?«, fragte Borchard verwundert. »Hatte der sich nicht eine Auszeit genommen?«

»Ja, er war gesundheitlich angeschlagen. Da kam ihm die Geburt seines zweiten Kindes mit der anschließenden Elternzeit gerade recht. Seit Kurzem ist er wieder an Bord. Wir sind vorhin gemeinsam aus Heide hergekommen«, antwortete Nolde. »Christian hat die Leitung des Falls übernommen, als klar war, um wen es geht. Der Tote ist ein Meeresbiologe von der Insel Helgoland.«

»Ach, ist das die Vermisstensache von Ole Carstens?«

»Genau. Der Tote heißt Nico Rodriguez. Da der Mann von der Insel aus zunächst nach Dithmarschen gefahren ist, hat Ole uns hinzugezogen. Tamara ist auch dabei. Schließlich wurde der Tote in Itzehoe zuletzt lebend …« Nolde sprach seinen Satz nicht zu Ende, sondern drehte sich um, denn von hinten näherten sich schnelle Schritte.

Christian Ehlers stapfte kurzatmig und mit schlammverschmierten Stiefeln auf das Teichufer zu. Noch ehe jemand aus der Runde etwas sagen konnte, brach es aus ihm heraus: »Wir wissen jetzt, wo Rodriguez war, bevor man ihn hergebracht hat.«

»Tatsächlich? Wo denn?«, fragte Nolde.

»In einem Ferienhaus keine fünfhundert Meter von hier.« Ehlers gab seinen Kollegen ein Zeichen, ihm zu folgen. Während sie den durchweichten Weg Richtung Hauptstraße zurückgingen, erklärte er: »Wir haben uns eben in der Nachbarschaft ein wenig umgehört. Dabei kam schnell heraus, dass Rodriguez sich in einer Reetdachkate eingemietet hat. Es deutet einiges darauf hin, dass man ihn dort überfallen hat. Im Wohnzimmer gibt es Spuren, die auf einen Kampf schließen lassen.«

»Dann hat Rodriguez also hier in dem kleinen Ort Zuflucht gesucht, nachdem er im Regionalexpress seinem Verfolger entkommen ist. Aber dann hat ihn irgendjemand aufgespürt«, sagte Tamara.

»So muss es gewesen sein. Wie auch immer der oder die Täter das geschafft haben«, erwiderte Ehlers. »Würde mich nicht wundern, wenn Leif Dalgaard und seine ›Mjølnir‹-Komplizen dahinterstecken. Gibt's von denen eigentlich schon was Neues?«

»Nein, verdammt«, erwiderte Tamara mit verbitterter Miene. »Wenn ich geahnt hätte, dass die zu so was imstande sind, hätte ich den Gefangenentransport viel besser sichern lassen. So was darf einfach nicht passieren!«

»Das konnte doch keiner vorhersehen«, beschwichtigte Nolde sie. Behutsam legte er dabei eine Hand auf ihren Oberarm. »Dalgaards Bande galt schließlich als zerschlagen. Das haben uns auch die Kollegen vom LKA bestätigt. Außerdem: Könnt ihr euch erinnern, wann es in Deutschland zuletzt eine solche Aktion gegeben hat?«

»Dass ein Gefangener gewaltsam befreit wird?«, fragte Ehlers. »Ganz früher mal. Da war doch die Sache mit Andreas Baader und der RAF.«

»Siehst du«, antwortete Nolde. »Das war vor einer Ewigkeit. Irgendwann Anfang der siebziger Jahre in Berlin. Aber hier in Schleswig-Holstein? In der jüngeren Zeit? Da gab's nichts Derartiges.«

»Trotzdem war ich nicht vorsichtig genug. Und jetzt haben wir hier einen verdammten Toten!«, brach es aus Tamara heraus.

»Ja, das stimmt.« Ehlers nickte. »Sicher wird es wegen der Flucht auch eine interne Ermittlung geben. Aber wir alle stehen da fest an deiner Seite. Kannst dich drauf verlassen. Daran trägt niemand allein die Schuld. Und du darfst dich davon jetzt auch nicht beeinflussen lassen. Schließlich brauchen wir dich und deinen messerscharfen Verstand.«

»Genau«, stimmt Nolde zu. »Du weißt doch: ›Mer stonn zesamme – in Freud und Leid.‹«

Tamara rang sich zu einem gequälten Lächeln durch. Doch richtig aufmuntern konnte er sie mit seiner Bemerkung nicht. Denn sie war bei Weitem nicht so perfekt, wie alle um sie herum immer dachten. Und nun hatte sie im Dienst als Polizistin versagt. Ein vorbestrafter Krimineller, für dessen Überstellung nach Neumünster sie die Verantwortung getragen hatte, war auf spektakuläre Weise geflohen. Sie hatte eine Fehlentscheidung getroffen – und das war etwas, das sie sich nicht verzeihen konnte. Niederlagen kamen für sie eigentlich nicht in Frage. Nun fühlte sie sich emotional wie in einem Abwärtsstrudel. Ein reißender Mahlstrom, der sie mit sich in die Tiefe zu ziehen drohte.

Und als wäre dieser Rückschlag nicht schon schlimm genug, war aus ihrem Vermisstenfall jetzt auch noch eine Mordermittlung geworden.

Doch bevor die Selbstzweifel Tamara vollends lähmen konnten, lenkte Ehlers die Aufmerksamkeit wieder auf das Wesentliche: »Fällt euch in Bezug auf den letzten Aufenthaltsort des Opfers eigentlich gar nichts auf?«

»Doch. Offenbar hat Rodriguez sein Versteck mit Bedacht gewählt«, antwortete Nolde.

»Denke ich auch«, sagte Tamara. »Dass er ausgerechnet in

einem Ort namens Grönland untergetaucht ist, kann doch unmöglich ein Zufall sein.«

»Ich wusste bis heute nicht mal, dass es in Schleswig-Holstein ein Dorf mit diesem Namen gibt«, bemerkte Nolde.

»Kein Wunder, du kommst ja auch aus dem Rheinland«, erwiderte Ehlers. »Die Siedlung gehört zur Gemeinde Sommerland. Die umfasst mehrere versprengte Ortsteile. Grönland besteht eigentlich nur aus ein paar Häusern zu beiden Seiten der gleichnamigen Hauptstraße. Der Name kommt aus dem Plattdeutschen und bedeutet – genau wie beim ›echten‹ Grönland – ›grünes Land‹.«

»Passt irgendwie«, antwortete Nolde mit Blick auf die ausgedehnten grünen Felder und Wiesen, die das Dorf umgaben. »Aber die Ähnlichkeit zum arktischen Grönland muss dennoch eine Rolle gespielt haben. Schaut euch doch bloß mal das Graffiti dort drüben an.«

Der Weg zu Rodriguez' Unterkunft führte an einem großen Stromkasten vorbei, der von professionellen Sprayern mit einem arktischen Motiv verziert worden war. Darauf war der Eingang eines Iglus zu sehen, vor dem ein Inuk in einer dicken Felljacke saß und eine Angel in der Hand hielt.

»Ja, der Zusammenhang ist ziemlich eindeutig«, bemerkte Tamara. »Schließlich war Rodriguez ja erst kürzlich in der Arktis. Nun wollte er in Potsdam unter anderem einen grönländischen Minister treffen. Und der verschwundene Pilot Salik Johannsen stammt aus Grönland. Da muss es irgendwo einen Zusammenhang geben.«

»Sehe ich auch so«, antwortete Nolde. »Nachdem Rodriguez in Itzehoe aus dem Zug gesprungen war, hätte er ja praktisch überallhin fahren können. Dass er sich ausgerechnet hier eine Ferienwohnung genommen hat, kann kein Zufall sein.«

»Wir sind da«, sagte Ehlers und blieb vor einem frisch renovierten Fachwerkhaus stehen. Die hübsche Reetdachkate hatte ein weißes Mauerwerk und war am Giebel mit rot lackiertem Holz verkleidet. Wie bei dieser Bauart üblich zog sich das reetgedeckte Dach bis weit nach unten und ließ dadurch die niedrigen Seitenwände gedrungen wirken. Auch über der verglasten Haustür befand sich ein kleines Vordach, das ebenfalls mit Schilfhalmen bedeckt war.

Die Tür stand offen, sodass die Ermittler hineingehen konnten.

»Die Vermieterin hat uns vorhin reingelassen. Die Ferienwohnung befindet sich im Obergeschoss«, sagte Ehlers. Er ging voran und stieg die Stufen zum ersten Stock hinauf. »Die ältere Dame ist vollkommen schockiert wegen des Vorfalls. Die Sache hat sie ziemlich aus der Bahn geworfen.«

»Klar, so was passiert in der Gegend sicher auch nicht alle Tage«, antwortete Nolde. »Das kann einem älteren Menschen schon zu schaffen machen.«

»Ja, zumal sie offenbar erst kürzlich ihren Mann und kurz danach auch noch ihren Bruder verloren hat. Beim Ehemann war's der verdammte Krebs, bei ihrem Bruder ein schwerer Unfall. Da war das jetzt vermutlich einfach ein bisschen zu viel für sie.«

»Schon klar. Und wo ist die Frau jetzt?«

»Ein paar Häuser weiter bei ihrer Tochter und deren Familie. Ich habe gesagt, dass wir später noch einmal rüberkommen und ausführlich mit ihr sprechen, wenn sie sich ein wenig erholt hat.«

»Okay. Wann genau ist Rodriguez denn hier eingezogen?«, wollte Tamara wissen.

»An dem Tag, als er in Itzehoe aus dem Zug gesprungen ist.«

»Ist er mit einem Mietwagen hergekommen?«, hakte sie nach.

»Nein, die Hausbesitzerin sagte, er sei aus einem Taxi gestiegen, habe sich die Schlüssel bei ihr abgeholt und sei anschließend in die Wohnung gegangen.«

»Für wie lange hatte er die Unterkunft denn angemietet?«

»Für vier Tage. Aber das sagt leider nichts über seine Pläne aus. Er hätte ohnehin ausziehen müssen.«

»Warum?«

»Weil hier für einen längeren Zeitraum Monteure einziehen, die in der Nähe arbeiten.«

»Verstehe«, sagte Nolde, während sie die letzten Stufen zum Obergeschoss erklommen.

Oben angekommen, blieben die drei Kriminalbeamten zunächst im Hausflur stehen. Obwohl die Wohnungstür offen stand, war der Eingang mit einem farbigen Absperrband gesichert.

»Die Kollegen von der Spusi sind drinnen noch nicht fertig. Wir dürfen jetzt nicht rein.«

»Okay«, sagte Nolde. »Weißt du, wie lange es dauert?«

Ehlers schüttelte den Kopf und winkte eine junge Frau im weißen Overall zu sich.

»Habt ihr schon was gefunden?«, fragte er sie.

»Im Wohnzimmer sind Blutspuren«, antwortete die dunkelblonde Kriminaltechnikerin. Dabei sah sie ihn durch ihre modische Brille hindurch an. »Wir gehen davon aus, dass ein Kampf stattgefunden hat. Aber irgendjemand hat sich viel Mühe gegeben, alles wieder in Ordnung zu bringen.«

»Was meinst du damit?«

»Im gesamten Wohnzimmer wurde sehr gründlich sauber gemacht. Sieht aus, als sei dort ein Putzkommando durchgegangen. Es wollte wohl jemand ganz sichergehen, dass wir nicht mehr viel finden. Weil der Tote draußen am Teich aber eine große Wunde am Kopf hat, haben wir den Raum abgedunkelt und es mit Luminol versucht.«

»Ah, ihr habt wieder mal euer ›Zaubermittel‹ versprüht. Und dann habt ihr es gesehen?«

»Allerdings. Jede Menge Blutspuren auf dem Teppich im Wohnzimmer. Aber es ist kein Blut auf dem Fußboden. Vielleicht hat der Täter sein Opfer in eine Decke oder Ähnliches eingewickelt, als er den Mann zum See gebracht hat.«

»Könnt ihr schon was über die Tatwaffe sagen?«, fragte Nolde.

»Noch nicht hundertprozentig. Aber unten hinter dem Haus gibt es einen Geräteschuppen. Der ist laut Aussage der Hausbesitzerin normalerweise verschlossen. Heute Morgen stand die Tür jedoch sperrangelweit offen. Jemand hatte das Vorhängeschloss aufgebrochen.«

»Ist irgendwas auffällig dort?«

»Ja, der Täter hat anscheinend einen Spaten mitgenommen. Der fehlt jedenfalls bei den Gartengeräten. Vielleicht wurde das Opfer damit angegriffen.«

»Das kann Wienke Sönnichsen uns sicher bald sagen«, antwortete Ehlers. »Drüben am Fundort der Leiche lag allerdings kein Spaten. Aber vielleicht hat der Täter ihn ja ins Wasser geworfen. Wir werden den Teich danach absuchen lassen.«

»Habt ihr in der Wohnung eigentlich eine schwarze Aktentasche gefunden?«, fragte Tamara. »Die hatte Rodriguez nämlich im Zug dabei.«

»Nee, hier war kein Reisegepäck. Aber wir haben was anderes. Kleinen Augenblick, ich hol's her.« Sie machte auf dem Absatz kehrt und verschwand in der abgesperrten Wohnung. Nach kurzer Zeit kam sie zurück und reichte Ehlers ein Plastiktütchen. Darin befand sich ein kleiner Gegenstand. »Das war mit Klebeband unter dem Sekretär befestigt.«

Ehlers streckte die Hand aus und griff nach dem Fundstück. In der Tüte steckte ein schwarzer Datenstick.

28

Carstens hatte sehen können, dass Louisa Eckhoff am Boden zerstört gewesen war. Die Nachricht vom Tod ihres Verlobten hatte sie wie ein Schlag getroffen. Es war nicht das erste Mal gewesen, dass er Angehörigen solch eine erschütternde Nachricht hatte überbringen müssen. Dennoch war es immer wieder belastend, diese Aufgabe zu übernehmen.

Eigentlich hätte er gestern noch viele Fragen an Louisa Eckhoff gehabt. Aber sie hatte ihm deutlich zu verstehen gegeben, dass sie jetzt erst einmal ein wenig Zeit für sich brauchte, um alles zu verarbeiten. Ganz offensichtlich hatte sie kaum einen klaren Gedanken fassen können. Also hatte Carstens einen Notfallseelsorger angerufen, der Louisa Eckhoff in dieser Ausnahmesituation zur Seite stehen konnte. Anschließend hatte er sich verabschiedet und angekündigt, sich am nächsten Tag noch einmal bei ihr zu melden.

Wie verabredet stand er nun erneut vor ihrer Tür. Seine Glieder taten weh, denn er hatte auf der Gästecouch seiner Eltern schlecht geschlafen. Dennoch würde er wohl oder übel noch eine Weile in seinem alten Jugendzimmer übernachten müssen, das sein Vater inzwischen als Büro nutzte. Denn Inken redete weiterhin kein Wort mit ihm. Auf keine seiner Nachrichten hatte sie bislang reagiert. Sicher hätte er jetzt hartnäckig bleiben und sich etwas einfallen lassen müssen, um seine Beziehung vielleicht doch noch zu retten. Aber der komplizierte Fall, der vor wenigen Tagen mit einer Vermisstenmeldung begonnen hatte, hatte seither fast seine gesamte Aufmerksamkeit beansprucht. Deshalb hatte er momentan einfach zu wenig Zeit, um über seine private Zukunft nachzudenken. Die Sache musste notgedrungen warten, bis die Ermittlungen abgeschlossen waren.

Louisa Eckhoff sah verständlicherweise sehr mitgenommen aus. Ihr Gesicht war aschfahl. Da sie heute ungeschminkt war, gab es auch nichts, was die dunklen Ränder unter ihren Augen kaschiert hätte. Um ihre schmalen Schultern hatte sie eine beigefarbene Strickjacke gelegt. Ihre schlanken Beine steckten in grauen Wollleggings mit skandinavischem Muster.

Sie bat ihn herein und führte ihn ins Wohnzimmer. Dort angekommen, setzte er sich ihr gegenüber.

»Wie geht es Ihnen?«, fragte er.

»Ich hab letzte Nacht kaum ein Auge zugetan«, antwortete sie. »Wie Sie sich denken können, geistern derzeit viele Fragen in meinem Kopf herum.«

»Ja, das ist ganz normal, dass Sie jetzt –«

»Glauben Sie, jeder von uns wäre in der Lage, einen anderen Menschen zu töten?«, fragte sie.

Carstens war im ersten Moment zu perplex, um etwas zu erwidern. Mit so einer Frage hatte er nicht gerechnet. Natürlich kannte er die Antwort. Allerdings wollte er die Unterhaltung eigentlich nicht in diese Richtung laufen lassen. Wenn Menschen plötzlich und unerwartet aus dem Leben gerissen wurden, war das für die Hinterbliebenen oft nur schwer zu fassen. Nicht selten stürzte es die Betroffenen in ein großes Gefühlschaos. Vielleicht half es Louisa Eckhoff, wenn sie sich dem Tod ihres Lebenspartners erst einmal auf eine eher abstrakte, theoretische Weise näherte. Schließlich war sie Wissenschaftlerin. Als solche war sie es sicher gewohnt, an komplexe Probleme rational heranzugehen. Also ging er widerstrebend auf ihre Frage ein.

»Unter bestimmten Umständen vermutlich schon«, erwiderte er vage.

»Tatsächlich?«

»Ich fürchte, ja.«

»Unter welchen Umständen?«

Carstens stieß einen tiefen Seufzer aus. »Na ja. Bei den meisten von uns wäre das wahrscheinlich Notwehr oder

Nothilfe. Wenn dann noch ein moralisches Dilemma hinzukommt, stößt wohl jeder irgendwann an seine Grenzen.«

»Wie meinen Sie das?«

»Also ... Ich glaube nicht, dass ich das jetzt weiter ausführen –«

»Doch, sollen Sie!«.

»Okay.« Carstens wurde klar, dass er ihr die Antwort nicht vorenthalten konnte. »Ich meinte eine Situation, in der man vor eine unmögliche Wahl gestellt wird.«

»Was für eine soll das sein?«

Er überlegte einen Moment. Dann fiel ihm ein Beispiel ein: »Stellen Sie sich vor, jemand entführt ein Flugzeug und droht damit, es in ein Gebäude hineinzusteuern.«

»Wie damals am 11. September 2001?«

»Genau. Aber in meinem Beispiel sind im Flugzeug nur die Kidnapper und ein paar Leute von der Besatzung. Es ist eine Frachtmaschine – ohne Fluggäste. Das Gebäude hingegen ist ein voll besetzter Konzertsaal, sagen wir mal, die Hamburger Elbphilharmonie. Dort findet eine ausverkaufte Veranstaltung für Familien mit ihren Kindern statt. Das Leben von mehr als zweitausend Menschen steht auf dem Spiel.«

»Wie schrecklich!«, brach es aus Louisa Eckhoff heraus.

»Ich weiß – aber es kommt noch schlimmer. Das Flugzeug wird in wenigen Minuten im Gebäude einschlagen. Komplizen der Entführer haben zuvor sämtliche Türen in der Elbphilharmonie versperrt. Die Menschen können also nicht mehr rechtzeitig evakuiert werden.«

»Ich ahne, worauf Sie hinauswollen«, sagte sie leise. »Es geht um die Entscheidung, das Flugzeug abzuschießen, bevor es sein Ziel erreicht.«

»Richtig. An Bord der Maschine würden durch diese Entscheidung zehn Menschen sterben. Drei Attentäter und sieben unschuldige Leute von der Besatzung.«

»Ein hoher Preis«, erwiderte Louisa Eckhoff.

»Stimmt. Aber meinen Sie nicht, dass Sie zumindest kurz

drüber nachdenken würden, das Leben einiger weniger zu opfern? Schließlich ließen sich dadurch Hunderte von Kindern und deren Eltern retten.«

»Vermutlich schon«, antwortete sie nachdenklich.

»Sehen Sie. Aber tun Sie mir jetzt bitte einen Gefallen und beschäftigen Sie sich nicht weiter mit solchen Fragen. Ich verstehe gut, dass Ihnen derzeit viel im Kopf rumgeht. Aber derartige Gedankenspiele werden Sie am Ende nicht weiterbringen. Denn wer auch immer Ihrem Verlobten das angetan hat, handelte ganz sicher nicht aus einer Notlage heraus.«

»Mit was für Leuten hat sich Nico denn da bloß angelegt?«

»Das werden wir herausfinden«, versprach Carstens. »Wir ermitteln derzeit in alle Richtungen. Und dabei brauchen wir Ihre Hilfe. Ist Ihnen in der Zwischenzeit vielleicht noch etwas eingefallen, das für uns hilfreich sein könnte?«

Louisa Eckhoff zögerte. Dann deutete sie ein Kopfnicken an. »Vielleicht ja«, sagte sie. »Bitte warten Sie einen Moment.« Sie stand auf und verließ das Wohnzimmer.

Carstens blieb allein in dem Raum zurück. Er betrachtete noch einmal die zahlreichen Urlaubsbilder an der Wand. Die Motive zeigten zwei junge Menschen, die vermutlich gerade die schönste Zeit ihres Lebens erlebt hatten. Zum Zeitpunkt der Aufnahmen hatte sicherlich keiner von beiden geahnt, dass sie nur von kurzer Dauer sein würde.

Nun waren die traumhaft schönen Erinnerungsfotos zu stummen Zeugen eines zerstörten Liebesglücks geworden. Eingefrorene Momente sorgloser Zweisamkeit. Ein für alle Mal vorbei.

»Und jedem Anfang wohnt ein Zauber inne«, murmelte Carstens. Oft hatte er in den letzten Tagen über das Gedicht »Stufen« von Hermann Hesse nachgedacht. Der berühmte Autor brachte darin zum Ausdruck, dass nichts im Leben von Dauer war: »Es muss das Herz bei jedem Lebensrufe bereit zum Abschied sein und Neubeginne.« Darin fühlte Carstens sich in gewisser Weise mit Louisa Eckhoff verbunden. Denn auch er selbst befand sich gerade zwischen zwei »Lebensstufen« und hatte keine Ahnung, was ihn auf der nächsten erwarten würde.

Passend zu Hesses Metapher von den »Stufen« hörte Carstens, wie Louisa Eckhoff in ihren Wollsocken auf leisen Sohlen die Treppe wieder herunterkam. Beinahe lautlos wandelte sie durch das Haus, das sie bis vor Kurzem noch gemeinsam mit ihrem Verlobten bewohnt hatte. Stille kann sehr angenehm sein – aber manchmal kann sie auch wehtun, dachte Carstens. An ihren Bewegungen, ihrer Gestik und Mimik konnte er sehen, dass Louisa Eckhoff derzeit gewissermaßen auf Autopilot geschaltet hatte. Er kannte dieses Verhaltensmuster von Menschen, denen kürzlich etwas Schlimmes passiert war. Wie ferngesteuert gingen sie weiter ihren täglichen Routinen nach. Und wirkten dabei seltsam entruckt, so als hätten sie Zuflucht in einer Art Zwischenwelt gesucht.

Vielleicht gibt es ja im Spektrum der »Lebensstufen« einen Bereich, der sich irgendwo zwischen Diesseits und Jenseits befindet, überlegte er. Eine Art Übergangszone, in der sich Verstorbene anfangs noch eine Weile aufhalten können, bevor sie endgültig ihren Weg ins Reich der Toten antreten. Und eventuell erreichen Trauernde manchmal einen Zustand, der ihnen Kontakt zu diesem »Niemandsland« ermöglicht. Vermutlich getrennt wie durch eine Glasscheibe am Flughafenterminal. Aber dennoch eine Verbindung zwischen zwei Welten. Carstens wünschte Louisa Eckhoff, dass es diesen Bereich zwischen Leben und Tod tatsächlich gab und dass sie einen Zugang dazu fand.

Als sie wieder ins Wohnzimmer kam, konnte Carstens sehen, dass Louisa Eckhoff etwas mitgebracht hatte. Es war eine kleine weiße Figur. Sie streckte die Hand aus und reichte sie ihm. Carstens betrachtete den Gegenstand eingehend. Es war eine groteske Gestalt, die aussah wie ein böser Dämon oder eine fremdartige Kreatur aus einem Alienfilm. Ein kunstvoll geschnitztes Fabelwesen, das etwa fünfzehn Zentimeter hoch war. Wer diese Figur angefertigt hatte, verstand zweifellos sein Handwerk. Dennoch hätte Carstens nicht im Traum daran gedacht, sich so etwas zu Hause ins Regal zu stellen.

»Sieht ja scheußlich aus. Ist das ein frühes Werk von Hans Rudolf Giger?«, fragte er.

Louisa Eckhoff schüttelte den Kopf. »Nein, obwohl der Vergleich schon passend ist. Das hier stammt aus Grönland. Es ist ein Tupilak.«

»Was soll das sein?«, wollte Carstens wissen.

Sie erklärte ihm, dass es sich dabei um grönländisches Kunsthandwerk handelte. Dann berichtete sie, dass sie die Schnitzerei im Büro ihres Verlobten gefunden hatte.

»Wann und wo genau haben Sie das Ding denn entdeckt?«, fragte Carstens, der sich an diese Figur nicht erinnern konnte.

»Vorgestern. Auf seinem Schreibtisch. Anfangs hatte ich ihn gar nicht bemerkt. Aber Sie hatten mich ja gebeten, mir Nicos Unterlagen noch einmal genau anzuschauen. Und da ist mir der Tupilak schließlich aufgefallen. Er war eingewickelt in ein Stofftaschentuch und lag zwischen zwei Papierstapeln. Deshalb hatte ich ihn zuvor übersehen.«

»Und was ist an der Figur so besonders? Ihr Verlobter war doch kürzlich in Grönland, oder?«

»Ja, er war schon oft in der Arktis. Aber er hat sich nie für Souvenirs interessiert. Nico und ich haben gemeinsam etliche Länder bereist. Aber solche Andenken haben wir nie mit nach Hause gebracht. Wie Sie sehen können, sind Fotos für uns die wichtigsten Erinnerungsstücke. Uns geht es mehr um die Natur vor Ort als um irgendwelche Schnitzereien …«

Carstens bemerkte, dass Louisa Eckhoff beim Anblick der Bilder kurz die Stimme versagte. Erneut war ihr das Ende eines glücklichen Lebensabschnitts schmerzhaft bewusst geworden. Doch schon kurze Zeit später hatte sie sich wieder gefangen und fuhr fort: »Nico liebte Grönland. Aber an den Tupilak-Figuren hat er nie Gefallen gefunden. Genau wie Sie fand er die Dinger zu grotesk.«

»Also haben Sie zuvor noch nie eine solche Figur bei ihm gesehen?«

»Nein, niemals. Wie gesagt, er mochte sie nicht.«

»Vielleicht war diese hier ein Geschenk, das er aus Höflichkeit nicht ablehnen wollte«, spekulierte Carstens.

»Kann ich mir nicht vorstellen.«

»Wieso nicht?«

»Die letzte Expedition, die Nico geleitet hat, fand überwiegend in völlig abgelegenen Gebieten statt. An einem Andenkenladen sind sie da sicher nicht vorbeigekommen. Soweit ich weiß, hatte er auf dieser Reise fast ausschließlich Kontakt zu seinen Kollegen aus dem Forschungsteam. Ich wüsste wirklich nicht, wer ihm da …«

Carstens blickte Louisa Eckhoff interessiert an. Ihr schien gerade etwas Wichtiges eingefallen zu sein. »Haben Sie doch noch eine Vermutung, woher der Tupilak stammen könnte?«

Sie wirkte für einen Moment unschlüssig. Dann antwortete sie: »Sie haben doch kürzlich im Institut mit Dr. Thießen gesprochen, oder?«

»Eigenwilliger Zeitgenosse«, entgegnete Carstens. Der Meeresbiologe, der bei seinem Besuch im Institut Hardrock gehört hatte und in seine Arbeit vertieft gewesen war, hatte kein gutes Wort über seinen Teamleiter Nico Rodriguez verloren. »Könnte der Tupilak von ihm stammen?«

»Ich glaube schon.«

»Wie kommen Sie darauf?«

»Er hatte früher viele davon bei sich zu Hause stehen. Im Laufe der Jahre wurde seine Sammlung immer größer.«

»Er sammelt diese Dinger?«

»Ja. Tupilak-Figuren sind eine echte Leidenschaft von ihm. Er hat sie in ganz Grönland zusammengetragen.«

»Wissen Sie, ob er die Dinger noch hat?«

»Kann schon sein. Ich war schon länger nicht mehr bei ihm zu Hause. Nach der Trennung war unser Verhältnis ziemlich angespannt.«

Carstens sah, dass sie leicht verlegen zu Boden schaute. Offensichtlich hatte sie das Gefühl, sich ihm gegenüber erklären zu müssen. Denn ehe er etwas erwidern konnte, fügte sie hinzu: »Vielleicht wissen Sie, wie das ist. Man lebt in einer Beziehung, in der man nicht besonders glücklich ist. Und dann kommt wie aus dem Nichts jemand Neues daher. Dieser Mensch lässt einen die Welt plötzlich mit ganz anderen Augen sehen. All die tristen Grautöne des Alltags verwandeln sich in einen bunten Regenbogen. Man schaltet das Radio ein und muss bei jedem Lied mitpfeifen. Alles wirkt wie die perfekte Untermalung der eigenen Lovestory. Das Schicksal hat soeben zwei Menschen zusammengeführt, die wirklich füreinander bestimmt sind.«

Ihre Worte machten Carstens nachdenklich. Schmerzlich wurde ihm bewusst, dass er selbst noch nie ein solches Erlebnis gehabt hatte. Das sichere Gefühl, einen Menschen getroffen zu haben, der das ideale Gegenstück zu ihm war. Jemand, der genau zu ihm passte und für den auch er der Richtige war. Gewiss war er in seinem Leben schon ein paarmal verliebt gewesen. Aber es hatte immer auch ein Hauch von Zweifel mitgeschwungen.

Unter den zahlreichen Frauen, die bislang seinen Weg gekreuzt hatten, war kein »Perfect Match« dabei gewesen. Leider auch Inken nicht. Der Tatsache musste er sich wohl oder übel stellen. Wäre sie die Richtige für ihn gewesen, hätte er sich nicht weiterhin bereitwillig in flüchtige Affären gestürzt. Denn dann hätte er sicher keine anderen Frauen mehr gebraucht, um die Leere in seinem Inneren zu füllen. Solange das aber der Fall war, würde er sich weiterhin im Krebsgang durch sein Leben bewegen. Sein Spitzname »Dwarslöper« hatte etwas Schicksalhaftes und war beinahe zu einem Fluch geworden.

»Verzeihung, was haben Sie eben gesagt?« Carstens war für einen Moment abgedriftet.

»Habe ich Sie zum Nachdenken gebracht?«, fragte Louisa Eckhoff.

»Allerdings. Bitte entschuldigen Sie.«

»Kein Problem. Ich sagte, eine Trennung ist ja sowieso schon eine unschöne Sache. Aber wenn der Ex und der Neue dann auch noch Kollegen sind, wird's richtig kompliziert.«

»Kann ich mir vorstellen. Wie hat Dr. Thießen die Sache denn verkraftet?«

»Nach außen hin hat er sich nicht viel anmerken lassen. Wie es allerdings in ihm drin aussah ... Ich glaube, er war ziemlich wütend auf Nico. Ist ja auch eine normale Reaktion. In einer derartigen einer Situation würde sicher jeder so reagieren.«

Carstens nickte. »Das ist wohl wahr.« Er dachte wehmütig an seine Schallplatte, die Inken vor seinen Augen zerstört hatte. »Und bei Thießen kam ja auch noch berufliche Rivalität hinzu.«

»Leider ja«, entgegnete sie. »Am Institut musste er Nico ebenfalls den Vortritt lassen. Dass ich mit einem neuen Freund aus der Antarktis zurückkam und Friederike Buchwaldt Nico dann auch noch die Leitung des Bereichs Phykologie übertragen hat, war vielleicht ein bisschen viel auf einmal.«

»War's eine knappe Entscheidung?«

»Nein, die Sache soll eindeutig gewesen sein. Alle wussten, dass Nico der bessere Wissenschaftler war. Schon lange bevor er zu uns kam, hatte er sich international einen hervorragenden Ruf erarbeitet.«

29

Als Carstens am Nachmittag erfuhr, dass Lars Thießen von seiner Dienstreise nach Potsdam zurückgekehrt war, machte er sich sogleich auf den Weg zur Biologischen Anstalt. Bei seinem Gespräch mit Louisa Eckhoff hatten sich neue Fragen ergeben, die er jetzt mit ihrem Ex-Freund klären wollte. Am Forschungsinstitut angekommen, blieb er kurz an der Kaimauer des Nordosthafens stehen. Dort, wo vor Kurzem noch die schicke Segelyacht vertäut gewesen war, befand sich nun ein leerer Liegeplatz. Die attraktive Frau, mit der er Inken betrogen hatte, hatte die Insel inzwischen verlassen. Er blickte auf das kleine Stück Papier in seiner Hand. Bevor er an jenem Abend von Bord gegangen war, hatte sie ihm den Zettel mit ihrer Telefonnummer in die Hand gedrückt. »Falls du mal Lust auf ein Wiedersehen an der Ostsee hast«, stand in schnörkeliger Handschrift darauf. Das Wort »Lust« hatte sie absichtlich etwas größer geschrieben. Eine mehr als eindeutige Einladung für eine Fortsetzung ihres romantischen Abenteuers. Sie wohnte in Kiel, und angeblich hatte man von ihrer Wohnung einen tollen Blick auf die Förde. Er knüllte den Zettel zusammen und wollte ihn gerade ins Meer werfen. Da klopfte ihm jemand von hinten auf die Schulter.

»Tach, Dwarslöper. Na, dann woll'n wir mal.«

Carstens drehte sich um. Vor ihm stand sein Kollege Ralf Feddersen. In der rechten Hand hielt er ein Schokocroissant, in das er nun herzhaft hineinbiss.

»Waff hafft bu benn ba?«, fragte er mit vollem Mund.

»Nix«, entgegnete Carstens. Schnell steckte er das Stück Papier wieder zurück in seine Tasche. »Und was mampfst du da schon wieder? Du weißt schon, wie viele Kalorien das hat, oder?«

»Klar, aber Schokolade macht glücklich«, antwortete Feddersen genüsslich kauend. »Solltest du auch mal probieren. Hilft sicher auch bei Liebeskummer.«

»Was meinst du damit?«

»Ach, komm schon. Mir kannst du doch nichts vormachen. Läuft gerade nicht so richtig rund bei dir und Inken, oder?«

»Dir entgeht aber auch gar nichts«, erwiderte Carstens resigniert.

»Um das zu erkennen, muss man nicht Sherlock Holmes sein. Willst du drüber reden?«

»Im Moment nicht. Wir haben derzeit Wichtigeres zu tun. Komm, lass uns mal nach Dr. Donnerschlag schauen.«

»Meinst du Thießen?«

»Ja, der ist doch großer AC/DC-Fan. Hab gehört, dass er wegen seiner ›Thunderstruck‹-Klamotten von einigen Leuten so genannt wird.«

»Dort im Institut kriegt wohl jeder erst mal einen Spitznamen verpasst, was?«

»Nicht nur da.« Carstens deutete mit seinen Händen die Bewegungen zweier Krebsscheren an.

Sie gingen zum Eingang der Biologischen Anstalt. Im Foyer trafen sie Saskia Nußbaum. Ihr war anzumerken, dass ihr Nico Rodriguez' Tod ziemlich naheging. Dennoch bemühte sie sich, gegenüber den Polizisten gefasst aufzutreten. Sie erklärte, dass Lars Thießen zwar aus Potsdam zurück, aber derzeit nicht im Institut sei. Er habe in jüngster Zeit viele Überstunden gemacht und daher spontan entschieden, sich den restlichen Tag freizunehmen.

Carstens und Feddersen erkundigten sich nach der Privatadresse des Mannes und machten sich auf den Weg dorthin. Nachdem sie das kleine gelbe Haus auf dem Unterland erreicht hatten, dauerte es eine ganze Weile, bis jemand zur Tür kam. Erst nach mehrmaligem Läuten und Klopfen erschien Dr. Donnerschlag schließlich im Eingang. Laute Hardrockklänge drangen bis zu ihnen nach draußen. Der Mann machte seinem Spitznamen alle Ehre. Auch heute trug er wieder sein markantes Band-T-Shirt. An seinem Gesichtsausdruck konnten Carstens und Feddersen sofort erkennen, dass der Meeresbiologe nicht erfreut über den spontanen Besuch war.

Durch den schmalen Hausflur konnte man bis ins Wohnzimmer sehen. Dort lief auf einem großen Fernseher gerade die Aufzeichnung eines älteren AC/DC-Konzerts. Thießen ließ den Ton über seine Surroundboxen laufen, sodass im Inneren des Hauses eine veritable Stadionatmosphäre herrschte. Die typischen hundertdreißig Dezibel der Kultband erreichte die Home-Cinema-Anlage zwar nicht. Dennoch hoffte Carstens, dass die Nachbarn derzeit nicht zu Hause waren. Andernfalls hätten sie jetzt ein gehöriges Lärmproblem.

»Wir müssen leider noch mal stören«, sagte Carstens, wobei er gegen den Geräuschpegel ankämpfte. »Können wir reinkommen?«

»Muss das jetzt sein?«, fragte Thießen genervt. »Bin gerade nach Hause gekommen und wollte mich 'n bisschen entspannen.«

»Sorry, aber das ist wirklich wichtig.«

Thießen blieb einen Moment lang reglos im Eingang stehen. Er schien zu überlegen, ob er sie nicht doch noch irgendwie abwimmeln konnte. Da Carstens und Feddersen jedoch ebenfalls an Ort und Stelle verharrten, trat er schließlich zur Seite und ließ die ungebetenen Gäste eintreten. Missmutig nahm er die Fernbedienung zur Hand und drückte auf die »Pause«-Taste. Gitarrist Malcom Young wurde mitten in der Bewegung eingefroren. Gleichzeitig verstummte die infernalische Geräuschkulisse, und im Wohnzimmer herrschte plötzlich absolute Stille.

»Der beste Rhythmusgitarrist der Welt«, bemerkte Feddersen mit Blick auf den riesigen Bildschirm. »Jetzt ist er sicher der lauteste Harfenspieler im Himmel.«

»Vermutlich«, erwiderte Thießen mürrisch. »Hätte ihm gern noch weiter zugehört.«

»Für uns ist das hier auch kein Vergnügen«, entgegnete

Carstens schroff. Die abweisende Art des Algenforschers begann ihm allmählich auf die Nerven zu gehen.

»Womöglich wissen Sie es noch nicht, aber Nico Rodriguez ist tot«, sagte Feddersen.

Thießen starrte ihn ungläubig an. »Was sagen Sie da? Nico ist …«

Carstens nickte. »Ja. Wie es aussieht, wurde er getötet.«

Binnen weniger Augenblicke war die gesamte Farbe aus Thießens hagerem Gesicht gewichen. »Wann und wo ist das passiert?«

»Vorgestern Abend. Drüben auf dem Festland. In einem kleinen Dorf in den Elbmarschen.«

»Wo genau?«

»Der Ort heißt Grönland.«

»Wie bitte?«

»Ziemlich merkwürdig, oder?«

Thießen nickte wie in Trance. Er blickte an Carstens vorbei zum Fernseher. Der Bildschirm zeigte noch immer das Standbild von Bandgründer Malcom Young. Auch ihn hatte der Tod deutlich zu früh ereilt. Das Gitarrenidol war zum großen Bedauern seiner Fans im Alter von nur vierundsechzig Jahren gestorben.

»Wie ich hörte, waren auch Sie bis vor ein paar Stunden auf dem Festland?«, fragte Feddersen.

»Ja, war ich … Moment mal.« Thießen warf ihm einen argwöhnischen Blick zu. »Wollen Sie damit etwa andeuten –«

»Wir wüssten gern, wo Sie vorgestern Abend waren«, unterbrach Carstens ihn.

»Ich … äh. In meinem Hotelzimmer in Potsdam. Da ich kurzfristig eingesprungen bin, musste ich für die Präsentation unserer Ergebnisse noch einiges vorbereiten. Ich habe in meinem Zimmer an der Datei gearbeitet.«

»Kann das jemand bezeugen?«

»Bezeugen? Wieso das denn?«

»Antworten Sie einfach.« Carstens ließ sich nicht auf eine

Diskussion mit dem Mann ein. »Kann jemand bestätigen, dass Sie in Potsdam waren?«

»Ja, natürlich. Ich habe gegen vierzehn Uhr dreißig im Hotel Waidmannsruh eingecheckt. Die Frau am Empfang hat meine persönlichen Daten aufgenommen.«

»Okay. Wir überprüfen das«, antwortete Feddersen. »Waren Sie noch woanders, in einem Restaurant zum Beispiel?«

»Nein. Ich hatte, wie gesagt, zu tun und habe abends bloß ein paar Sandwiches gegessen, die ich am Bahnhof gekauft hatte. Aber was soll diese Fragerei eigentlich?« Thießen zeigte sich entrüstet. »Wieso zur Hölle sprechen Sie mit mir wie mit einem Verdächtigen?«

»Das lassen Sie mal schön unsere Sorge sein!«, entgegnete Carstens barsch.

»Wir ermitteln noch immer in alle Richtungen«, sagte Feddersen betont ruhig. Ihm gelang es deutlich besser, sich von dem Mann nicht provozieren zu lassen. »Dazu gehört leider auch herauszufinden, ob Sie die Möglichkeit gehabt hätten, den Mord an Ihrem Kollegen zu begehen.«

»Ich?«, erwiderte Thießen aufgebracht. »Sie sind wohl total übergeschnappt! Wieso zur Hölle sollte ich so etwas tun?«

»Sie und Nico Rodriguez galten nicht gerade als gute Freunde. Wie wir erfahren haben, hat er Ihnen den Job im Institut als Arbeitsgruppenleiter für den Forschungsbereich Phykologie weggeschnappt. Ein Posten, den Sie auch gern gehabt hätten. So gesehen profitieren Sie jetzt von seinem Tod.«

Thießen blickte Feddersen finster an. »Das ist doch völlig absurd!«

»Wieso denn?«, warf Carstens ein. »Sie waren die Nummer zwei in Ihrem Forschungsbereich am Institut. Jetzt, da Nico Rodriguez nicht mehr lebt, sind Sie an seine Stelle getreten. Schließlich haben Sie nun an dem Meeting in Potsdam teilgenommen. Für diese wichtige Aufgabe waren Sie doch ursprünglich gar nicht vorgesehen, oder?«

Thießen wirkte gekränkt. Carstens hatte offensichtlich einen wunden Punkt getroffen. Der Meeresbiologe sah aus, als würde er gleich explodieren. Es schien ihn einiges an Kraft zu kosten, seine Emotionen zu kontrollieren. Doch sicher ahnte er, dass ihn ein wütender Gefühlsausbruch nur noch weiter in Bedrängnis bringen würde. Also riss er sich zusammen und antwortete mühsam beherrscht: »Dass ich ins Arktisbüro fahre, war der ausdrückliche Wunsch meiner Chefin. Frau Dr. Buchwaldt hält mich also durchaus für ausreichend qualifiziert. Außerdem steckt eine Menge Arbeit in unseren Forschungsergebnissen. Es wäre sicher nicht in Icemans Sinn gewesen, wenn niemand davon erfährt.«

Carstens nickte. Doch er hatte nicht vor, den Mann vorschnell wieder vom Haken zu lassen. Rasch wechselte er das Thema und konfrontierte Thießen mit seiner Vergangenheit: »Ich hatte vorhin ein längeres Gespräch mit Ihrer Kollegin, Frau Eckhoff. Sie beide waren vor einiger Zeit mal ein Paar.«

Thießen ließ nach außen hin keine Regung erkennen. Schweigend wartete er ab, was als Nächstes kommen würde.

»Ihre Ex-Freundin verließ Helgoland nach der Trennung, um Abstand zu gewinnen. Vielleicht hatten Sie ja die Hoffnung, dass sich nach ihrer Rückkehr zwischen Ihnen alles wieder einrenken würde. Aber stattdessen kehrte sie mit einem neuen Mann an ihrer Seite zurück. Das war alles andere als ein Liebescomeback für Sie.«

»Kann man nichts machen«, murmelte Thießen.

»Nicht schön, wenn man so eiskalt abserviert wird«, setzte Feddersen nach. »Zumal der neue Typ auch noch Ihr direkter Vorgesetzter wurde. Da kann man sich schon mal gedemütigt fühlen. Und wenn sich im Laufe der Zeit immer mehr Wut und Frustration anstauen, brennt vielleicht irgendwann mal eine Sicherung durch.«

Thießen blickte Feddersen mit funkelnden Augen an. »Herzlichen Glückwunsch! Da haben Sie sich ja ein schönes Motiv zusammenkonstruiert. Aber wenn das ausreichen soll, gibt es da draußen sicher Tausende von mutmaßlichen Mördern. Ich habe jedenfalls niemanden umgebracht. Und schon gar nicht Nico Rodriguez!«

»So abwegig ist das alles gar nicht«, antwortete Carstens. »Denn ich habe hier noch etwas, das Sie sicher interessiert.« Er griff in seine Jackentasche und holte die Beweismitteltüte heraus, in der er den Tupilak aufbewahrte, den er von Louisa Eckhoff erhalten hatte. »Kommt Ihnen das hier bekannt vor?«

Erstaunt blickte Thießen auf die geschnitzte Figur. »Wo … wo kommt der denn her?«, fragte er. Der Anblick hatte ihn völlig überrumpelt.

»Den hat Louisa Eckhoff im Arbeitszimmer ihres Verlobten auf dem Schreibtisch gefunden. Und wissen Sie, was daran verdammt merkwürdig ist?«

Thießen schwieg.

»Nico Rodriguez hat sich überhaupt nicht für so etwas interessiert. Sie hingegen sollen eine ganze Sammlung davon besitzen.«

Feddersen zeigte auf das Tütchen. »Es war nicht schwer herauszufinden, dass das ein grönländischer Rachedämon ist! Erschaffen, um seinem Opfer den Tod zu bringen. Und was ist passiert? Nico Rodriguez wird ermordet – ausgerechnet in einem Dorf namens Grönland. Sie, Herr Thießen, hätten zwei verdammt gute Gründe, sich an Ihrem Rivalen zu rächen. Praktischerweise sind Sie gerade drüben auf dem Festland, nur wenige Autostunden von der Ferienwohnung entfernt. Finden Sie das alles immer noch absurd?«

Schweigend starrte Thießen auf den Tupilak in Carstens' Hand.

»Erkennen Sie den wieder? Gehört der zu Ihrer Sammlung?«, hakte Feddersen nach.

Thießen verharrte stumm und reglos auf seinem Platz.

»Was, meinen Sie, passiert, wenn wir den näher untersuchen? Wie groß ist wohl die Wahrscheinlichkeit, dass wir dann Ihre Fingerabdrücke darauf finden?«

Auch dazu sagte Thießen nichts. Der Meeresbiologe wirkte so unbewegt wie das Standbild auf seinem Fernseher. Er ahnte wohl, dass er nun mit dem Rücken zur Wand stand.

»Wir werden das auf jeden Fall überprüfen«, sagte Feddersen. »Und jetzt würden wir uns gern mal Ihre Tupilak-Sammlung ansehen.«

30

Am nächsten Tag war Carstens erneut auf dem Weg zum Oberland. Noch immer hatte er die unzähligen schaurigen Figuren vor Augen, die sie gestern in Thießens Haus zu Gesicht bekommen hatten. In einer großen Vitrine im Dachgeschoss standen rund zweihundertfünfzig unterschiedliche Exemplare dieser grotesken Gestalten. Der Schaukasten hatte auf ihn wie ein Fenster in eine andere Dimension gewirkt, die von scheußlichen Höllenkreaturen bevölkert war.

Carstens hatte unweigerlich an den alten Horrorfilm »Hellraiser« von 1987 denken müssen. Die Zenobiten, die in dem Kultstreifen als grausige Wesen aus einer Parallelwelt ihr Unwesen trieben, hatten eine gewisse Ähnlichkeit mit den grönländischen Schnitzereien. Auch sie sahen abstoßend aus und waren nahezu unverwundbar – es sei denn, sie wurden von einem anderen »Hellraiser«-Geschöpf angegriffen.

Carstens fragte sich, warum jemand wie Thießen derart viele Gruselgestalten zu Hause in einem Glasschrank aufbewahrte. Zwar zählten die Tupilak-Figuren zur Kultur der Inuk und waren beliebte Mitbringsel bei Grönlandreisenden. Wenn aber jemand eine ganze Armee dieser Rachewesen bei sich daheim hortete, steckte vielleicht mehr dahinter als bloße Sammelleidenschaft. Und wenn dann auch noch eines dieser Dinger bei einem Mordopfer gefunden wurde, klingelten bei ihm alle Alarmsirenen.

Thießen war klar geworden, dass er aus Sicht der Polizei nun zum Kreis der Verdächtigen gehörte. Von dem Moment an, da sie ihn mit dem Tupilak aus Rodriguez' Haus konfrontiert hatten, hatte er sich in Schweigen gehüllt. Kein einziges Wort zur Sache war mehr aus dem Mann herauszubekommen gewesen. Stattdessen hatte er darauf bestanden, von nun an nur noch in Gegenwart eines Anwalts mit ihnen zu sprechen. Sie hatten Thießen daraufhin in das kleine Inselpolizeirevier in der Hafenstraße gebracht. Dort hatte Feddersen die Fingerabdrücke des Mannes genommen. Diese sollten nun mit eventuellen Spuren auf dem Tupilak und in Rodriguez' Ferienwohnung verglichen werden. Anschließend hatten sie Thießen vorläufig wieder auf freien Fuß gesetzt. Allerdings mit der Auflage, die Insel nicht zu verlassen und sich für weitere Befragungen zur Verfügung zu halten.

Carstens erreichte das Haus von Louisa Eckhoff.

»Dr. Thießen hat nicht viel gesagt, das uns weiterbringen könnte«, begann Carstens, nachdem er erneut in ihrem Wohnzimmer Platz genommen hatte. »Allerdings ist mir nach diesem Gespräch gestern Abend etwas anderes wieder eingefallen, das Thießen schon bei unserer ersten Unterhaltung erwähnte. Es hat etwas mit dem Spitznamen Ihres Verlobten zu tun. Dazu hätte ich noch eine Frage.«

»Okay, worum geht es genau?«

»Thießen sagte neulich, dass Nico seit einiger Zeit nicht mehr ›Iceman‹ genannt werden wollte. Wissen Sie, was es damit auf sich hatte?«

Louisa Eckhoff schaute unsicher zu Boden. Es schien ihr unangenehm zu sein, über das Thema reden zu müssen.

Carstens spürte, dass irgendetwas Wichtiges dahintersteckte, und hakte noch einmal nach: »Ihnen wird er doch wohl gesagt haben, warum er seinen Spitznamen nicht mehr mochte.«

»Nicht so direkt«, antwortete sie widerstrebend. »Es wird wohl etwas mit dem letzten Besuch bei seinen Eltern zu tun gehabt haben.«

»Wann war das?«

»Vor etwa einem Jahr. Er war nach längerer Zeit mal wieder in der Esperanza-Station, um die beiden zu besuchen.«

»Waren Sie auch dabei?«

»Nein, ich bin kurzfristig krank geworden. Deshalb konnte

ich nicht mitfliegen. Nico ist dann allein in der Antarktis gewesen.«

»Und dort ist etwas vorgefallen?«

Louisa Eckhoff nickte zaghaft. Schließlich rang sie sich zu einer Antwort durch: »Nico hat erfahren, dass Inés und Pablo nicht seine leiblichen Eltern sind.«

Carstens horchte erstaunt auf. »Ihr Verlobter war adoptiert?«

Sie nickte. »Ja. Nico hatte davon keine Ahnung. Er war immer davon ausgegangen, dass Inés ihn im Januar 1978 in der Esperanza-Station zur Welt gebracht hat. Sein Leben lang hatte man ihm erzählt, er sei der erste Mensch, der auf dem antarktischen Kontinent geboren wurde.«

»Aber das stimmte nicht?«

»Nein. Seine leibliche Mutter war Argentinierin. Sein Vater soll Deutscher gewesen sein, er stammte wohl aus Bremen. Beide Eltern leben allerdings nicht mehr.«

»Wusste Dr. Thießen, dass Ihr Verlobter doch nicht in der Antarktis zur Welt gekommen ist?«, fragte Carstens.

Sie schüttelte den Kopf. »Nein, darüber hat Nico im Institut ganz sicher mit niemandem gesprochen. Aber es muss schwierig für ihn gewesen sein, dass Thießen ihn weiterhin ständig ›Iceman‹ genannt hat.«

»Denke ich auch«, antwortete Carstens.

Louisa Eckhoff sah verstohlen auf die Uhr. Er hatte das unbestimmte Gefühl, dass sie mehr wusste, als sie preisgeben wollte.

»Ist da vielleicht noch etwas, was Sie mir dazu sagen können?«, fragte er.

Sie zögerte einen Moment. Dann beugte sie sich leicht zu ihm vor. Mit gedämpfter Stimme sagte sie: »Ja, es gibt da noch was. Aber das hat nichts mit Nicos Spitznamen zu tun.«

»Nicht? Worum geht es dann?«

»Sie wissen doch, dass einige Tage vor Nico auch der grönländische Pilot Salik Johannsen verschwunden ist.«

»Richtig. Bei dieser Spur sind wir leider noch nicht weitergekommen.«

»Vielleicht kann ich Ihnen helfen. Mir ist nämlich was eingefallen.«

»Tatsächlich? Was denn?«

»Ich glaube, Salik war kürzlich hier bei uns.«

»Wie bitte? Und warum erzählen Sie mir das erst jetzt?«

Sie schaute betreten zu Boden. »Ich wäre ja schon früher zu Ihnen gekommen. Aber der Zusammenhang ist mir leider erst jetzt klar geworden.«

»Was genau ist passiert?«, fragte Carstens.

»Es war wenige Tage bevor Nico verschwunden ist. Das muss so gegen Mitternacht gewesen sein. Nico war noch wach. Ich glaube, er hat im Wohnzimmer etwas gelesen. Ich war schon gegen halb elf ins Bett gegangen. An dem Abend hatte ich ein bisschen zu viel Wein getrunken und war eigentlich todmüde. Weil es draußen stürmisch war, konnte ich aber nicht gut einschlafen. Irgendwann bin ich dann aus dem Halbschlaf hochgeschreckt.«

»Was war los?«, fragte Carstens.

»Ich hatte das Gefühl, dass jemand vor unserem Haus war. Von unten waren leise Stimmen zu hören.«

»Haben Sie nachgesehen, wer das war?«

»Ja. Ich bin aufgestanden und hab aus dem Schlafzimmerfenster geschaut.«

»Konnten Sie was erkennen?«

Sie nickte. »Es war zwar dunkel draußen, aber über unserem Eingang brennt abends immer eine Lampe. Die war zu dem Zeitpunkt noch an.«

»Und was haben Sie gesehen?«

»Da war ein dunkelhaariger Mann. Sein Gesicht konnte ich von oben nicht sehen, da er leicht abgewandt stand. Er und Nico unterhielten sich kurz miteinander. Dann hat der Typ Nico etwas aus seinem Rucksack in die Hand gedrückt und ist verschwunden.«

»Das ist ja seltsam«, sagte Carstens. »Und es ist Ihnen tatsächlich erst jetzt wieder eingefallen?«

»Leider. Das liegt aber auch daran, dass Nico die Sache abgestritten hat.«

»Also haben Sie ihn auf das nächtliche Treffen angesprochen?«

»Ja, gleich am nächsten Morgen. Ich hab ihn gefragt, wer der nächtliche Besucher war, doch Nico sagte, da sei niemand gewesen. Ich müsse mir das eingebildet haben.«

»Und damit haben Sie sich zufriedengegeben?«

»Anfangs nicht. Aber Nico hat vehement alles geleugnet. Er sagte, ich hätte sicher schon geschlafen und das Ganze nur geträumt. Außerdem hätte ich an dem Abend wohl doch ein Gläschen Wein zu viel gehabt.«

»Wie haben Sie darauf reagiert?«

»Ehrlich gesagt war ich mir irgendwann selbst nicht mehr sicher. Ich bin an dem Abend ja tatsächlich schon irgendwo zwischen Schlaf und Wachsein gewesen. Außerdem war ich echt ziemlich angetrunken. Deshalb hab ich es am Ende dann doch als merkwürdigen Traum abgetan.«

»Und wieso haben Sie Ihre Meinung inzwischen geändert?«

»Das liegt an dem Rucksack des Mannes. Der sah nämlich ziemlich auffällig aus.«

»Wie denn?«

»Er war dunkelrot. Ein wirklich kräftiger Farbton. Außerdem hatte er große helle Punkte. Sie sahen zusammen aus wie ein Stern.«

»Vielleicht eine Art Markenlogo?«

»So etwas Ähnliches.«

»Haben Sie herausgefunden, was für ein Stern das war?«

»Ja. Als ich kürzlich Nicos Unterlagen im Büro durchsah, bin ich auf ein altes Flugticket aus Grönland gestoßen. Die Bordkarte, die von einer früheren Arktisreise stammte, hat wohl eine Art diffuse Erinnerung in mir ausgelöst.«

»Woran haben Sie sich denn erinnert?«

»Es hat etwas gedauert, bis mir klar wurde, dass es etwas mit dem nächtlichen Besuch vor unserer Haustür zu tun hatte. Es war dieser Stern. Auf dem Rucksack des Mannes war dasselbe Symbol wie auf dem Ticket. Ein Stern aus hellen Punkten, das Logo der grönländischen Fluggesellschaft.«

»Ach, das ist ja interessant!« Carstens war ehrlich überrascht. »Ist Salik Johannsen nicht Pilot bei der Airline?«

»Richtig. Ich hab den Mann vor unserer Haustür zwar nicht richtig erkennen können. Aber ich könnte mir gut vorstellen, dass es Salik war. Ist doch total seltsam, dass er hier mitten in der Nacht auftaucht. Kurz darauf verschwinden beide. Und jetzt ist Nico ...« Sie brachte das Wort nicht über die Lippen.

»Vielleicht hat sein Tod etwas mit dem zu tun, was in dem Rucksack war. Wissen Sie zufällig, was das sein könnte?«

»Keine Ahnung«, sagte Louisa Eckhoff schulterzuckend. »Aber auffällig ist, dass Nico am Abend danach sehr lange im Labor gearbeitet hat. Wir haben darüber gesprochen, erinnern Sie sich?«

Carstens nickte. Dann durchfuhr ihn ein Gedanke. »Meine Kollegen vom Festland haben bei Ihrem Verlobten einen Datenstick gefunden. Der stammt eindeutig aus Ihrem Institut. Der Stick ist zwar älter und äußerlich schon ziemlich abgenutzt. Aber man kann darauf noch recht gut den Schriftzug der Biologischen Anstalt erkennen.«

»Da werden sicherlich die Forschungsergebnisse drauf sein, die Nico in Potsdam präsentieren wollte.«

»Haben wir anfangs auch gedacht«, erwiderte Carstens. »Aber so war es nicht.«

»Nicht? Was war denn sonst drauf?«

»Back-up-Dateien. Die Originale befinden sich vermutlich auf seinem Notebook.«

»War der Rechner auch noch dort?«, fragte Louisa Eckhoff.

»Nein, den muss der Täter mitgenommen haben. Ihr Verlobter hat aber wohl geahnt, dass jemand hinter den Daten her war. Das würde erklären, warum er den Stick mit Klebeband unter einem Sekretär in der Ferienwohnung versteckt hat.«

»Was hat er gemacht? Verdammt, das klingt ja wie in einem Agententhriller«, sagte Louisa Eckhoff schockiert. »Und was sind das nun für brisante Unterlagen, die niemand finden sollte?«

»Die Kollegen der Kripo sind derzeit noch dabei, alles auszuwerten. Fest steht aber jetzt schon, dass es dabei um eine Mine für Seltene Erden in Südgrönland geht. Auf dem Stick sind unter anderem einige Bilddateien. Aber auch chemische Analysen von Wasserproben aus der Gegend und –«

»Meinen Sie etwa die ›Nordprøven‹-Anlage?«

»Ja, genau die. Kennen Sie die Mine?«

»Hab davon gehört. Sie befindet sich in der Provinz Kujalleq. Bei der örtlichen Bevölkerung ist sie sehr umstritten, weil dort auch Uran im großen Umfang abgebaut wird.«

»Wissen Sie zufällig, ob Ihr Verlobter kürzlich dort war?«

»Nein, ich denke nicht. Nicos Forschungsreise war ganz woanders. Im Nordosten Grönlands. Aber soweit ich weiß, stammt Salik Johannsen von dort. Seine Familie lebt in Narsaq. Das ist in unmittelbarer Nähe der Mine.«

31

Als Hauptkommissar Christian Ehlers nach einer längeren Besprechung in sein Büro bei der Kripo in Heide zurückkehrte, fand er auf seinem Schreibtisch einen Notizzettel. Er versuchte, die winzigen Buchstaben zu lesen, konnte jedoch kaum etwas entziffern. Genervt kramte er aus seiner Jackentasche die Lesebrille hervor, ohne die er seit einiger Zeit nicht mehr auskam. Mit der Sehhilfe auf der Nasenspitze las er die krakelige Notiz. Jemand hatte versucht, ihn zu erreichen, und um Rückruf gebeten. Worum es ging, stand nicht auf dem Zettel. Aber aufgrund der Ländervorwahl »0045« musste es ein Anschluss in Dänemark sein. Ehlers drehte den Zettel um und las, dass es sich bei der Anruferin um eine Kommissarin von der dänischen Polizei namens Camilla Holm handelte.

Er fuhr seinen Rechner hoch und gab ihren Namen in eine Datenbank von Europol ein. Schnell fand er heraus, dass die Kollegin beim NEC, dem »Nationalt Efterforskningscenter«, arbeitete. Sie war eine von rund hundertfünfzig Polizistinnen und Polizisten des nationalen Ermittlungszentrums in Kopenhagen. Das NEC war bei der dänischen Reichspolizei angesiedelt und für ein breites Spektrum der Ermittlungsarbeit verantwortlich. Zu den Aufgaben gehörte unter anderem auch die gemeinsame grenzüberschreitende Verbrechensaufklärung.

In der Europol-Datenbank war auch ein kleines Porträtbild der Kollegin zu sehen. Das farbige Foto zeigte eine Frau, die etwa fünfunddreißig Jahre alt war. Sie trug eine modische Pagenkopffrisur mit blonden Strähnen, die ihr bis zum Kinn reichten. Der Haaransatz und die Augenbrauen verrieten jedoch, dass Camilla Holm von Natur aus eigentlich dunkle Haare hatte. Unter dem Pony waren blaue Augen erkennbar, die freundlich in die Kamera schauten. Das Gesicht der Frau war rundlich, und ihre vollen Wangen ließen erahnen, dass sie eine eher korpulente Statur hatte.

Nachdem Ehlers die Kopenhagener Nummer gewählt hatte, dauerte es nicht lange, bis am anderen Ende jemand den Hörer abnahm. Eine angenehme Frauenstimme meldete sich auf Dänisch: *»NEC, det er Camilla Holm.«*

Ehlers hatte zwar während seiner Schulzeit in Husum ein paar Jahre lang Dänisch gelernt. Doch das war so lange her, dass seine Sprachkenntnisse inzwischen nicht mehr für eine fließende Unterhaltung reichten. Also stellte er sich auf Englisch vor und sagte, er habe eine Notiz mit ihrem Namen auf seinem Schreibtisch gefunden.

Camilla Holm hatte keine Probleme damit, in die fremde Sprache zu wechseln. »Wir können uns gern auf Deutsch unterhalten«, bot sie an.

»Mange tak«, bedankte er sich.

»Ihr vermisst doch ein Polarflugzeug und einen Piloten, oder?«, fragte Camilla Holm.

»Wisst ihr was über die Maschine?«

»Ja. Das Flugzeug wurde von einem Ehepaar gesehen.«

»Wirklich? Wo denn?«

»Auf einer kleinen Insel im Kattegat.«

»Welche Insel ist das?«

»Sie heißt Hesselø und liegt rund fünfundzwanzig Kilometer nördlich von Seeland.«

»Hab ich noch nie gehört«, sagte Ehlers.

»Kein Wunder, das ist ein winziges Stück Land in der Ostsee. Weniger als einen Quadratkilometer groß. Unbewohnt und ziemlich abgelegen. Da kommt man nicht so einfach hin.«

»Aber mit einem Flugzeug schon?«

»Ja, da gibt's eine kleine Graspiste. Die ist gerade mal sechshundert Meter lang. Aber das hat dem Piloten wohl gereicht.«

»Wieso gibt es denn auf einer unbewohnten Insel eine Landebahn?«, fragte Ehlers.

»Hesselø gehört einem reichen Geschäftsmann. Aber der

lässt sich nur sehr selten dort blicken. Weite Teile der Insel stehen außerdem unter Naturschutz.«

»Verstehe. Und was hat es mit dem Ehepaar auf sich?«

»Das sind zwei junge Leute aus Schweden, die dort mit dem Segelschiff vorbeigekommen sind. Dabei wurden sie von einem heftigen Unwetter überrascht. Im Sturm ist ihr Segelmast gebrochen, und sie haben die Insel angesteuert, bevor noch was Schlimmeres passiert. Dort sind sie dann auf die Maschine gestoßen. Das ist allerdings Zufall gewesen, denn das Flugzeug war gar nicht so leicht zu entdecken.«

»Wieso nicht?«

»Jemand hatte eine Menge Äste, Zweige und Seetang drübergezogen. Zur Tarnung, die durch den Sturm aber teilweise weggeweht ist.«

»Ach. Ist ja interessant. Befinden sich schon Kollegen von euch vor Ort?«

»Ja. Die beiden Schweden haben einen Notruf abgesetzt. Sie konnten die Insel mit ihrem kaputten Schiff nicht aus eigener Kraft verlassen. Die Küstenwache hat dann ein Polizeiboot vorbeigeschickt. Als es dort ankam, erzählte das Ehepaar der Besatzung von dem Flugzeug.«

»Seid ihr sicher, dass es sich um die vermisste Maschine handelt?«

»Absolut. Es ist eindeutig die umgebaute Douglas DC-3, die ihr sucht.«

»Ist das Flugzeug intakt?«

»Soweit die Kollegen das feststellen konnten, schon. Da der vermisste Pilot Grönländer ist und die Maschine aus Deutschland stammt, wurde umgehend das NEC eingeschaltet. Jetzt habe ich den Fall übernommen.«

»Sehr gut«, antwortete Ehlers. »Was ist denn mit Salik Johannsen? Habt ihr den auch gefunden?«

»Die Kollegen haben natürlich sofort die ganze Umgebung nach ihm abgesucht. Viele Häuser gibt es dort ja nicht. In der alten Wetterstation muss kürzlich jemand gewesen sein. Dort lagen ein paar leere Wasserflaschen, offene Konservendosen und einige Zigarettenstummel herum. Aber im Gebäude hielt sich niemand auf.«

»Ist Johannsen dann überhaupt noch auf der Insel?«

»Ja«, antwortete Camilla Holm. »Allerdings nicht in der Wetterstation, sondern in einem Blockhaus im Norden von Hesselø. Die Polizisten vor Ort hatten den Großteil abgesucht, und es wurde schon langsam dunkel. Da haben sie aus der Ferne gesehen, dass in der ehemaligen Jagdhütte ein schwaches Licht brannte. Das Holzhaus liegt auf einem dicht bewachsenen Hügel und ist ringsherum von Bäumen umgeben. Deshalb war der Lichtschein nur von einer bestimmten Stelle am Strand aus zu sehen. Die Vorhänge waren zugezogen, aber hinter einer Gardine hat sich eindeutig was bewegt.«

»Habt ihr das genauer überprüft?«

»Bislang nicht. Ich hab den Kollegen gesagt, sie sollen die Hütte erst mal aus sicherer Entfernung observieren und bis auf Weiteres nichts unternehmen.«

»Warum nicht?«

»Ich wollte mich erst mit dir abstimmen. Es hätte ja sein können, dass du noch Informationen für uns hast, die vor einem Zugriff wichtig für uns sind. Immerhin ist das ja auch euer Fall.«

»Ich glaube, wir beide sollten uns dringend persönlich treffen«, antwortete Ehlers. »Am besten fahren wir gemeinsam rüber zur Insel. Ich mache mich gleich auf den Weg zu dir. Bitte lass deine Kollegen die Jagdhütte weiter überwachen. Sollte Johannsen – oder wer immer sonst noch dort ist – versuchen, Hesselø zu verlassen, müssen sie das verhindern.«

***

Am späten Abend hatte Ehlers die Storebæltsbroen, die Brücke über den Großen Belt zwischen Fünen und Seeland, hinter sich gelassen. Auf dem hohen Bauwerk war sein Wagen von einigen starken Windböen erfasst worden, sodass er Mühe hatte, die Spur zu halten. Immerhin war es jetzt nicht mehr weit bis zum nordwestlich von Kopenhagen gelegenen Treffpunkt, den er mit Camilla Holm ausgemacht hatte. Wenige Stunden zuvor war er zu Hause in Heide bei seinem Vorgesetzten, Kriminalrat Norbert Bornhövel, gewesen. Nachdem er seinem Chef von dem Telefonat mit der dänischen Kollegin erzählt hatte, hatte dieser grünes Licht für einen Ermittlungseinsatz in Dänemark gegeben.

»Diesmal machen wir das aber auf dem formalen Dienstweg – mit Stempel und Durchschlag«, hatte Bornhövel lächelnd gesagt. Damit hatte er auf Ehlers' letzte Reise nach Dänemark angespielt, bei der dieser inoffiziell in Nordjütland Nachforschungen angestellt hatte.

Nachdem die Formalitäten geklärt waren, hatte Ehlers zu Hause schnell ein paar Sachen zusammengepackt und sich dann von seiner Frau und den beiden Kindern verabschiedet. Sein dreijähriger Sohn Bjarne und seine acht Monate alte Tochter Stina hatten schon geschlafen, als er noch einmal zu ihnen ans Bett gekommen war. Er hatte beiden einen Kuss gegeben und sich dann auf den Weg gemacht.

Die Fahrt mit dem Auto über Jütland und Fünen bis hierher nach Seeland hatte rund viereinhalb Stunden gedauert. Zu später Stunde waren die Straßen jedoch leer gewesen, sodass er ohne Probleme vorangekommen war.

Auf der Höhe von Frederikssund klingelte Ehlers' Handy. Im Display erschienen eine Itzehoer Nummer und das Wort »Honigfalle«. Unter diesem Namen war Tamara Jürgens in seinem Telefonverzeichnis gespeichert. Viele Kollegen nannten sie so, seit sie in einem schon länger zurückliegenden Fall einen Geldfälscherring überführt hatte. Damals arbeitete sie beim Betrugsdezernat als verdeckte Ermittlerin. Unter Einsatz ihrer weiblichen Reize hatte sie sich das Vertrauen des Bandenchefs erschlichen. Auf diese Weise war sie an brisante

Informationen aus dem innersten Kreis der Gruppe gelangt, wodurch die Bande schließlich überführt werden konnte.

Soweit Ehlers wusste, war das die einzige Undercoveraktion, an der seine attraktive Kollegin in dieser Art beteiligt gewesen war. Den Spitznamen »Honigfalle« war sie seither jedoch nicht wieder losgeworden. Damit erging es ihr wie Nico Rodriguez, der seinen Spitznamen »Iceman« auch nicht so einfach hatte ablegen können.

Die Vergangenheit klebt manchmal an uns wie ein lästiger Kaugummi unterm Schuh, dachte er, während er an seiner Freisprechanlage herumfummelte. Das Gerät hatte seit einiger Zeit einen Wackelkontakt und funktionierte nicht besonders zuverlässig. Anfangs hörte er nur ein nerviges Knacken über die Boxen im Auto. Doch schließlich stand die Verbindung.

»Hallo, Tamara? Kannst du mich hören?«, fragte er.

»Ja, laut und deutlich. Wo bist du gerade?«

»In der Nähe von Kopenhagen.«

Ehlers berichtete kurz von dem bevorstehenden Treffen mit Camilla Holm und von Salik Johannsens Versteck auf der Insel Hesselø.

»Das passt gut«, antwortete Tamara. »Dann kannst du der Kollegin aus Dänemark gleich erzählen, was wir hier gefunden haben.«

»Was denn?«, wollte Ehlers wissen.

»Ich hatte die Leute von der Bundespolizei gebeten, sämtliche Videoaufzeichnungen, die nach der Sache im Zug im Umfeld des Itzehoer Bahnhofs gemacht wurden, zu analysieren.«

»Habt ihr was Neues über Nico Rodriguez herausgefunden?«

»Ja, tatsächlich. Die Kollegen hatten sich zunächst nur die Aufnahmen angeschaut, die während und kurz nach dem Zwischenfall im Regionalexpress entstanden sind.«

»Und jetzt habt ihr die Suche ausgeweitet?«

»Richtig. Dabei haben wir tatsächlich einen Treffer gelandet.«

»Schieß los. Was ist da zu sehen?«

»Ich hätte es nicht für möglich gehalten, aber Nico Rodriguez ist tatsächlich noch einmal zum Bahnhof zurückgekommen.«

»Ach, wann denn?«

»Abends um Viertel vor sieben. Ganz präzise war es achtzehn Uhr dreiundvierzig. Auf einem der Bänder ist zu sehen, wie er das Bahnhofsgebäude betritt.«

»Seid ihr sicher, dass er es ist?«

»Ganz eindeutig. Er trägt dieselbe Kleidung wie im Zug. Und sein Gesicht ist zweifelsfrei zu erkennen. Er hat dort etwas in einem Schließfach deponiert.«

»Die Aktentasche, die er im Zug dabeihatte?«

»Richtig«, antwortete Tamara. »Das Video zeigt Rodriguez auf direktem Weg zu den Schließfächern. Als er kurz darauf zurückkommt, hat er die Aktentasche nicht mehr bei sich.«

»Habt ihr schon ermittelt, in welchem Fach sie liegt?«

»Das ließ sich schnell feststellen. Es waren ohnehin nicht viele Fächer belegt. Und bei einem wurde ein ziemlich hoher Fehlbetrag angezeigt.«

»Das heißt, es hat längere Zeit niemand mehr das Fach geöffnet.«

»So ist es. Der Nutzer hatte sein Gepäckstück dort abgelegt und den gewünschten Betrag eingeworfen. Danach hat er sein Gepäck aber weder abgeholt noch Geld nachgeworfen. So wurde das Minus im Anzeigefeld immer größer.«

»Lass mich raten, die Summe entsprach ungefähr dem Zeitraum, der vergangen ist, seit Rodriguez seine Aktentasche zum Bahnhof gebracht hat?«

»Es passte genau. Die Bundespolizei hat das Fach daraufhin für uns geöffnet.«

»Lag die Tasche noch drin?«

»Ja, es war das richtige Schließfach.«

»Was war denn in der Aktentasche?«, wollte Ehlers wissen.

»Im Grunde dieselben Unterlagen, die wir auch auf dem Datenstick in der Ferienwohnung gefunden haben. Eine Menge ausgedruckte Dokumente über die ›Nordprøven‹-Mine in Südgrönland.«

»So wie du das sagst, war da aber noch mehr, oder?«

»In der Tat. Wir haben außerdem Kopien von Einträgen gefunden, die aus einer Art Kassenbuch stammen. Das wurde handschriftlich geführt. Darin sind diverse Bargeldbeträge aufgeführt. Das Geld haben anscheinend verschiedene Leute in Grönland und Dänemark erhalten.«

»Schmiergelder?«

»Sieht ganz danach aus. Wir nehmen an, dass es sich hier um eine schwarze Kasse handelt. Wenn das stimmt, hat die kanadische Bergbaugesellschaft große Bargeldbeträge in die Hand genommen, um wichtige Leute aus Politik und Gesellschaft zu beeinflussen.«

»Sind auch Namen aus Deutschland dabei?«

»Ja«, antwortete Tamara. »Da sind zum Beispiel zwei Mitarbeiter einer deutschen Prüfgesellschaft. Die haben kürzlich in einem Gutachten bescheinigt, dass ein Damm am Stausee der Mine sicher ist.«

»Ist er das denn?«

»Absolut nicht. Mehrere Dokumente auf dem Datenstick und in der Aktentasche belegen, dass die Betonmauer undicht ist. Dadurch gelangen giftige und radioaktive Stoffe in einen nahe gelegenen Fluss.«

»Verstehe«, sagte Ehlers. »Ist das für die Leute vor Ort gefährlich?«

»Mit Sicherheit. Nico Rodriguez hat für Salik Johannsen diverse Wasserproben analysiert. Die Messwerte sind alle im tiefroten Bereich.«

»Und das ist sonst niemandem aufgefallen?«

»Dass das Wasser stark belastet ist, hätten die Mitarbeiter des örtlichen Wasserwerks in Narsaq eigentlich bemerken müssen. Aber passenderweise stehen die auch auf der Liste der Schmiergeldempfänger.«

»Was für ein Korruptionssumpf! Dann hat man es in jüngster Zeit mit den Qualitätskontrollen fürs Trinkwasser wohl nicht so genau genommen.«

»Vermutlich nicht«, antwortete Tamara. »Hinzu kommt, dass auch einflussreiche Politiker mit schmutzigem Geld bestochen wurden.«

»Wer denn?«, fragte Ehlers.

»Allen voran ein grönländischer Politiker namens Bjørn Lauridsen. Der Mann war früher mal Industrie-und-Bergbau-Minister. Inzwischen sitzt er im dänischen Nationalparlament, dem Folketing. Dort vertritt er Grönland als einer von zwei nordatlantischen Volksvertretern.«

»Okay. Und wie viel Geld hat dieser Lauridsen erhalten?«

»Rund vier Millionen dänische Kronen. Umgerechnet über eine halbe Million Euro.«

»Donnerwetter!«, rief Ehlers. »Was hat er dafür tun müssen?«

»Das wissen wir leider nicht. Vielleicht fragst du das mal unsere dänische Kollegin Camilla Holm.«

»Werde ich machen. Kannst du die Seiten aus dem Kassenbuch abfotografieren und mir die Bilder aufs Handy schicken?«

»Klar, mach ich. Aber vorher solltest du noch etwas Wichtiges wissen.«

»Was denn?«

»Aus den Unterlagen geht auch hervor, wer bei den Schmiergeldzahlungen als Geldbote fungiert hat.«

»Aha. Und wer?«

»Jemand, den wir kürzlich bereits gefasst hatten. Leider ist er nun auf der Flucht.«

»Leif Dalgaard?«, fragte Ehlers erstaunt.

»Ganz genau. Wir haben herausgefunden, dass er nach seiner Haftentlassung vor drei Jahren einen Securityjob bei der ›Nordprøven‹-Mine in Grönland angenommen hat. Inzwischen ist er der Sicherheitschef der Anlage.«

»Und in dieser Funktion hat er im Auftrag der Betreiberfirma noch ein paar schmutzige Sonderaufgaben übernommen?«

»Sieht ganz so aus. Jedes Mal wenn er jemanden geschmiert hat, hat er dafür selbst auch eine Prämie erhalten. Auf diese Weise konnte er sein Gehalt als Sicherheitschef der ›Nordprøven‹-Mine beträchtlich aufbessern. Das ist alles penibel in dem Notizbuch dokumentiert. Kein Wunder also, dass er alles drangesetzt hat, Nico Rodriguez im Zug die Aktentasche abzunehmen.«

32

Etwa eine halbe Stunde nach dem Gespräch mit Tamara erreichte Ehlers schließlich den kleinen Ort Hundested an der Nordküste Seelands. Sein Navi hatte ihn bis zu einem großen Parkplatz direkt am Fährhafen geführt. Links befand sich der Anleger, an dem die Fähre nach Rørvig festgemacht hatte. Wegen des Sturms hatte sie bereits am Nachmittag den Betrieb eingestellt.

Doch an der gegenüberliegenden Kaimauer war von nächtlicher Ruhe nichts zu spüren. Hier standen mehrere Polizeifahrzeuge am Ende einer Mole. Im Wasser lag ein graues, etwa fünfundzwanzig Meter langes Schiff der dänischen Küstenwache. Obwohl es schon dunkel war, konnte Ehlers erkennen, dass das Schiff den Namen »Askø« trug. An den Aufbauten war seitlich in großer weißer Schrift die Kennung »MHV 905« zu sehen. Das Buchstabenkürzel stand für »Marinehjemmeværnet«. Ehlers wusste, dass die Küstenschutzorganisation zur Königlich Dänischen Marine gehörte. Sie bestand jedoch – wie die gesamte »Heimwehr« – überwiegend aus Reservisten und verschiedenen freiwilligen Unterstützern. In den dänischen Gewässern der Nord- und Ostsee übernahmen die Schiffsbesatzungen der MHV auch viele zivile Aufgaben. Dabei arbeiteten sie eng zusammen mit den Steuerbehörden, Meeresforschern oder der Polizei.

Als Ehlers aus dem Wagen ausstieg und auf die »Askø« zuging, beschlich ihn im ersten Moment ein mulmiges Gefühl. Das ging ihm in letzter Zeit immer so, wenn er sich einem Schiff näherte. Im vergangenen Frühjahr war er im Zuge einer schwierigen Ermittlung an Bord eines alten Frachters gewesen. Das betagte Schiff hätte an jenem Tag eigentlich in die Werft nach Husum geschleppt werden sollen, da es ein Problem mit der Ruderanlage gab. Fatalerweise war der

Seelenverkäufer kurz darauf bei Süderoogsand mit einem alten Schiffswrack kollidiert und leckgeschlagen. Durch einen großen Riss in der Bordwand war Wasser in den Frachtraum eingedrungen. Ehlers hatte sich zu dieser Zeit unter Deck aufgehalten und wäre um ein Haar ertrunken. Nur mit größter Mühe und im allerletzten Moment hatte er sich aus der tödlichen Falle befreien können. Dieses einschneidende Erlebnis war der Grund gewesen, warum er in den Monaten danach an einer posttraumatischen Belastungsstörung gelitten hatte. Dank seiner erfolgreichen Therapie konnte er inzwischen jedoch Schiffe wieder betreten. Allerdings kostete es ihn nach wie vor einiges an Überwindung, an Bord zu gehen und sich den Launen von Wind und Wellen auszusetzen.

Ehlers schob die finsteren Gedanken beiseite und hielt geradewegs auf den Liegeplatz der »Askø« zu. An der Kaimauer stand ein stämmiger Mann, der eine beigefarbene Uniform trug. Er ging zu ihm und zeigte ihm seinen deutschen Dienstausweis. Der dänische Marineoffizier sagte, man würde ihn bereits erwarten, und führte ihn über eine schmale Gangway an Bord«.

Ehlers folgte dem Mann bis auf die Brücke. Dort stand Camilla Holm, die sich gerade mit dem Kapitän unterhielt.

»*Her er den tyske efterforskningsleder*«, rief der Offizier.

Ehlers verstand genügend Dänisch, um zu wissen, dass ihn der Uniformierte als den deutschen Ermittlungsleiter vorgestellt hatte.

Camilla drehte sich um und kam lächelnd auf ihn zu. »*Hej, Christian. Godt at se dig!* Bist du gut hergekommen?«, fragte sie, während sie ihm die Hand entgegenstreckte.

»*God aften*«, begrüßte Ehlers die Kollegin und den Kapitän. »Ja, danke. Unterwegs war's ein bisschen windig, aber insgesamt lief alles prima.«

Camilla Holm sah beinahe genauso aus wie auf dem Foto im Internet. Das Bild schien jedoch schon etwas älter gewesen zu sein. Wie Ehlers sehen konnte, hatte die Polizistin in der

Zwischenzeit noch ein klein wenig mehr zugenommen. Die korpulente Figur stand ihr allerdings ziemlich gut. Ihr Gesicht hatte rundliche, weiche Konturen, was sie auf den ersten Blick sofort sympathisch wirken ließ.

»Wie lange brauchen wir bis zur Insel?«, fragte er.

Der Kapitän sprach kein Deutsch, erklärte jedoch auf Englisch, dass sein Schiff mit maximal zwölf Knoten fahren könne. Da sich Hesselø rund fünfundzwanzig Kilometer weiter nördlich im Kattegat befand, würde die Überfahrt etwas mehr als eine Stunde dauern.

»Fint, tak«, bedankte sich Ehlers. Anschließend wandte er sich an Camilla. »Dann haben wir jetzt ja ein wenig Zeit, uns zu unterhalten. Ich habe noch ein paar Fragen.«

»Gerne«, antwortete die Kollegin und führte ihn zu einem kleinen Tisch. Während sie sich setzten, gab der Kapitän der Mannschaft das Kommando zum Ablegen. Durch eines der Fenster konnte Ehlers sehen, wie zwei Uniformierte die Leinen der »Askø« losmachten. Zuvor waren rund zehn Polizisten an Bord gekommen. Sie trugen die dunkelblauen Uniformen der Kopenhagener Polizei. Die bewaffneten Beamten würden Ehlers und Camilla Holm drüben auf Hesselø unterstützen.

Als das Schiff den Hafen verließ und schlingernd auf das aufgewühlte Meer zusteuerte, kam ein junger Mann von der Schiffsbesatzung zu ihnen. Zu Ehlers' großer Freude stellte er ihnen vorsichtig zwei Becher mit heißem Kaffee auf den Tisch. Das dampfende Getränk war so schwarz wie die Nacht draußen über dem südlichen Kattegat. Nachdem Ehlers sich ein paar Spritzer Milch aus einem kleinen Plastikbehälter eingegossen hatte, begann er, von den jüngsten Ereignissen in Deutschland zu berichten. Dabei erzählte er auch, was er unterwegs von Tamara Jürgens über das handschriftlich geführte Kassenbuch und den Verdacht in Bezug auf umfangreiche Schmiergeldzahlungen im Umfeld der »Nordprøven«-Mine erfahren hatte. Die dänische Ermittlerin hörte aufmerksam zu, wirkte allerdings nicht sonderlich verwundert angesichts dieser Schilderungen.

»Es ist im Bergbausektor leider nicht unüblich, dass mit schmutzigen Mitteln gearbeitet wird«, bemerkte sie nüchtern. »Für Grönland ist das allerdings ein ganz neues Problem. Hier steckt die Branche ja noch komplett in den Kinderschuhen. Diese Mine hat das Land wirklich tief gespalten. Und auch bei uns in Dänemark schauen die Leute sehr kritisch auf das Projekt.«

»Kann ich mir vorstellen«, entgegnete Ehlers. »Wie ich hörte, wird dort als Nebenprodukt auch Uran gefördert.«

»Richtig. Zusätzlich zu den gewaltigen Vorkommen an Seltenen Erden sollen dort rund hundertfünfunddreißigtausend Tonnen an Uranoxid lagern.«

»Uranförderung ist in Dänemark nicht besonders beliebt, oder?«

»Überhaupt nicht! Du kennst doch sicher den Anstecker mit der lachenden Sonne und dem Slogan ›Atomkraft? – Nein danke‹, oder?«

»Ja klar. Der ist auch bei uns weit verbreitet. Das hat wohl jeder schon mal irgendwo gesehen.«

»Allerdings. Eines der bekanntesten Logos auf der ganzen Welt. Wusstest du, dass das Symbol und der Spruch ursprünglich aus Dänemark stammen?«

»Nee, wusste ich nicht.«

»Eine junge dänische Studentin hatte Mitte der siebziger Jahre die Idee dazu. Hier in Dänemark hatte die Atomenergie schon immer sehr viele Gegner. Deshalb haben wir unseren Atomausstieg auch schon 1985 hinbekommen. Lange vor Deutschland.«

»Der grönländische Folketing-Abgeordnete Bjørn Lauridsen steht aber auf der anderen Seite, oder?«

»Ja, leider. Das ist interessant, dass du gerade nach ihm fragst.«

»Wieso?«

»Weil er eventuell etwas mit der Schießerei zu tun haben könnte, in die Johannsen in Kopenhagen verwickelt war.«

»Tatsächlich?«, fragte Ehlers überrascht. »Sein Name wird auch in dem Kassenbuch erwähnt. Laut den Aufzeichnungen hat er insgesamt rund vier Millionen Kronen erhalten.«

»Wirklich? Das erklärt so einiges.«

»Dann erzähl mal. Was hat es mit der Schießerei auf sich?«

»Kurz bevor es in Christiania zur Sache ging, ist Lauridsen mit jemandem gesehen worden, auf den Salik Johannsens Beschreibung passt. Zeugen haben uns berichtet, dass der Abgeordnete und ein weiterer Grönländer in einer Kneipe im Kopenhagener Hafenviertel Nyhavn lautstark miteinander gestritten haben. Der Mann trug eine Pilotenjacke und ähnelte dem Phantombild, das wir mit dem Fahndungsaufruf an die Medien gegeben hatten. Die Kellnerin konnte bestätigen, dass es sich bei dem einen Grönländer um Bjørn Lauridsen handelte. Der andere muss Johannsen gewesen sein.«

»Weiß man, worüber sie gestritten haben?«

»Nicht so genau. Sie sollen grönländisch miteinander gesprochen haben. Deshalb konnte keiner der Zeugen etwas verstehen. Die Kellnerin meinte allerdings, mehrmals das Wort ›Nordprøven‹ aufgeschnappt zu haben. Das würde ja zu euren Ermittlungen passen.«

»Absolut«, sagte Ehlers. »Lauridsen hat anscheinend viel Geld von den Minenbetreibern erhalten. Könnte es sein, dass er dafür die öffentliche Meinung im Sinne der Bergbaugesellschaft beeinflussen sollte?«

»Gut möglich«, antwortete Camilla, während sie aufmerksam die abfotografierten Seiten des Schwarzkassenbuchs auf Ehlers' Handy studierte. »Die größten Summen fallen genau in die Zeit, als die wichtigen Entscheidungen für die Mine getroffen wurden«, stellte sie nach einer Weile fest.

»Da war Lauridsen noch in Grönland, oder?«

»Ja. Damals war er Minister für Bergbau und Energie. In dieser Funktion hatte er erheblichen Einfluss. Und er hatte offensichtlich das Ziel, das Minenprojekt durchs Parlament in Nuuk zu boxen.«

»Gab's da große Widerstände?«

»Und ob! An der Sache wäre fast die Regierung zerbrochen. Die Bodenschätze sind für Grönland von großer Bedeutung. Damit soll das Land finanziell unabhängig werden. Das würde dann auch den Weg in die vollständige politische Autonomie ebnen. Allerdings haben nach wie vor viele Menschen Bedenken, was den Uranabbau angeht.«

»Hatte Grönland nicht ursprünglich sogar beschlossen, kein Uran zu fördern?«

»Völlig richtig«, bestätigte Camilla. »Genau wie bei uns in Dänemark gab es dort seit den achtziger Jahren eine sogenannte Null-Toleranz-Politik. Das bedeutet, es war verboten, Uran und andere radioaktive Bodenschätze zu fördern.«

»Und dieses Verbot wurde dann vom grönländischen Parlament gekippt?«

»Ja, und zwar mit denkbar knapper Mehrheit. Fünfzehn Abgeordnete stimmten dafür, vierzehn dagegen.«

»Meinst du, dass diese hauchdünne Mehrheit im Parlament damals erkauft wurde?«

»Sieht so aus«, antwortete Camilla. »Lauridsen ist ja ganz offensichtlich geschmiert worden. Und ohne seine Stimme wäre der Beschluss nicht durchgegangen. Gut möglich, dass noch weitere Politiker Geld erhalten haben. Ich weiß nicht, wie all die Leute hießen, die damals im grönländischen Parlament saßen. Aber das lässt sich leicht herausfinden. Wir werden die Namen mit dem Kassenbuch abgleichen.«

»Wie es aussieht, hat Lauridsen auch in Kopenhagen weiter fleißig Lobbyarbeit für den Bergbaukonzern gemacht.«

Camilla nickte. »Ja. Sieh mal hier.« Sie deutete auf eine Reihe von Eintragungen. »Die Zahlungen an ihn gehen nach der Abstimmung im Naalakkersuisut noch weiter. Ein paar fallen auch in die Wahlkampfzeit. Damals hat Lauridsen in Grönland sein Mandat fürs dänische Folketing gewonnen.«

»Die Minenbetreiber wollten wohl einen treuen Strippenzieher in Schloss Christiansborg haben.«

»Den brauchten sie natürlich. Lauridsen hat seine Wähler in Grönland überzeugt, indem er ihnen neue Arbeitsplätze und Wohlstand durch den Rohstoffabbau versprochen hat. Aber damit diese Rechnung aufgehen konnte, musste auch die Regierung in Dänemark grünes Licht für die Mine geben.«

»Weil Grönland noch immer nicht unabhängig ist?«

»Nicht vollständig jedenfalls. Das Land ist zwar seit 2009 weitgehend autonom und gehört auch nicht der EU an. Somit können die Grönländer prinzipiell selbst über die Verwendung ihrer Rohstoffe entscheiden. Aber bei Uran sieht das etwas anders aus. Denn Dänemark ist weiterhin für die Außenpolitik und Verteidigung Grönlands zuständig.«

»Verstehe. Die Regierung in Kopenhagen will nicht, dass das Zeug in die falschen Hände gerät.«

»So ist es. Aber auch in dieser Hinsicht sind sich beide Länder einig geworden. Gemeinsam haben sich die Regierungen auf ein Verfahren für den kommerziellen Uranexport geeinigt. Grönland wurde das Recht zugestanden, Uran zu fördern. Und Dänemark trägt die Verantwortung für die Weiterverwendung. Dafür wurden entsprechende Schutzmaßnahmen und Ausfuhrkontrollen beschlossen.«

»Okay. Aber im Grunde genommen ist Dänemark damit doch von seiner eigenen Null-Toleranz-Politik abgewichen, oder?«

»In gewisser Weise schon. Insofern hat sich Lauridsens Lobbyarbeit im Folketing wohl ausgezahlt. Immerhin hat Dänemark das grundsätzliche Okay für den grönländischen Uranexport gegeben.«

»Wenn jetzt aber herauskäme, dass die politischen Mehrheiten mit den Schwarzgeldzahlungen eines kanadischen Bergbaukonzerns erkauft wurden, würde das ein politisches Erdbeben auslösen, oder?«

»Ganz sicher!«, antwortete Camilla. »Und zwar nicht nur in Grönland, sondern auch bei uns in Dänemark. Lauridsen ist da bestimmt nur die Spitze des Eisbergs.«

»Schöne Metapher in diesem Zusammenhang«, bemerkte Ehlers. Dann nahm er sein Handy und rief ein weiteres Bild auf. Er hielt seiner Kollegin das Display hin. »Das ist noch jemand, der bis zum Hals in dieser Sache drinsteckt.«

Camilla sah kurz auf das Foto. Dann nickte sie. »Ja, wir haben Leif Dalgaard international zur Fahndung ausgeschrieben. Über den wollte ich sowieso noch mit dir sprechen. Auf ihn passt die Beschreibung des Schützen bei der Schießerei. Und die Kellnerin aus der Kneipe in Nyhavn sagte, dass Dalgaard an dem Abend auch kurz dort war. Er soll sich zu den beiden Grönländern an den Tisch gesetzt haben. Nach ein paar Minuten sei er dann mit Salik Johannsen verschwunden.«

»Das ist ja ein Ding!«, entfuhr es Ehlers. »Überall, wo es in dieser Sache heiß hergeht, taucht Dalgaard auf. Er scheint eine zentrale Figur in diesem Fall zu sein.«

»Denke ich auch.«

»Der Mann fürs Grobe«, bemerkte Ehlers. »Meine Kollegin aus Itzehoe hat übrigens herausgefunden, dass Dalgaard für die Übergabe der ganzen Schmiergelder zuständig war.«

»Seid ihr euch da sicher?«

»Ziemlich«, sagte Ehlers. »Es gibt mehrere Eintragungen im Kassenbuch, die das belegen.«

33

Etwa zwei Stunden bevor Ehlers und Camilla Holm in Hundested mit der »Askø« in See gestochen waren, hatte ein kleines Motorboot ebenfalls von Süden her Kurs auf die kleine Insel Hesselø genommen. Der Mann an Bord war vom benachbarten Lynæs Havn aus gestartet. Er hatte sein Boot zu einem mächtigen Bauwerk gesteuert, das sich ganz in der Nähe von Hesselø aus dem Meer erhob. Schon von Weitem war der Koloss zu erkennen gewesen. Im fahlen Mondschein hatten sich seine markanten Umrisse deutlich gegen den Nachthimmel abgezeichnet.

Die riesige Konstruktion sah aus wie eine Ölbohrinsel, die auf stählernen Beinen hoch über den Ostseewellen thronte. Doch dies war kein Monument des fossilen Zeitalters. An diesem Ort wurde kein Rohöl aus dem Boden gepumpt, um damit den Treibhauseffekt immer weiter anzuheizen. Ganz im Gegenteil. Hier in der Hesselø-Bucht, weit draußen vor der Küste Seelands, entstand zurzeit ein gigantischer Offshore-Windpark. In dem Seegebiet sollten rund achtzig Windkraftanlagen installiert werden. Etwa die Hälfte der Stahlfundamente war bereits fertig. Hunderte von Arbeitern und diverse Schiffe waren tagsüber auf der Seebaustelle mit verschiedenen Aufgaben beschäftigt. Von zentraler Bedeutung für das Großprojekt war dabei das Bauwerk, das der Mann in dem Boot angesteuert hatte: eine Umspannplattform, die erst zwei Wochen zuvor endgültig Gestalt angenommen hatte.

Ein Schwimmkran hatte die rund dreitausend Tonnen schweren Aufbauten punktgenau auf der Unterkonstruktion abgesetzt. Das nunmehr dreißig Meter hohe Bauwerk hatte die Dimensionen eines mittelgroßen Bürokomplexes.

Hoch über dem Meer wurde seither daran gearbeitet, die Plattform technisch betriebsbereit zu machen. Unterdessen verlegte ein Spezialschiff in dem Seegebiet eine Reihe von Kabeln. Über sie wurden die Windkraftanlagen mit dem Offshore-Umspannwerk verbunden, sodass es den Strom von den Turbinen aufnehmen konnte. Von einem Transformator aus würde künftig ein Unterseekabel ans Festland zum Gilbjerg Hoved führen, dem nördlichsten Punkt Seelands.

Der Mann in dem Boot gehörte nicht zu den Arbeitern auf der Baustelle. Da dort momentan nachts nicht gearbeitet wurde, hatte er unbemerkt an einem der stählernen Stützbeine der Unterkonstruktion festmachen können.

Anschließend war er in einen Taucheranzug gestiegen. Er hatte einen Tauchscooter zu Wasser gelassen und den Elektromotor gestartet. Mit einer Leistung von fünfhundert Watt beschleunigte das Unterwasserfahrzeug bis auf sieben Kilometer pro Stunde. Der Batterieantrieb hatte eine Laufzeit von neunzig Minuten. Das reichte, um geräuschlos und unauffällig das letzte Stück vom Umspannwerk bis hinüber nach Hesselø zu kommen.

Schon kurze Zeit später hatte die schwarze Gestalt ihr Ziel erreicht. Im Schutz der Nacht vertäute der Froschmann den Tauchscooter an einem umgestürzten Baum, der im Uferbereich lag. Über einen Informanten bei der Marinehjemmeværnet hatte er erfahren, dass die Jagdhütte auf der Insel aktuell nur von fünf Polizisten bewacht wurde. Dieser Umstand spielte ihm in die Karten. Er wusste, dass es mit so wenigen Einsatzkräften unmöglich war, das komplette Areal lückenlos zu überwachen. Allerdings sollte bereits in Kürze Verstärkung eintreffen. Deshalb durfte er keine Zeit verlieren.

Dank seiner Ausbildung als Kampfschwimmer bei der Marine wusste er, wie er sich einem feindlichen Ziel unbemerkt vom Wasser aus nähern konnte. Er setzte seine Taucherbrille und das Atemgerät ab. Aus einer wasserdichten Tasche nahm er ein längliches Gerät mit einem Zielfernrohr. Es handelte sich um eine rund fünfzig Zentimeter lange Armbrust. Er hatte sich bewusst für diese Art von Waffe entschieden. Denn einen Schuss mit herkömmlicher Munition würden sicher auch die Polizisten hören, die ganz in der Nähe patrouillierten. Aus diesem Grund musste er sich unauffällig bewegen und seinen Feind lautlos zur Strecke bringen. Laut Angaben des Herstellers schossen die Kohlenstoffpfeile der Armbrust mit einer Geschwindigkeit von über vierhundert Stundenkilometern ins Ziel. Unter den gegebenen Bedingungen standen seine Chancen für einen Überraschungsangriff ziemlich gut.

Vom Strand aus schlich der Angreifer langsam landeinwärts. Er hatte sein Gesicht geschwärzt, sodass er in der Dunkelheit mit der Umgebung verschmolz. In kurzen Abständen hielt er inne, um durch sein Nachtsichtgerät die Umgebung zu erkunden. Nach einer Weile hatte er in einiger Entfernung die fünf Polizisten ausgemacht, die die alte Jagdhütte bewachten. Die Bezeichnung »Hütte« täuschte ein wenig über die wahren Dimensionen des Gebäudes hinweg. Denn das grüne Blockhaus, das dort oben auf dem bewaldeten Hügel thronte, war überaus stattlich und ragte deutlich über die Baumkronen hinaus. In der Mitte des Gebäudes war ein Erker, in den große Sprossenfenster eingelassen waren. Dem adligen Erbauer war es seinerzeit offenbar wichtig gewesen, einen weiten Blick aufs Meer genießen zu können.

Der Froschmann hatte sich entlang der Küste bis zu einem steinernen Wall durchgeschlagen. Hinter der Mauer ging er in Deckung und wartete ab. Während seiner Militärzeit waren genau solche Angriffsszenarien immer wieder geübt worden. Das lag zwar schon etliche Jahre zurück. Aber die erlernten Fähigkeiten waren ihm in Fleisch und Blut übergegangen. Somit bewegte er sich nach wie vor mit großer Geschicklichkeit und beinahe geräuschlos durch das unebene Terrain.

Mit seinem Nachtsichtgerät behielt er die Polizisten im Blick, die in größerem Abstand um das Haus herum Position bezogen hatten. Wie er von seinem Informanten wusste, war den Einsatzkräften befohlen worden, vorerst auf Distanz zum Zielobjekt zu bleiben. Das war von Vorteil für ihn. Niemand ahnte etwas von seiner Anwesenheit auf der Insel. Keiner hegte den Verdacht, dass sich vom Meer her jemand hinterrücks nähern würde. Daher war die gesamte Aufmerksamkeit der Polizisten einzig und allein auf die Jagdhütte gerichtet. Ohne es zu wissen, waren die Beamten dabei selbst unter Beobachtung geraten.

Nach einer Weile konnte der Mann sehen, wie einer der Polizisten seinen Posten am Fuß des Hügels verließ und in geduckter Haltung zu einem Kollegen hinüberlief. Die beiden sprachen kurz miteinander und deuteten dabei in die Richtung, aus der er eben gekommen war. Sicherlich wunderten sich die Beamten darüber, dass sie den Funkkontakt zu einem ihrer Kollegen verloren hatten. Der Froschmann hätte ihnen sagen können, was mit dem armen Kerl geschehen war. Doch für den Polizisten kam jetzt sowieso jede Hilfe zu spät. Und der nächtliche Eindringling war gewiss nicht hergekommen, um die Aufmerksamkeit der restlichen Sicherheitskräfte auf sich zu ziehen.

Während die beiden Bewacher für ein paar Minuten abgelenkt waren, schlich er an ihrem Posten vorbei die Anhöhe hinauf. Schon bald war seine schwarze Gestalt im Dickicht der Bäume verschwunden.

Jetzt lagen zwischen ihm und der Jagdhütte nur noch wenige Meter. Mit all den Büschen und Sträuchern bot die Umgebung reichlich Sichtschutz, sodass sich der Angreifer unbemerkt in Position bringen konnte.

Von seinem Versteck aus hatte er nun eine gute Sicht auf die Blockhütte. Wegen der besseren Deckung hatte er sich dem Gebäude von hinten genähert. Obwohl sämtliche Vorhänge zugezogen waren, konnte er sehen, dass hinter den Sprossenfenstern Licht brannte. Er griff nach seiner Armbrust und legte einen der Kohlenstoffpfeile ein. Durch sein Zielfernrohr peilte er sein Opfer an. Die Gestalt, die dort ahnungslos vor dem Haus stand, war trotz der späten Stunde recht gut zu erkennen. Denn aus einem der Fenster drang ein schwacher

Lichtschein nach draußen und beleuchtete die Silhouette des Mannes, vor dessen Gesicht in regelmäßigen Abständen die Glut einer Zigarette aufleuchtete.

Noch ein letztes Mal zog der Mann den Rauch tief in die Lungen. Dann drückte der Jäger den Abzug.

34

»Blödes Schietwetter«, fluchte Ralf Feddersen genervt, während er gemeinsam mit Ole Carstens durch den Wind und den Sprühregen lief. Sie waren am späten Abend erneut auf dem Weg zum Haus von Louisa Eckhoff auf dem Helgoländer Oberland.

Nachdem sie geklingelt hatten, dauerte es eine ganze Weile, bis jemand die Tür öffnete.

»Es ist schon spät«, sagte Louisa Eckhoff, die nicht sonderlich erfreut über den abendlichen Besuch wirkte. Carstens konnte sehen, dass sie vermutlich gerade auf dem Weg ins Bett gewesen war.

»Bitte entschuldigen Sie die Störung«, entgegnete er. »Aber dürften wir vielleicht noch einmal kurz reinkommen?«

»Hat das nicht bis morgen Zeit?« Sie sah müde und erschöpft aus.

»Wir wollen nicht lange bleiben«, schaltete sich Feddersen ein. »Aber es gibt da etwas, worüber wir gern mit Ihnen sprechen würden.«

Widerstrebend ließ Louisa Eckhoff die beiden eintreten.

»Wir wissen jetzt, wo Salik Johannsen ist«, begann Carstens ohne große Umschweife.

Die Meeresbiologin sah ihn mit großen Augen an. »Wirklich?«, fragte sie verwundert. Mit dieser Neuigkeit schien sie nicht gerechnet zu haben. »Sie haben ihn tatsächlich gefunden?«

»Sie wirken ziemlich überrascht.«

»Ehrlich gesagt … bin ich das auch«, erwiderte sie nachdenklich.

»Sie wussten doch, dass nach ihm gesucht wird.«

»Ja, natürlich … Aber irgendwie dachte ich, dass er auch irgendwo … genau wie Nico …«

Obwohl sie die Worte nicht aussprach, wussten Carstens und Feddersen, was sie meinte.

»Wo ist Salik denn?«, fragte sie nach einer Weile.

»In Dänemark«, antwortete Carstens. »Wie es aussieht, hat er sich auf einer unbewohnten Ostseeinsel namens Hesselø versteckt. Die dänischen Kollegen haben ihn dort aufgespürt. Allerdings wurde er noch nicht vernommen.«

Während er Louisa Eckhoffs Reaktion beobachtete, fiel ihm wieder einmal ihre große Ähnlichkeit mit Romy Schneider auf. Hier, in diesem kleinen Helgoländer Wohnzimmer, saß eine Frau, die ebenfalls eine geradezu mystische Aura besaß. Auch Louisa Eckhoffs Gesichtszüge hatten sich durch Kummer und Leid deutlich verhärtet. Wie auf einer Leinwand, die früher einmal makellos gewesen war, zeichnete das Leben in all seiner Unbarmherzigkeit jetzt dunkle Schatten und harte Konturen in ihr Gesicht. Unwillkürlich fragte Carstens sich, wie viel von Louisa Eckhoffs Verhalten eigentlich echt war. Denn hinter dem übermüdeten und leicht entrückt wirkenden Ausdruck der Trauernden schien sich noch etwas anderes zu verbergen. Im Moment war dieser Gedanke jedoch nicht viel mehr als ein vages Gefühl, das ihn beschlich.

Während Carstens noch versuchte, seine Eindrücke richtig zu greifen, fuhr Feddersen mit der Schilderung fort: »Auf der Insel wurde auch das vermisste Forschungsflugzeug entdeckt. Da haben uns die dänischen Kollegen einen tollen Ermittlungserfolg beschert. Aber auch wir hier auf Helgoland wissen, wie man Spuren nachgeht.«

Louisa Eckhoff blickte ihn an, entgegnete jedoch nichts.

»›Mook din Klüsen op!‹, hat mein Vater immer zu mir gesagt. Und das haben wir getan. Wir haben die Augen zu allen Seiten offen gehalten. Und sind durch Zufall auf etwas Merkwürdiges gestoßen.« Feddersen machte eine rhetorische Pause. Da Rodriguez' Verlobte nur abwartend dasaß und schwieg, fuhr er schließlich fort: »Wie Sie wissen, kennt auf Helgoland jeder jeden. Ich habe zum Beispiel einen guten Bekannten, der als Arzt in der Inselklinik arbeitet. Und manchmal reden wir ein bisschen über unsere Arbeit.«

»Natürlich immer im Rahmen der Schweigepflicht«, warf Carstens ein.

»Na klar. Aber wenn einem Arzt ein medizinischer Fall merkwürdig vorkommt, dann kann er sich natürlich Rat bei der Polizei einholen.«

»Völlig richtig«, bekräftigte Carstens. »Manchen Dingen muss man zwingend auf den Grund gehen.«

»Zum Glück hat mein Bekannter das getan. Wollen Sie wissen, was vor ein paar Monaten in der Notaufnahme los war?«

Noch immer hüllte sich Louisa Eckhoff in Schweigen. Sie blickte starr auf den Boden.

»Es war schon ziemlich spät am Abend, hat der Arzt mir erzählt. Sein Dienst war fast zu Ende. Doch gerade als er mit seinem Team die Übergabe für die Nachtschicht machen wollte, kam ein Patient auf die Station, der dringend Hilfe brauchte. Es war ein älterer Mann um die siebzig. Er hatte am Arm eine stark blutende Wunde.«

»Interessiert es Sie, wie es dazu kam?«, warf Carstens ein.

Louisa Eckhoff zeigte keine Reaktion. Offenbar hatte sie sich entschieden, stumm das Ende der Geschichte abzuwarten.

»Der Patient hatte eine Schnittverletzung am Arm, die genäht werden musste«, fuhr Feddersen fort. »Während der Behandlung fragte der Arzt, wie es dazu gekommen war. Der Mann druckste ein wenig herum. Dann sagte er, es sei ein Unfall gewesen, der sich kurz zuvor ereignet habe. Er gab an, er sei Tourist und wohne derzeit zusammen mit seiner Frau in einer Ferienwohnung hier auf der Insel. Zu dem Unfall sei es gekommen, als die beiden am späteren Abend noch einen kleinen Snack zu sich nehmen wollten. Seine Frau habe ein scharfes Käsemesser aus der Küche geholt und sich damit auf den Weg ins Wohnzimmer gemacht. Gleichzeitig sei er ihr entgegengekommen, um Teller aus der Küche zu holen. Auf der Türschwelle zum Flur seien sie dann zusammengeprallt, wobei seine Frau ihn versehentlich mit dem Messer verletzt habe.«

»So weit nicht ganz ungewöhnlich«, ergänzte Carstens. »Schließlich passieren die meisten Unfälle im Haushalt.«

Louisa Eckhoff kommentierte die Äußerung nicht. Sie wirkte allerdings zunehmend unruhig. Der Vorfall aus dem Inselkrankenhaus schien ihre kontrollierte Fassade allmählich bröckeln zu lassen.

»Damit hätte die Sache eigentlich zu Ende sein können«, fuhr Feddersen fort. »Der Arzt konnte die Blutung stoppen und die Wunde gut versorgen. Eine Operation war nicht nötig, da keine wichtigen Nerven oder Muskelstränge betroffen waren.«

»Der Mann konnte also gleich wieder nach Hause?«, fragte Carstens, der die Antwort jedoch bereits kannte. Da Louisa Eckhoff sich weiterhin zurückhielt, gab er sich unwissend und führte nun an ihrer Stelle die Unterhaltung mit seinem Kollegen.

Die schweigende Frau war gezwungen, dem Dialog in ihrem Wohnzimmer zu folgen, und schien dabei mehr und mehr Unbehagen zu empfinden.

»Eigentlich hätte der Arzt ihn gern noch eine Nacht zur Beobachtung dortbehalten.«

»Wieso? Du sagtest doch, dass der Patient gut versorgt werden konnte.«

»Körperlich ging es dem Mann den Umständen entsprechend gut. Aber mental war er in keiner guten Verfassung.«

»Was war mit ihm los?«, wollte Carstens wissen.

»Er wirkte fahrig und insgesamt ziemlich angeschlagen. Aber dem Arzt war es nicht möglich, ihn zum Bleiben zu überreden.«

»Der Patient hat sich selbst entlassen?«

»Genau. Medizinisch sprach nichts dagegen. Somit konnte er gehen. Und dabei hatte er es auch ziemlich eilig.«

»Er wollte schnell los? Ich dachte, er war im Urlaub.«

»Ja, das hat er behauptet. Aber das Krankenhaus wollte er so schnell wie möglich verlassen. Allerdings stand der wirklich neben sich. Deshalb hat er auch etwas Wichtiges vergessen, als er so Hals über Kopf aus der Station verschwunden ist.«

»Was denn?« Carstens mimte den Ahnungslosen.

»Seine Krankenversicherungskarte. Die hatte er der Schwester in der Notaufnahme gegeben. Eigentlich hätte er sie zusammen mit einem medizinischen Bericht für den Hausarzt wieder mitnehmen sollen. Doch in seiner Eile und Zerstreutheit hat er beides im Krankenhaus vergessen.«

»Okay. Und was ist dann passiert?«

»Jetzt wird es wirklich interessant.« Feddersen und Carstens agierten wie ein eingespieltes Duo am Theater, das den Spannungsbogen immer weiter steigerte.

»Nun, Helgoland ist ja nicht besonders groß. Also entschied sich der Arzt, die Karte und den Bericht am nächsten Tag persönlich zur Ferienwohnung des Mannes zu bringen.«

»Das ist aber ein netter Service.«

»Richtig. Das gab dem Arzt auch die Möglichkeit, noch einmal nach dem Mann zu sehen und sich nach dessen Befinden zu erkundigen. Wie gesagt, der Patient machte am Abend zuvor keinen guten Eindruck. Und mein Bekannter wollte lieber noch einmal schauen, wie es ihm inzwischen ging.«

»Sehr verantwortungsvoll«, bemerkte Carstens.

»So ist er. Allerdings hatte er bei seinem Hausbesuch keinen Erfolg.«

»Wieso? War niemand zu Hause?«

»Doch, aber unter der angegebenen Adresse wohnte jemand anderes.«

»Wer denn?«

»Eine vierköpfige Familie aus Berlin. Die hatten die Ferienwohnung gebucht und waren seit einer Woche die einzigen

Bewohner im Haus. Den älteren Mann hatten sie dort noch nie gesehen.«

»Das ist ja merkwürdig.«

»Absolut. Zum Glück ist mein Bekannter von Haus aus ein hartnäckiger Typ und hat die Sache nicht auf sich beruhen lassen. Mein Opa hätte gesagt: ›Een Kerl mutt doon, wat een Kerl doon mutt.‹«

»Was musste er denn tun?«, fragte Carstens.

»Er ist geradewegs zur Kurverwaltung gegangen und hat sich dort nach dem Mann erkundigt. Und was meinen Sie, ist dabei herausgekommen?«, fragte Feddersen an Louisa Eckhoff gerichtet. Die schwieg jedoch weiterhin beharrlich. »Okay, ich verrate es Ihnen. Der Fremde war nirgendwo auf der Insel gemeldet.«

»Nanu. Angeblich war er doch Tourist. Hätte er da nicht eine Kurkarte gebraucht?«, wandte Carstens ein.

»Natürlich. Jeder Übernachtungsgast hier auf Helgoland muss über seinen Gastgeber eine Abgabe zahlen. Aber der Mann aus dem Krankenhaus war in keiner Unterkunft registriert.«

»Das wird ja immer sonderbarer.«

»Du sagst es. Und an diesem Punkt hat sich mein Bekannter damals an mich gewandt. Denn wenn so etwas Eigenartiges passiert, dann spricht man am besten mit einem befreundeten Polizisten darüber.«

»Und was hast du dann unternommen?«, setzte Carstens den inszenierten Dialog fort.

»Aber das weißt du doch«, gab Feddersen zurück. »Wir haben anhand der Krankenversicherungskarte die Personalien des Mannes überprüft.«

»Stimmt, das hab ich natürlich mitbekommen. Wollen Sie wissen, wie der Patient heißt und woher er kommt?«, fragte er Louisa Eckhoff.

Sie zeigte äußerlich noch immer keine Reaktion, was ihr allerdings zunehmend schwerer zu fallen schien.

»Der angebliche Tourist heißt Günther Malchow«, fuhr Carstens fort. »Er wohnt in Bremen. Damals haben wir den Vorfall schnell zu den Akten gelegt. Aber vorhin ist mir etwas aufgefallen. Sie erwähnten in unserem Gespräch, dass der leibliche Vater Ihres Verlobten aus Bremen stammt. Das stimmt doch?«

Louisa Eckhoff nickte.

»Bei der Ermittlungsarbeit tauchen manchmal Zusammenhänge auf, wo man sie gar nicht erwartet«, sagte Feddersen. »Jedenfalls sind wir unserem Instinkt gefolgt und haben uns noch einmal ein bisschen näher mit diesem Günther Malchow beschäftigt. Interessant ist, dass er einen Bruder namens Norbert hatte. Der lebte früher auch in Bremen, ist aber in den siebziger Jahren im Auftrag einer deutschen Automobilfirma nach Argentinien gegangen. Und im November 1977 wurde er in der Nähe von Buenos Aires von Mitgliedern der Militärjunta verschleppt. Das gleiche Schicksal hat auch Norberts schwangere Freundin Maria, eine gebürtige Argentinierin, ereilt. Kommt Ihnen die Geschichte irgendwie bekannt vor?«

Louisa Eckhoff presste die Lippen aufeinander. Sie wiegte ihren Oberkörper langsam vor und zurück.

»Das Paar hatte sich in einer regimekritischen Gewerkschaft organisiert«, berichtete Carstens. »Dadurch sind sie ziemlich schnell ins Visier der Militärs geraten. Und die waren bekanntlich nicht zimperlich im Umgang mit solchen Leuten. Beide wurden mit hoher Wahrscheinlichkeit umgebracht. Leider hat man ihre Leichen nie gefunden. Auch weiß niemand genau, was aus dem ungeborenen Kind geworden ist, das die Frau damals in sich trug.«

»Kann es vielleicht sein, dass Nico der Sohn von Norbert Malchow und dessen argentinischer Freundin Maria war?«

Wieder nickte sie. Dabei sah sie niedergeschlagen auf eines der Urlaubsbilder an der Wand. Vom Zustand der glücklichen Zweisamkeit und der Vorfreude auf ein gemeinsames Leben war nichts mehr übrig geblieben.

»Gut«, sagte Carstens. »Das bedeutet also, dass Günther Malchow aus Bremen der leibliche Onkel Ihres Verlobten ist. Können Sie uns bitte sagen, wieso dieser Mann wenige Monate vor dem Tod seines Neffen blutend hier auf der Insel in der Notfallambulanz aufgetaucht ist?«

35

»Die Speicherkarte ist voll«, sagte Thure Jepsen. »Ist ganz schön was an Material zusammengekommen. Zieh doch bitte schon mal die Daten auf den Rechner.« Er gab Cathrine Rydberg den kleinen Datenträger.

Die beiden saßen an einem massiven Holztisch. Dieser befand sich in der Mitte eines hohen Raums, der wirkte, als sei hier vor über hundert Jahren die Zeit stehen geblieben. Ein gemauerter Kamin dominierte die Stirnseite des geräumigen Zimmers. An den Längsseiten standen mehrere Schränke und Truhen aus Massivholz. Das Untergeschoss des alten Hauses war nach oben offen. Da es keine Zwischendecke gab, fiel der Blick direkt auf den hölzernen Dachstuhl. Dort war hoch oben im Gebälk an einem Querträger ein mächtiger Kronleuchter angebracht. Dieser befand sich genau über der Mitte des Tisches und spendete ein angenehmes Licht. Auch die Wände ringsherum bestanden aus Holz, das im Laufe vieler Jahrzehnte dunkel geworden war.

Über den Köpfen der beiden Journalisten hingen ringsherum unzählige Geweihe von einheimischen Tieren. Vereinzelt waren an den Wänden aber auch die ausgestopften Köpfe exotischer Tiere, wie etwa Antilopen, zu sehen. Die Trophäen erinnerten daran, dass das Haus gegen Ende des 19. Jahrhunderts als Jagdhütte gebaut worden war. Die ursprünglichen Eigentümer hatten das stattliche Gebäude auf einer natürlichen Anhöhe in direkter Nähe der Küste errichtet. Der Hügel war die höchste Erhebung auf der Insel Hesselø.

Cathrine Rydberg und Thure Jepsen waren ohne offizielle Genehmigung auf die Insel gekommen. Auf Wunsch von Salik Johannsen hatten sie ihre Ankunft geheim gehalten. Nachdem das von Cathrine geführte Rechercheteam der Zeitungsredaktion das brisante Material über die grönländische

»Nordprøven«-Mine gesichtet und geprüft hatte, hatte Thure unbedingt ein Interview mit ihrem Informanten führen wollen. Die Sache hatte das Zeug zu einem handfesten Politikskandal. Daher wollte sich der Chefredakteur die Chance auf eine Exklusivstory nicht entgehen lassen. Also hatte er Cathrine beauftragt, den Grönländer zu einem Interview zu bewegen. Nach anfänglichem Zögern hatte Salik schließlich eingewilligt.

Zu dieser Entscheidung beigetragen hatte auch das Wetter. Eigentlich wollte Salik ja zurück nach Grönland fliegen. Doch der Wetterdienst hatte ihm einen Strich durch die Rechnung gemacht und einen heftigen Sturm angekündigt, der inzwischen über Dänemark und Südnorwegen hinweggefegt war. Das Sturmtief hatte sich bis nach Island erstreckt und hatte somit genau auf der geplanten Flugroute Richtung Grönland gelegen. Da er sich einen Höllenritt ersparen wollte, hatte Salik seinen Abflug kurzerhand verschoben.

Sie hatten verabredet, sich zu dritt auf Hesselø zu treffen. Ein Mitarbeiter von »Ugens Nyheder«, der eine kleine Propellermaschine besaß, hatte Thure und Cathrine auf der Insel abgesetzt. Anschließend war er rasch wieder aufgebrochen, bevor der Sturm von Norden herangezogen war und sich zu einem heftigen Orkan entwickelt hatte. Cathrine und Thure wollten so lange auf der Insel bleiben, bis sich das Wetter wieder beruhigt hatte. Somit war ihnen genug Zeit für ein ausführliches Interview mit Salik geblieben.

»Was war das?« Cathrine blickte erschrocken auf. Sie war gerade dabei, eine neue Speicherkarte in die Kamera einzulegen. »Hast du das auch gehört?«

»Klang wie ein unterdrückter Schrei«, antwortete Thure. Er ging zu einem der Fenster, schob die Gardine zur Seite und sah nach draußen. »Allmächtiger!«, stieß er entsetzt aus.

Mit einem Satz war Cathrine ebenfalls am Fenster. Das Bild, das sich ihr draußen vor dem Haus bot, war grauenhaft. Keine fünf Meter von ihnen entfernt lag Salik auf dem Rasen.

Mit weit aufgerissenen Augen sah er sie an. In seinem Hals steckte ein silberner Metallpfeil. Mit seinen Händen berührte er die Wunde, aus der große Mengen an Blut strömten.

»Ich hol ihn rein!«, rief Thure und stürmte zur Tür.

Cathrine wollte ihm nachlaufen, doch er befahl ihr, in Deckung zu bleiben.

Widerwillig gehorchte sie.

Während ihr Chef vorsichtig die Haustür öffnete, kauerte sie hinter dem Fenster. Starr vor Angst, spähte sie am Vorhang vorbei nach draußen und versuchte verzweifelt, im weiteren Umkreis des Hauses etwas zu erkennen. Doch da war nichts als Dunkelheit. Der Mond war von dichten Wolken verhüllt. Von den Bäumen rings um die Jagdhütte waren nur schwarze Umrisse zu erkennen. Ein nächtliches Dickicht, in dem irgendwo eine tödliche Gefahr lauerte.

»Scheiße, das sieht gar nicht gut aus«, flüsterte Thure angsterfüllt. Dann kniete er sich hin und schob sich auf allen vieren vorsichtig über die Türschwelle nach draußen.

»Mensch, sei bloß vorsichtig!«, rief Cathrine ihm hinterher.

Er antwortete nicht, sondern kroch geduckt über den Rasen.

»Was ist mit ihm?«, fragte Cathrine durch einen Fensterspalt, als Thure den blutüberströmten Salik erreicht hatte.

»Verdammt, ich glaube, er ist bewusstlos«, antwortete ihr Chef voller Entsetzen. »Sieht aus, als hätte der Pfeil seine Halsschlagader erwischt. Ich muss sehen, ob er noch einen Puls –«

Er kam nicht dazu, den Satz zu beenden. Denn im nächsten Augenblick flog ein weiterer Pfeil durch die Nacht. Diesmal war es Thure, der einen erstickten Schmerzenslaut von sich gab und zur Seite fiel.

Cathrine saß wie gelähmt hinter dem Fenster und starrte auf ihren Chef, der nun ebenfalls in unmittelbarer Nähe des Hauses zusammengebrochen war. Während er sich um Salik kümmerte, hatte er sich für einen Moment leicht aufgerichtet.

Es war nur ein kurzer Augenblick gewesen. Doch genau in dieser Sekunde hatte der im Dunkeln verborgene Schütze abgedrückt. Der Pfeil hatte Thure mitten in die Brust getroffen.

»Oh mein Gott, Thure!«, schrie Cathrine. »Ich komme zu dir!«

»Bleib, wo du bist«, hörte sie ihren Chef mit brüchiger Stimme sagen.

»Auf keinen Fall. Ich werde dich da nicht liegen lassen!«, erwiderte sie entschieden.

»Doch … wirst du«, befahl er. Er sprach stockend, und seine Worte waren erschreckend leise. »Bring dich … in Sicherheit. Und nimm … die Speicherkarte mit.«

Voller Grauen erkannte Cathrine, dass auch Thure das Bewusstsein verlor. Sein Körper erschlaffte und blieb reglos liegen.

Entschlossen, ihm zu helfen, rappelte sie sich auf und verließ ihre Deckung. Im nächsten Augenblick hörte sie das Glas der Fensterscheibe bersten. Instinktiv schlug sie schützend die Hände vors Gesicht. Dennoch konnte sie nicht verhindern, dass einige der Glassplitter sie seitlich am Kopf trafen. Als sie ihre rechte Hand vorsichtig löste, konnte sie sehen, dass Blut daran herunterlief. Sie wusste nicht genau, wo am Kopf sie verletzt war. Und sie hatte auch keine Gelegenheit, es herauszufinden. Denn schon ertönte erneut ein schepperndes Geräusch.

Wieder zersprang direkt neben ihr eine Glasscheibe des Sprossenfensters. Dieses Mal sah sie auch das Geschoss, das den Schaden verursacht hatte. Der silberne Pfeil, der das Glas durchschlagen hatte, war in der gegenüberliegenden Holzwand stecken geblieben. Schmerzlich wurde Cathrine klar, dass sie Thure im Moment nicht helfen konnte. Irgendwo ganz in der Nähe des Hauses lauerte ein wild entschlossener Angreifer. Mit der Präzision eines Wilhelm Tell schoss er tödliche Pfeile auf sie ab und kannte dabei keine Gnade.

Durch diese hohle Gasse muss er kommen. Es führt kein

andrer Weg nach Küssnacht, blitzte es in ihrem Kopf auf. Unter normalen Umständen hätte sie sich gewundert, dass sie in einer solchen Situation an Schillers Drama denken musste. Doch das war Teil ihres Überlebenskampfes, denn ihr Gehirn arbeitete bereits auf Hochtouren und überlegte, ob es wohl einen Weg durch die Nacht gab, der nicht in einem tödlichen Hinterhalt enden würde.

Da die Pfeile von der Vorderseite des Hauses gekommen waren, blieb ihr nur die Flucht in nordwestliche Richtung. Falls sie es irgendwie schaffte, die Tür neben dem großen Erker zu erreichen, hatte sie vielleicht eine Chance. Vorsichtig kroch sie über den Fußboden, der von Scherben übersät war. Dabei zog sie sich weitere schmerzhafte Schnittwunden an den Händen zu. Doch diesen Preis musste sie zahlen, wenn sie aus dieser Hölle entkommen wollte.

Sie wagte kaum, den Kopf anzuheben, da sie jederzeit mit einem weiteren Pfeil aus dem Hinterhalt rechnen musste. Während sie sich vorwärtsschob, kam es ihr vor, als würden die ausgestopften Wildtiere von oben auf sie herabblicken. »Versuch's nur. Du wirst es sowieso nicht schaffen!«, schienen die Trophäen an der Wand zu rufen. »Bald wird auch dein Kopf hier oben hängen«, meinte sie die toten Hirsche höhnisch sagen zu hören. Ironie des Schicksals, dass ausgerechnet an diesem Ort jemand auf so archaische Weise Jagd auf Menschen machte.

Cathrine schüttelte die bizarren Gedanken ab. Wenn sie irgendwie aus dieser irrsinnigen Situation herauskommen wollte, musste sie versuchen, einen halbwegs klaren Kopf zu bewahren.

Nach wenigen Metern hatte sie die Rückwand des großen Raums erreicht. Gerade wollte sie sich aufrichten und nach der Türklinke greifen, da vernahm sie von der anderen Seite des Hauses dumpfe Schritte. Jemand näherte sich dem Vordereingang. Die Sohlen schwerer Stiefel waren auf dem hölzernen Absatz vor der Tür zu hören.

Jetzt gab es kein Zurück mehr. Von nackter Angst getrieben, sprang Cathrine hoch und riss die Tür neben dem Erker auf. Sofort schlug ihr kühle Nachtluft entgegen. Sie stürzte hinaus und rannte zu den Bäumen, die das Haus umgaben. Wenige Sekunden später hatte das Dickicht der Laub- und Nadelbäume sie verschluckt. Während sie im Dunkeln vorwärtsstolperte, war ihr, als würden die Pflanzen nach ihr schlagen. Dornige Büsche durchstachen den Stoff ihrer Hose. Gleichzeitig zerkratzten die größeren Pflanzen ihr ohnehin schon geschundenes Gesicht. Es schien, als wollten sie den nächtlichen Eindringling aus ihrem Revier vertreiben.

Cathrine bahnte sich ihren Weg durch das Unterholz. In fast völliger Dunkelheit stolperte sie vorwärts und kam dabei mehrmals ins Rutschen. Denn der Hügel, auf dem die Jagdhütte stand, fiel zum Meer hin steil ab. Bereits tagsüber war der dicht bewachsene Abhang ein äußerst unwegsames Terrain. In finsterer Nacht hier herumzuirren war nun erst recht waghalsig. Doch was sie unten erwartete, wenn sie es durch diesen Dschungel hindurchgeschafft hatte, war nicht viel besser. Denn am Fuß des Hügels lagen der Strand und das Meer. Dort gab es kaum noch etwas, das ihr als schützende Deckung dienen konnte. Wie die alliierten Soldaten 1944 beim »D-Day« in der Normandie würde sie in einem freien Schussfeld laufen. Sollte der verrückte »Wilhelm Tell« ihr bis dorthin folgen, würde das offene Gelände zu ihrem ganz persönlichen »Omaha Beach« werden.

36

Ole Carstens und Ralf Feddersen drehten verwundert ihre Köpfe in Richtung Flur. Aus dem oberen Stockwerk in Louisa Eckhoffs Haus waren Schritte zu hören. Die beiden sprangen auf und griffen nach ihren Dienstwaffen.

Louisa Eckhoff erstarrte auf dem Sofa.

»Was ist hier los?«, fragte Carstens. »Wer ist dort oben?«

»Der, den Sie suchen«, antwortete sie tonlos. »Stecken Sie bitte die Pistolen wieder weg. In dieser Familie sind schon genug Leute gestorben.«

Kurz darauf kam ein älterer Mann die Treppe herunter. Er ging langsam und mit schwerfälligen Schritten. Er trug einen weißen Bademantel, der offensichtlich nicht ihm gehörte. Auf Brusthöhe stand der Aufdruck »Hotel South Keeling – Cocos Islands«.

»Herrje, was tust du denn?«, fragte Louisa Eckhoff besorgt.

»Ist schon okay, meine Liebe«, antwortete er und ließ sich auf einen Stuhl am Esstisch fallen. Dann wandte er sich den beiden Polizisten zu.

»Sind Sie Günther Malchow?«, fragte Feddersen.

Der Mann nickte. »Eigentlich wollte ich gar nicht mit Ihnen sprechen. Aber die Türen standen offen. Ich war oben und musste mitanhören, wie Sie die arme Louisa in die Mangel genommen haben. Da konnte ich mich nicht länger verstecken.«

»Günther, vielleicht solltest du lieber einen Anwalt –«

Er gab Louisa Eckhoff mit einer Handbewegung zu verstehen, dass er davon nichts wissen wollte. »Es war nicht besonders clever, dass ich meine Krankenversicherungskarte in der Notaufnahme vergessen habe«, begann er zu erzählen. »Aber an jenem Abend war ich leider nicht in der besten Verfassung. Da kann einem so was schon mal passieren. Jetzt haben Sie mich also gefunden. Gute Arbeit, meine Herren.«

»Warum waren Sie wirklich im Krankenhaus?«, wollte Carstens wissen. »Und kommen Sie mir jetzt nicht mit dem Märchen von Ihrer Frau und dem Küchenmesser. Die Sache haben wir bereits überprüft.«

»Okay«, erwiderte Günther Malchow. »Dann ist es jetzt wohl an der Zeit, dass Sie die ganze Geschichte erfahren. Was ich Ihnen zu erzählen habe, ist nicht schön. Aber früher oder später hätten Sie es sicher sowieso rausgefunden.« Er lehnte sich auf seinem Stuhl zurück, atmete tief durch und schloss für einen Moment die Augen. Carstens und Feddersen konnten sehen, dass er noch einmal seine Gedanken sortierte. Es schien dem alten Mann nicht leichtzufallen, über die Ereignisse zu sprechen, die ihn am Ende mit einer blutenden Stichverletzung ins Inselkrankenhaus geführt hatten.

***

Nico Rodriguez öffnete die Tür des Bunkers. Noch einmal betrat er das dunkle Verlies tief im Inneren des roten Felsens. Günther Malchow war ebenfalls bei ihm. Er hielt sich jedoch im Hintergrund. Da er kein Spanisch sprach, überließ er seinem Neffen das Wort. Der alte Mann, den sie gemeinsam aus Argentinien nach Deutschland gelockt und dann nach Helgoland verschleppt hatten, war nun schon seit zehn Tagen in ihrer Gewalt. Bislang hatte er zu allen Vorwürfen hartnäckig geschwiegen.

Der Gefesselte sah müde und erschöpft aus. Seine Haut war aschfahl, und unter seinen Augen waren dunkle Ränder.

»Lasst mich endlich gehen«, sagte er mit krächzender Stimme. »Das bringt doch nichts.«

»Oh doch, lieber Onkel Alfredo«, antwortete Nico. »Wir sind in Deutschland. Hier gibt es keine Amnestiegesetze für Mitglieder der Militärjunta. Außerdem hast du einen deutschen Staatsbürger auf dem Gewissen. Deshalb interessiert sich die deutsche Justiz sicher für deine Geschichte. Auch wenn es schon so lange her ist. Du weißt ja bestimmt, dass Mord in diesem Land nicht verjährt. Also gib endlich zu, was du damals getan hast!«

»Gar nichts werde ich!«, sagte Alfredo. »Es gibt nichts zu gestehen. Was immer dir Inés und Pablo auch erzählt haben – es stimmt nicht.«

»Und ob!«, erwiderte Nico zornig. »Denn im Gegensatz zu dir hat sich Inés entschieden, auf ihre alten Tage reinen Tisch zu machen. Und sie ist nicht die Einzige, die dich belastet.«

»Was soll das heißen?«

»Wir haben mit ehemaligen Kampffliegern aus deiner Einheit gesprochen. Die Kameraden, mit denen du damals im Falklandkrieg ›Schiffe versenken‹ gespielt hast.«

Alfredo blickte Nico feindselig an. Gleichzeitig wirkte er auch ein wenig perplex. Mit dieser Wendung schien er nicht gerechnet zu haben.

»Natürlich konnten sie sich noch gut an ›El Cóndor‹ erinnern, wie du früher genannt wurdest. Ein toller Pilot musst du gewesen sein. Gegenüber deinen Kampfgenossen warst du damals aber deutlich gesprächiger. Vor allem, wenn Alkohol im Spiel war. Zwei von deinen Kumpels wussten noch genau, dass du ihnen dann oft von den ›Hormigas Voladoras‹ erzählt hast. Die Sache mit den fliegenden Ameisen hatte sich tief in ihr Gedächtnis eingebrannt.«

»Keine Ahnung, wovon du sprichst«, sagte Alfredo trotzig.

»Du bleibst also dabei?« Nicos Wut auf den renitenten alten Mann hatte sich im Verlauf der vergangenen Tage immer weiter gesteigert. Jetzt war der Zeitpunkt gekommen, an dem er endgültig die Geduld verlor. »Okay«, sagte er. »Dann ist es jetzt an der Zeit für einen kleinen Ausflug. Vielleicht hilft das ja deiner Erinnerung wieder auf die Sprünge.«

Nico wandte sich um und gab seinem leiblichen Onkel ein Zeichen. Günther schob daraufhin eine große Holzkiste in den Bunkerraum.

Alfredo ahnte offensichtlich, was ihn erwartete. Er wollte lautstark protestieren, doch da hatte Nico auch schon eine große Rolle Isolierband herausgeholt. Er packte seinen Kopf und umwickelte ihn so, dass er nur noch gedämpfte Laute von sich geben konnte.

Gemeinsam versuchten sie, Alfredo von der Pritsche zu heben. Doch obwohl der Gefangene an den Händen gefesselt war, wehrte er sich heftig. Sein Widerstand war allerdings zwecklos. Denn auch darauf war Nico vorbereitet. Aus einer Plastiktüte holte er einen Stofflappen, der mit Chloroform getränkt war. Er drückte ihm das Tuch aufs Gesicht. Bereits nach wenigen Atemzügen begann das Betäubungsmittel zu wirken. Alfredos Gliedmaßen erschlafften, und er sank in sich zusammen. Mit vereinten Kräften gelang es Nico und Günther nun, den Sedierten in die Holzkiste zu verfrachten. Diese war so eng, dass der Gefangene sich darin kaum würde bewegen können. Anschließend klappten die beiden Entführer den Deckel zu und verriegelten die Scharniere.

»Wird er genug Luft kriegen?«, fragte Günther.

»Denke schon«, erwiderte Nico und deutete auf einige kreisrunde Öffnungen in den Holzwänden der Kiste. »Die Bohrlöcher sollten ausreichen. Und wenn nicht, hat er eben Pech gehabt.«

Sie wuchteten die schwere Holzkiste auf eine Sackkarre und schoben diese Richtung Bunkerausgang. Dabei mussten sie nicht befürchten, allzu viel Aufmerksamkeit zu erregen. Denn dieser Teil der Helgoländer Bunkeranlagen gehörte noch nicht zu den Gewölben, die von Touristen besichtigt werden konnten.

Tief im Inneren des roten Felsens erstreckte sich ein kilometerlanges Geflecht aus Gängen und Schutzräumen, die während des Zweiten Weltkriegs angelegt worden waren. Sie hatten großen Teilen der örtlichen Bevölkerung das Leben gerettet, als die Insel von britischen Fliegerbomben in Schutt und Asche gelegt worden war.

Auf dem Oberland gab es einen Bunkerabschnitt, der schon seit vielen Jahren im Rahmen von Führungen für die Allgemeinheit zugänglich war. Anders verhielt es sich mit dem Unterlandbunker. Der war seit Kriegsende von kaum jemandem genutzt worden. Der Stollen verlief parallel zur Bremer Straße am Fuß des steil aufragenden Oberlandfelsens. Es gab drei Eingänge, die jedoch alle mit Gittertüren versperrt waren. Derzeit wurde mit schwerem Gerät eine vierte Öffnung in den Fels gefräst. Vom Eingang des Fahrstuhls zum Oberland aus würden Besucher schon bald in den neu erschlossenen Bunker gehen können.

Eine Stiftung hatte sich dafür starkgemacht, die verschütteten Gänge freizulegen. Die Arbeiten ruhten jedoch momentan, da in einem Stollenabschnitt eine besondere Algenart entdeckt worden war. Sie war perfekt an die extremen Bedingungen im Inneren der alten Bunkeranlage angepasst. Die winzigen Überlebenskünstler trotzten dem Nährstoffmangel unter der Erde und begnügten sich mit sehr geringer und unregelmäßiger Beleuchtung. Im Vergleich zu anderen Pflanzen kamen diese Algen mit neunundneunzig Prozent weniger Licht aus. Sie waren so widerstandsfähig, dass sie sogar mehrere Monate in völliger Dunkelheit überstehen konnten. Weil diese Pflanzenart bislang nur aus der Antarktis bekannt war, war Nico Rodriguez der ideale Experte, um diese Lebensform zu erforschen.

Die Mikroalgen waren an den Wänden eines Stollens entdeckt worden, der gelegentlich als Schießstand genutzt worden war. Als Nico den fünfzig Meter langen Tunnel erkundet hatte, war ihm ganz am Ende ein verborgener Raum aufgefallen. Der Eingang befand sich hinter dem Kugelfang und war von zahlreichen Sandsäcken und Geröll bedeckt gewesen. Allem Anschein nach hatte ihn seit Kriegsende niemand mehr betreten. Der Raum lag so tief im Inneren des Bunkers, dass von außen keine Schreie zu hören wären. Und so hatte Nico eines Tages den Entschluss gefasst, Alfredo unter einem

Vorwand von Argentinien nach Deutschland zu locken und ihn nach Helgoland zu entführen. In der alten Bunkeranlage wartete auf den Argentinier eine tief im Fels verborgene Einzelzelle.

Nico und Günther Malchow hatten gehofft, dass der Entführte durch die »Beugehaft« in dem nasskalten Raum früher oder später zur Besinnung kommen und seine Verbrechen zugeben würde. Doch der starrsinnige alte Offizier hatte sich hartnäckig widersetzt. Deshalb ergriffen sie nun härtere Maßnahmen.

Es war weit nach Mitternacht, als sich das Gittertor zum alten Bunkergewölbe öffnete und die beiden Männer einen Handpritschenwagen herausschoben, auf dem sie die große Holzkiste mit dem Gefangenen abgeladen hatten. Sie beförderte den Wagen zwischen zwei Häusern hindurch und bogen links in die Bremer Straße ein. Ohne in den nächtlichen Gassen jemandem zu begegnen, liefen sie den Lung Wai und die Aquariumstraße entlang. Schließlich erreichten sie den Nordosthafen und bugsierten ihre schwere Fracht Richtung Mole. Dort lag ein altes Holzmotorboot, das von der Biologischen Anstalt zu Forschungszwecken in den Gewässern rund um Helgoland genutzt wurde. In dieser Nacht diente das Börteboot jedoch einem anderen Zweck.

Nachdem sie die Holzkiste an Bord gebracht hatten, legten sie ab und fuhren mit dem kleinen Forschungsschiff hinüber zur Düne. Dort angekommen, vertäuten sie das Boot an der Hafenmole und schoben die Kiste auf dem Pritschenwagen zum nahe gelegenen Flugplatz. Auch diese Strecke legten sie zurück, ohne von jemandem gesehen zu werden.

Kurz vor dem Ziel tauchte eine dunkle Gestalt vor ihnen auf, die im Schutz der Dünen auf sie gewartet hatte.

»Ihr wollt das also wirklich durchziehen?«, fragte Salik Johannsen, als sie ihn erreichten. Er war am Nachmittag mit dem »Arctic Flyer« auf dem Inselflughafen gelandet. In Kürze würde er mit Nico und einem Wissenschaftsteam zu einer

Arktisexpedition aufbrechen. Doch zuvor musste er ihnen noch bei dieser Nacht-und-Nebel-Aktion helfen.

»Ja, es muss sein«, antwortete Nico. »Alfredo schweigt hartnäckig. Deswegen wollen wir ihm jetzt eine Lektion erteilen.«

»Habt ihr euch die Sache auch gut überlegt?«

»Wir können ihn nicht ewig im Bunker einsperren«, erwiderte Günther Malchow. »Unsere Geduld ist am Ende. Wir müssen jetzt endlich einen Schritt weiterkommen.«

»Okay, dann folgt mir«, sagte Salik und führte sie zur Parkposition des »Arctic Flyer«.

Als sie das Flugzeug erreicht hatten, öffnete er die Türen an der linken Rumpfseite der Maschine. Gemeinsam wuchteten sie die schwere Box an Bord. Anschließend verschloss Salik die Türen und stieg ins Cockpit.

Kurze Zeit später hatte Salik die Startvorbereitungen abgeschlossen. Dröhnend starteten die Motoren des Flugzeugs. Vibrationen durchfuhren die Maschine, als die beiden Propeller sich zu drehen begannen. Sie wussten, dass sie keine Zeit verlieren durften.

Da der Flughafen um diese Uhrzeit eigentlich nicht in Betrieb war, konnte ein Start zu so später Stunde schnell Aufsehen erregen. Deshalb brachte Salik den »Arctic Flyer« so schnell wie möglich in Startposition. Da die Rollbahn nicht beleuchtet war, hatte er zuvor einige LED-Lampen neben der Piste in den Dünensand gesteckt. Diese wiesen ihm jetzt den Weg und zeigten in geringer Entfernung das Ende der Landebahn an. Er drückte den Gashebel durch und beschleunigte auf vollen Schub. Wenig später hob die Maschine ab und gewann rasch an Höhe.

Im hinteren Teil saßen Nico und sein Onkel Günther und sahen einander schweigend an. Zwischen ihnen stand die große Holzkiste, in der noch immer Alfredo steckte. Sie wussten, dass der entscheidende Moment bald gekommen war. Sobald das Flugzeug seinen Steigflug beendet hatte, würden sie die Box öffnen. Und dann würde sich die »Nacht der fliegenden Ameisen« noch einmal wiederholen. Doch dieses Mal wäre es sicher keine Geschichte, die Alfredo anschließend voller Stolz seinen Kameraden erzählen würde.

37

Cathrine hielt sich schützend die Hände vors Gesicht, während sie sich hangabwärts einen Weg durch die Büsche und Sträucher bahnte. Sie konnte spüren, dass ihre Wunden am Kopf noch immer bluteten. Die Glassplitter des geborstenen Fensters hatten einige tiefe Schnitte hinterlassen. Diese hätten eigentlich versorgt werden müssen. Doch das war im Moment ein eher nebensächliches Problem. Denn hier ging es nicht um kleine Blessuren, sondern ums nackte Überleben. Das Dickicht zwischen der Jagdhütte und dem Meer bot ihr im Moment die nötige Deckung. Doch damit würde gleich Schluss sein. Sie spürte, dass sie mittlerweile die Ausläufer des Abhangs erreicht hatte. Während das Gelände allmählich flacher wurde, erkannte sie auch, dass sich das Unterholz vor ihr deutlich lichtete.

Als sie schon beinahe den Strand erreicht hatte, stieß ihr Fuß in der Dunkelheit gegen etwas Hartes. Im ersten Augenblick hielt sie es für eine Baumwurzel. Doch dann wurde ihr bewusst, dass der Gegenstand beim Zusammenstoß leicht nachgegeben hatte. Etwas an ihm fühlte sich anders an als die Hindernisse, über die sie auf dem Weg hierher gestolpert war.

In der nächtlichen Finsternis konnte sie kaum die Hand vor Augen erkennen. Deshalb ging sie in die Hocke und suchte tastend den Boden ab. Sie erstarrte mitten in der Bewegung, als ihre Fingerspitzen den Stoff eines Hosenbeins berührten. Ihr Mund öffnete sich zu einem stummen Schrei. Nur mit allergrößter Mühe konnte sie den Laut in ihrer Kehle unterdrücken.

Neben ihr lag ein regloser Körper. Kurzzeitig ließ Cathrine alle Vorsicht außer Acht. Mit zitternden Fingern griff sie nach dem Handy, das in ihrer Hosentasche steckte. Auf dem Boden kauernd, schaltete sie es ein. Das fahle Licht des Displays fiel auf einen jungen Mann, der eine Polizeiuniform trug. In seiner rechten Schulter steckte ein langer Metallpfeil. Das Geschoss sah genauso aus wie die, mit denen Salik und Thure niedergestreckt worden waren. Der Mann blickte Cathrine mit weit aufgerissenen Augen an. Sie waren starr und leblos. Eiskaltes Entsetzen durchfuhr sie bei diesem Anblick, der sich in ihre Netzhaut einbrannte.

Vorsichtig tastete sie nach dem Handgelenk des Polizisten. Kein Pulsschlag. Sie hatte es befürchtet. Wieder wollte ein Schrei ihrem Hals entweichen. Sie biss sich auf die Unterlippe. Ihre Gedanken rasten. Sie fühlte sich wie in einem Alptraum gefangen – ohne die Möglichkeit aufzuwachen. Doch der Horrortrip war noch lange nicht vorbei. Während sie versuchte, das Erlebte zu verstehen, hörte sie in einiger Entfernung ein Geräusch. Erschrocken fuhr sie zusammen. Jemand näherte sich vom oberen Bereich des Hangs. Auch ihr Verfolger bahnte sich einen Weg durch das Unterholz.

Sofort schaltete sie das Handy wieder aus. Allzu gern hätte sie jetzt einen Notruf abgesetzt. Doch nirgendwo auf der Insel hatte ihr Gerät Empfang. Cathrines erster Impuls war, aufzuspringen und loszulaufen. Doch dann fiel ihr etwas ein. Geistesgegenwärtig tastete sie den Toten ab. Am Gürtel des Polizisten fand sie, wonach sie gesucht hatte. Dort war das Holster, in dem die Dienstwaffe steckte. Sie öffnete den Verschluss der Tasche und nahm die Pistole an sich. Anschließend rappelte sie sich auf und lief zum Strand.

Cathrine war klar, dass sie so schnell wie möglich den Speicherchip der Kamera in Sicherheit bringen musste. Auf dem Datenträger befanden sich wertvolle Aufnahmen, die sie unter keinen Umständen aus der Hand geben durfte. Salik hatte ihnen in der Jagdhütte ein vertrauliches Interview gegeben. Dabei hatte er ausführlich über das verseuchte Wasser des grönländischen Narsaq-Flusses berichtet. Außerdem hatte er ihnen erzählt, wie tief der Folketing-Abgeordnete

Bjørn Lauridsen in die ganze Sache verstrickt war. Dieser hatte sich in seinem Wahlkampf vehement für die Inbetriebnahme der Mine eingesetzt. Im Gegenzug hatte der kanadische Bergbaukonzern ihn massiv mit Schmiergeldern versorgt.

Auch andere Politiker im grönländischen Parlament waren von dem Unternehmen systematisch bestochen worden. Auf diese Weise hatten sich die Minenbetreiber im Naalakkersuisut eine knappe Mehrheit für die Aufhebung der Null-Toleranz-Politik erkauft. Dass es der Konzern jetzt – entgegen allen Beteuerungen – mit den Sicherheitsbestimmungen vor Ort nicht so genau nahm, brachte die Karrieren gleich mehrerer Politiker in Gefahr. Allen voran die von Lauridsen, der stets der größte Fürsprecher des »Nordprøven«-Projekts gewesen war. Auch hier in Dänemark stand nun seine Glaubwürdigkeit auf dem Spiel. Denn wie sollte er künftig noch irgendjemanden von den Vorzügen des angeblich so reinen und sauberen »Sermeq Ale« aus Narsaq überzeugen? Wer würde noch Bier aus Gletscherschmelzwasser trinken wollen, wenn dort in der Gegend die Gebirgsbäche verseucht waren?

Entsprechend groß war Lauridsens Bestreben, um jeden Preis eine Enthüllungsstory in der dänischen Wochenzeitung »Ugens Nyheder« zu verhindern.

Wie sich nun herausstellte, waren sie selbst auf dieser abgelegenen Insel nicht sicher. Salik, Thure und ein dänischer Polizist waren mit Pfeilen aus dem Hinterhalt niedergeschossen worden. Cathrine hatte keinen Zweifel daran, dass Leif Dalgaard der nächtliche Schütze war. Der Mann hatte nicht nur die entsprechende Ausbildung, sondern auch ein persönliches Anliegen. Als Sicherheitschef der Mine und Mann fürs Grobe hatte er ebenso viel zu verlieren wie Lauridsen. Und er würde seinen Amoklauf sicher erst dann beenden, wenn er alle Mitwisser und sämtliche Beweisstücke beseitigt hatte.

Doch dazu durfte es nicht kommen. So schnell sie konnte, rannte Cathrine am Rand des Strands entlang. Hin und wieder blickte sie sich nach ihrem Verfolger um. Doch von dem war weit und breit nichts zu sehen. Zu ihrer Linken wurde das Gelände allmählich flacher. Sie wusste, dass sich ganz in der Nähe die Piste befand, auf der Salik mit der DC-3 gelandet war.

Cathrine erklomm die Böschung und sah, dass sie sich nicht geirrt hatte. Vor ihr erstreckte sich die grasbewachsene Landebahn. Nur ein kleines Stück entfernt, erkannte sie trotz der Dunkelheit am Rande einer Baumgruppe eine markante Struktur. Das musste der »Arctic Flyer« sein, den Salik dort abgestellt und provisorisch getarnt hatte.

Zu ihrem großen Leidwesen besaß sie keinen Pilotenschein. Sie hatte nicht den Hauch einer Ahnung, wie man so ein Flugzeug flog. Einfach abheben und Hilfe holen war also keine Option. Aber vielleicht fand sie an Bord wenigstens ein funktionierendes Funkgerät, mit dem sie einen Notruf absetzen konnte. Außerdem bot die Maschine gewiss ein gutes Versteck für die Speicherkarte. Darüber hinaus war es im Inneren des Polarfliegers allemal sicherer als in dem alten Holzhaus. Die Scheiben des Flugzeugs ließen sich sicher nicht so einfach zertrümmern wie die in der alten Jagdhütte.

Cathrine stürmte auf das Flugzeug zu – und hielt mitten im Lauf inne. Es war, als hätte ihr eine innere Stimme eine Warnung zugerufen. Wieso hatte sie von ihrem Verfolger die ganze Zeit über nichts mehr gehört oder gesehen? Seit sie den dicht bewachsenen Abhang beim Haus hinter sich gelassen hatte, war niemand mehr in ihrer Nähe aufgetaucht. Wieso war der Mann ihr nicht über den Strand gefolgt? Sie spürte ihr Herz in ihrem Brustkorb hämmern. Ihre Nerven waren zum Zerreißen gespannt. Der Angreifer, dem Thure und Salik an der Hütte zum Opfer gefallen waren, hatte wie ein klassischer »Sniper« agiert. Der Heckenschütze hatte sich in seinem Versteck verschanzt und von dort aus mit tödlicher

Präzision auf seine Angriffsziele geschossen. Wenn ihr Gegner diesem perfiden Muster treu blieb, würde er vermutlich keinen Kampf im offenen Gelände suchen.

Cathrine hatte das unbestimmte Gefühl, dass der Schütze ihr womöglich zuvorgekommen war. Was, wenn er ihr den Weg abschnitt und ihr beim Flugzeug auflauerte? Auf einmal schien es keine gute Idee mehr zu sein, sich der Maschine weiter zu nähern. Lieber trat sie den Rückzug an. Dabei bewegte sie sich in geduckter Haltung und ließ den »Arctic Flyer« keine Sekunde aus den Augen. Als Cathrine ihren linken Fuß erneut nach hinten setzte, hörte sie am Boden ein metallisches Geräusch. Im nächsten Moment durchfuhr ein stechender Schmerz ihren Unterschenkel. Dieses Mal gelang es ihr nicht, den lauten Schrei in ihrer Kehle zu unterdrücken.

Sie fühlte nach ihrem Bein und stellte fest, dass es von zwei scharfkantigen Metallbügeln festgehalten wurde. Sie hatten sich tief in ihr blutendes Fleisch gebohrt und verursachten dabei schier unerträgliche Schmerzen. Voller Entsetzen wurde ihr klar, dass sie auf eine Art Tellereisen getreten war. Es musste eine dieser altertümlichen Tierfallen sein, die hierzulande eigentlich schon seit langer Zeit verboten waren. Entweder stammte sie noch aus früheren Zeiten, oder hier auf Hesselø trieben Wilderer ihr Unwesen.

Unter normalen Umständen hätte sie darin eine heiße Story für ihre Zeitung gewittert. Doch jetzt dachte sie nicht an eine gelungene Schlagzeile. Denn gerade war sie das Opfer der Wilderei, was ihre prekäre Lage extrem verschärfte.

Wie schlimm es um sie stand, wurde ihr bereits im nächsten Augenblick klar. Denn in einiger Entfernung bewegte sich etwas in der Nähe einer Baumgruppe. Ein dunkler Schatten löste sich aus den Konturen des »Arctic Flyer« und kam langsam auf sie zu. Ihr Angreifer hatte also tatsächlich auf sie gewartet. Aus der Ferne musste er erkannt haben, dass Cathrine auch ohne sein Zutun zu Boden gegangen war. Nun brauchte er ihr nicht mehr aus dem Hinterhalt aufzulauern.

Da ihr die Schmerzenstränen in die Augen schossen, nahm Cathrine ihren Verfolger nur noch wie durch einen Schleier hindurch wahr. Ihr wurde schwindelig, und sie hatte das Gefühl, ohnmächtig zu werden. Mit aller Macht kämpfte sie dagegen an, das Bewusstsein zu verlieren. Währenddessen kam die dunkle Gestalt Schritt für Schritt weiter auf sie zu.

38

Alfredo öffnete langsam die Augen. Ihm war speiübel, und er hatte Kopfschmerzen. Es dauerte eine Weile, bis ihm wieder einfiel, was passiert war. Seine beiden Entführer hatten ihn betäubt. Die Wirkung der Narkose ließ allmählich nach. Das Teufelszeug hatte jedoch einen ordentlichen Medikamentenkater verursacht. Während er k. o. gewesen war, mussten sie ihn in eine Holzkiste gesteckt haben. Hier lag er nun wie in einem Sarg. Um ihn herum war es dunkel. Nur durch einige Bohrlöcher fiel etwas Licht in die Box. Doch auch ohne etwas zu sehen, wusste er, wo er sich befand. Die vertrauten Motorgeräusche und die Vibrationen verrieten ihm, dass er in einem Flugzeug unterwegs war. Er war selbst lange genug Pilot gewesen, um zu hören, dass es sich wohl um eine zweimotorige Propellermaschine handelte.

Die Situation war fast genauso wie damals bei den Todesflügen in Argentinien. Der entscheidende Unterschied war jedoch, dass er jetzt der Gefangene war.

In den siebziger Jahren hatte er auf der Seite der Täter gestanden. Er war damals noch ein junger Soldat gewesen. Bevor er sich zum Jagdbomber-Piloten hatte ausbilden lassen, hatte er bei der Armee Transportflugzeuge geflogen. Die hatten ebenfalls Propellertriebwerke. Allerdings waren es viermotorige Frachtmaschinen vom Typ Lockheed L-188 Electra.

An Mittwochabenden hatten sie mehrmals auch lebendige »Fracht« an Bord genommen. Dabei wurden ausgewählte Gefangene aus den rund dreihundertvierzig Geheimgefängnissen des Landes zum Militärflughafen gebracht. Er und seine Kameraden hatten immer von »der Nacht der Hormigas Voladoras« gesprochen. Wenn die Gefangenen hoch über dem Meer lebendig aus dem Flugzeug gestoßen worden waren, hatten ihre Körper in der Luft wie fliegende Ameisen ausgesehen. Nur leicht betäubt, waren sie aus großer Höhe in den Tod gestürzt. Auf diese Weise hatte sich die Militärjunta damals Tausender unliebsamer »Subversiver« entledigt. Eines Tages war auch ein Deutscher unter den »fliegenden Ameisen« gewesen. Der junge Gewerkschafter war erst kurz zuvor Vater geworden. Alfredo hatte den Mann nicht selbst aus dem Flugzeug geworfen. Aber er hatte am Steuer des Todesfliegers gesessen. Wenig später, im Januar 1978, war auch die argentinische Freundin des Deutschen auf diese Weise umgebracht worden.

In der Nacht des zweiten Fluges hatte Alfredo auch von dem Waisenkind erfahren, das die beiden Ermordeten hinterlassen hatten. Und in einem schwachen Moment hatten sich Schuldgefühle bei ihm eingestellt. Ein unschuldiges Kind, das nun keine Eltern mehr hatte. Und er war es gewesen, der sie in den Tod geschickt hatte. Er hatte nicht gewollt, dass der kleine Junge in ein Kinderheim kam, wo ihn eine ungewisse Zukunft erwartete. Über gute Kontakte zu seinen Vorgesetzten hatte er dafür gesorgt, dass der Säugling zu seinen Freunden Inés und Pablo Rodriguez in die Esperanza-Station gebracht wurde.

Alfredo selbst hatte den Winzling damals in die Antarktis geflogen. Dort hatte der Junge eine gefälschte Geburtsurkunde erhalten, die ihn als »Nico Rodriguez« auswies. In den Jahren danach hatte er Inés und Pablo regelmäßig am Ende der Welt besucht. Dabei hatte er den kleinen Nico aufwachsen sehen. Immer hatte er ihm Geschenke mitgebracht, wofür sich der Junge dann artig bei »Onkel Alfredo« bedankte. Der Junge ahnte nicht, dass dieser freundlich lächelnde Mann seine leiblichen Eltern auf dem Gewissen hatte.

Doch nun waren, nach so vielen Jahren, doch noch all die schmutzigen Details ans Licht gekommen. Inés hatte die schwere Last auf ihrer Seele nicht mehr ertragen können und Nico die ganze Wahrheit erzählt. Zu allem Überfluss war seine Beteiligung an den Todesflügen auch noch von Kameraden seiner ehemaligen Kampffliegereinheit bestätigt worden. Die Konsequenz war nun, dass er selbst gefesselt an Bord eines solchen Nachtflugs war. So wie einst seine Opfer hatte er keine Ahnung, wie die Sache für ihn ausgehen würde. Bald würde er herausfinden, ob Nico und sein Komplize das alles als reines Drohszenario inszeniert hatten. Vielleicht sannen sie aber auch auf Rache und wollten nun ihn als »fliegende Ameise« über dem Meer in die Tiefe stürzen sehen.

Nach einer Weile hörte Alfredo, wie sich Schritte näherten. Jemand machte sich von außen an der Holzkiste zu schaffen. Der Deckel wurde geöffnet, und er blickte in die Gesichter seiner beiden Entführer. Nico und sein leiblicher Onkel Günther zerrten ihn aus der Box.

Es dauerte einen Moment, bis sich Alfredos Augen an das Licht in der Kabine gewöhnt hatten. Er befand sich im Heckbereich der Maschine. Schnell erkannte er, dass dies kein gewöhnliches Flugzeug war. Es war eine umgebaute DC-3. Sie diente weder als reine Passagier- noch als Frachtmaschine. Der Kabinenboden war nicht mit Teppichboden ausgelegt, sondern bestand aus nacktem Stahl. Flugreisende konnten nur auf der linken Seite sitzen, wo sich einige graue Ledersitze befanden. Hinter dem Cockpit waren zwei Doppel-, dahinter noch ein paar Einzelsitze zu erkennen. Manche von ihnen waren um neunzig Grad nach rechts gedreht.

Auf der anderen Rumpfseite war neben dem Mittelgang ein hohes Regalsystem aus Metall montiert. Es reichte vom Boden bis unter die Kabinendecke. Alfredo wusste, dass diese Vorrichtungen dem Zweck dienten, dort technische Geräte unterzubringen. Mit ihnen konnten aus der Luft verschiedene Messungen durchgeführt werden. Er kannte das aus seiner aktiven Pilotenzeit, als er auch Forschungsflugzeuge dieser Art gesteuert hatte. Momentan war das Regalsystem jedoch weitgehend leer. Das bedeutete, dass sich die Maschine aktuell nicht in einem Einsatz für die Wissenschaft befand. An Bord waren außer ihm selbst lediglich Nico, dessen leiblicher Onkel und der Pilot der Maschine. Durch die geöffnete Cockpittür konnte er erkennen, dass die DC-3 nur von einer Person geflogen wurde. Ein Copilot war nicht mit an Bord.

Alfredo wurde von seinen beiden Entführern gezwungen, sich auf den Boden zu knien. Anschließend hielt ihm Nico einen Stoß von Papieren vor die Nase. Es waren mehrere A4-Seiten, eng beschrieben und mit einem Tacker zusammengeheftet.

»Was soll das sein?«, fragte Alfredo.

Nico sah ihn verächtlich an. »Dein Geständnis. Hier steht alles, was der Staatsanwalt wissen muss. Es fehlt bloß noch deine Unterschrift.«

Alfredo antwortete nicht. Stumm starrte er auf die Zettel in Nicos Hand.

»Wie ich sehe, zögerst du«, sagte Nico. »Nun, damit haben wir gerechnet.«

Er ging zur linken Bordwand und griff nach dem Hebel für die Kabinentür. Alfredo musste mit ansehen, wie Nico die Tür entriegelte und sie öffnete. Sofort schlug ihnen ein eiskalter Wind entgegen.

Erneut wurde Alfredo links und rechts gepackt und zur offenen Luke geschleppt. Die beiden Männer hielten ihn so fest, dass sein Oberkörper weit nach vorn kippte und halb aus dem Rumpf heraushing. In seinen Ohren dröhnten die Rotoren, und der gewaltige Luftstrom schlug ihm mit voller Wucht ins Gesicht. Nun konnte er erkennen, dass sich das Flugzeug über dem Meer befand. Das Mondlicht hatte zwischen den Wolken eine Lücke gefunden und spiegelte sich tief unter ihnen auf den glitzernden Wellen. Es war derselbe Anblick, den viele Jahrzehnte zuvor auch die Gefangenen an Bord seiner Frachtmaschine gesehen hatten. Unmittelbar danach hatte man sie hinausgestoßen, und die »Hormigas Voladoras« waren lebendig in den Tod gestürzt.

Seine Entführer zerrten ihn jedoch wieder zurück ins Innere des Flugzeugs. Erneut wurden ihm die Zettel vors Gesicht gehalten. Das Papier flatterte im Wind. Nico hielt die Seiten fest in der Hand, damit sie nicht davonflogen.

»Ich hoffe, du triffst die richtige Entscheidung«, herrschte er ihn an. Wegen der Windgeräusche musste er schreien.

»Okay! Ihr habt gewonnen«, rief Alfredo. »Aber wenn ich das unterschreiben soll, müsst ihr mir die Hände losbinden.«

Nico nickte zufrieden. Er gab seinem Onkel ein Zeichen. Günther griff in seine Jackentasche und holte ein Taschenmesser heraus. Er klappte die Klinge aus und schnitt die Kabelbinder um Alfredos Handgelenke durch. In diesem Augenblick wurde das Flugzeug in der Luft kräftig durchgeschüttelt. Der »Arctic Flyer« wurde von Turbulenzen erfasst und sackte spürbar ab. Durch die unerwartete Bewegung gerieten die drei Männer im Heck der Maschine ins Straucheln.

Im Bruchteil einer Sekunde war Alfredo herumgewirbelt und hatte seinem Entführer das Messer abgenommen. Nico wollte in die Situation eingreifen, doch da wurde das Flugzeug von einer weiteren Turbulenz erfasst. Er geriet ins Wanken und konnte seinem Onkel nicht sofort beispringen.

Der hatte bereits auf die veränderte Situation reagiert. Wütend holte er aus und versetzte Alfredo einen Fausthieb in die Magengrube. Alfredo stöhnte auf und machte einen Schritt zurück.

Auch Günther verzog vor Schmerz das Gesicht. Blut tropfte auf den stählernen Boden der Maschine. Alfredo hatte seinen Angriff mit dem Messer abgewehrt und ihn übel am Arm verletzt. Die Klinge war durch den Stoff von Günthers Jacke tief in seinen Unterarm eingedrungen.

Alfredo sah, wie das Blut am Handgelenk seines Entführers hinablief. Er blickte zu Nico, der reglos dastand und seinen verletzten Onkel anstarrte. In seinen Händen hielt er noch immer die Zettel mit dem vorgefertigten Geständnis.

Alfredo kannte sich mit der deutschen Justiz nicht aus. Doch selbst wenn er diesen Wisch unterschrieb, wäre das ein erzwungenes Geständnis. In einem demokratischen Rechtsstaat wäre das Dokument wertlos. Wo er herkam, war das in den siebziger Jahren anders gewesen. Zur Zeit der Militärdiktatur waren in Argentinien erzwungene Geständnisse an der Tagesordnung gewesen. Nach tagelanger Folter waren die Menschen oftmals bereit, alles Mögliche zu gestehen. Aber auch damit hatten die Gefangenen ihre Haut nicht retten können. Die Militärjunta wollte diese Leute nicht einfach nur brechen. Sie wollte sie für immer verschwinden lassen – so, als hätten sie nie existiert. Und Alfredo war ein Werkzeug dieser Todesmaschinerie gewesen. Sollte er weiterhin schweigen oder alles abstreiten, würden sich vermutlich trotzdem Menschen finden, die gegen ihn aussagten. Inés und Pablo fühlten sich auf ihre alten Tage anscheinend der Wahrheit verpflichtet. Und sogar unter seinen alten Kameraden waren Leute, die nach so vielen Jahren ihr Gewissen erleichtern wollten.

Alfredo hatte gelegentlich darüber nachgedacht, warum die Taten, die er als junger Mann begangen hatte, für ihn im Laufe der Jahre nicht auch zu einer unerträglichen Last geworden waren. Vielleicht hatte es damit zu tun, dass er für die Junta als Pilot im Einsatz gewesen war. Seine Kameraden von den Bodentruppen hatten im Falklandkrieg Mann gegen Mann kämpfen müssen. Mit aufgepflanztem Bajonett waren sie in der kleinen Siedlung Goose Green aufeinander losgegangen, so wie in uralten Zeiten. Ihm selbst war ein solcher Nahkampf auf dem Schlachtfeld erspart geblieben. Er hatte seine Bomben auf die gegnerischen Schiffe abgeworfen und war dann blitzschnell wieder verschwunden. Die Opfer seiner Angriffe waren bloß Zahlen in einer Statistik von Toten und Verwundeten gewesen. Auch den »Subversiven« in seiner Transportmaschine hatte er kurz vor ihrem Tod nicht in die Augen schauen müssen. Er hatte vorn im Cockpit gesessen, während seine Kameraden im hinteren Teil der Maschine die Drecksarbeit erledigten.

Doch nun war sie da, die direkte Konfrontation mit dem Gegner. Er blickte auf die blutige Klinge in seiner Hand. Und es dauerte nicht lange, bis ihm klar wurde: Nichts von dem, was hier geschah, ergab einen Sinn.

»Dieser Krieg ist schon lange vorbei«, sagte Alfredo – mehr zu sich selbst als zu seinen beiden Entführern. Er wusste auch nicht, ob Nico und Günther ihn inmitten des Lärms überhaupt hören konnten. Nachdenklich fügte er hinzu: »Es sollte kein Tropfen Blut mehr deswegen fließen.«

Während er Nico ein letztes Mal ansah, formten seine Lippen das Wort »Adiós«. Anschließend drehte er sich um und machte einen Schritt nach vorn. Dann sprang er aus der weit geöffneten Flugzeugtür.

39

Camilla Holm hörte den Schrei der Frau zuerst. Gemeinsam mit Ehlers war sie am Strand von Hesselø unterwegs zu der alten Jagdhütte. Die Kollegen der Marinehjemmeværnet waren mit der »Askø« in Ufernähe vor Anker gegangen. Anschließend waren die Polizisten mit einem Schlauchboot zur Insel gefahren und am südlichen Strand an Land geschlichen. Von dort aus waren die Einsatzkräfte ausgeschwärmt, um sich von verschiedenen Seiten dem Blockhaus zu nähern. Die letzte Nachricht, die sie von den Kollegen vor Ort erhalten hatten, war schon vor über einer Stunde abgesetzt worden. Seither herrschte totale Funkstille. Keiner der fünf Polizisten, die sich bereits auf der Insel aufhielten, hatte mehr ein Lebenszeichen von sich gegeben. Da Hesselø weit abgelegen war, konnte das natürlich auch an technischen Problemen mit dem Funknetz liegen. Dennoch mussten sie damit rechnen, dass es vor Ort einen ernsten Zwischenfall gegeben hatte.

Diese Befürchtungen bestätigten sich, als Ehlers und Camilla unterhalb der Jagdhütte den toten Kollegen entdeckten. Ein langer Metallpfeil steckte in seiner rechten Schulter. Da der Pfeil an der Rückseite eingedrungen war, musste der Schütze hinterrücks auf sein Opfer geschossen haben. Um den toten Körper herum war nur wenig Blut zu sehen. Der Polizist war also nicht verblutet, der Pfeil musste ihn auf andere Weise getötet haben. Die Rechtsmedizin würde prüfen, ob der Schütze seine Waffe mit einem Pfeilgift versehen hatte.

Ehlers war neben dem Toten in die Hocke gegangen und bemerkte, dass im Holster des getöteten Polizisten keine Dienstwaffe steckte, da hörte Camilla den Schrei.

»Das kam von dort«, sagte sie und deutete in Richtung der nahe gelegenen Landepiste. »Bleib dicht hinter mir.« Sie zückte ihre Pistole. Ehlers selbst durfte als deutscher Polizist im Ausland keine Waffe tragen. Das war allerdings kein großes Problem, da er ohnehin ein miserabler Schütze war.

Camilla stürmte in die Richtung, aus der der Schrei gekommen war. Ehlers folgte ihr über den Strand, bis sie das Ende der Landepiste erreichten. Vorsichtig schlichen sie näher, wobei ihnen die Abbruchkante am Rand des Sandstrands ausreichend Schutz bot.

»Da ist jemand«, flüsterte Camilla, während sie aus der Deckung heraus über die Kante spähte.

Ehlers sah ebenfalls über den Rand. Er konnte die Gestalt auch erkennen. Etwa vierzig Meter entfernt war eine Person in der Nähe der Graspiste zu sehen. Dem Schrei nach zu urteilen, handelte es sich um eine Frau. Sie hockte auf dem Boden und schien sich an irgendetwas zu schaffen zu machen.

»Was tut sie da?«, fragte Ehlers.

»Keine Ahnung«, antwortete Camilla. »Kann ich nicht genau erkennen. Ich glaube, sie hat sich verletzt. Wir sollten mal nachsehen, ob –«

»Warte«, unterbrach Ehlers sie. »Sieh mal dort hinten.«

In einiger Entfernung tauchte in der Dunkelheit eine zweite Gestalt auf. Von der Statur her war diese eindeutig männlich. Der Unbekannte bewegte sich langsam auf die Frau zu, die an ihrem Platz verharrte. Ehlers bemerkte, dass der Mann etwas Längliches in der Hand hielt.

»Der hat eine Harpune!«, flüsterte er.

»Verdammt, er zielt auf die Frau.«

»Wir müssen was tun!«

»Ja, aber du hast keine Waffe. Bleib im Hintergrund. Ich halte ihn auf.«

Ehlers wollte protestieren, doch da hatte sich Camilla auch schon erhoben.

»Københavns Politi! Drop våben!«, rief sie der schwarzen Gestalt zu. Ehlers' Dänischkenntnisse reichten aus, um zu verstehen, dass der Mann seine Waffe fallen lassen sollte.

Für einen kurzen Augenblick hielt die dunkle Gestalt inne.

Er ließ die Harpune ein wenig sinken, behielt sie jedoch in der Hand. Reglos stand er da, so als wartete er auf weitere Anweisungen.

»Drop våben!«, wiederholte Camilla. Sie richtete sich auf und zielte mit ihrer Dienstwaffe auf den Mann. Dieser warf sich zu Boden. *»For satan!«*, fluchte sie. Im Bruchteil einer Sekunde hatte sie die Zielperson aus den Augen verloren.

Im nächsten Augenblick schrie die Frau in der Nähe ein zweites Mal auf. Ehlers sah, wie sie wankte und in sich zusammensackte. Gleichzeitig erhob sich der Mann mit der Harpune wieder und rannte auf sein Opfer zu. Dann fiel ein Schuss.

Zu Ehlers' Verwunderung war es jedoch nicht Camilla gewesen, die geschossen hatte. Der laute Knall war aus der Richtung der Landebahn gekommen.

Die Gestalt rannte jetzt nicht mehr so schnell. Die Schritte des Mannes wurden immer langsamer. Er geriet ins Straucheln, rappelte sich jedoch wieder auf. Mit ungelenken Bewegungen näherte er sich der Frau am Boden.

»Ikke rør dig!«, rief Camilla dem Mann zu. Doch er hörte nicht auf sie. Statt anzuhalten, ging er mit schwerfälligen Schritten weiter. *»Jeg skyder!«*

Dies war Camillas letzte Warnung. Als Nächstes würde sie den Abzug drücken. Doch bevor sie das tun konnte, fiel ein zweiter Schuss. Nun sackte auch die dunkle Gestalt in sich zusammen. Der Mann stürzte vornüber und blieb regungslos liegen.

Ehlers und Camilla sahen, wie aus einiger Entfernung weitere Polizisten herankamen. Die dänischen Kollegen hatten die Schüsse gehört und kamen nun herbeigeeilt.

Kurz darauf stand fest, dass Leif Dalgaard, der Mann mit der Harpune, und Cathrine Rydberg, die zur Redaktion von »Ugens Nyheder« in Kopenhagen gehörte, tot waren. Auf der ansonsten einsamen und friedlichen Insel hatten in dieser blutigen Nacht fünf Menschen ihr Leben verloren.

40

Carstens und Feddersen klappten den Laptop zu, der vor ihnen auf dem Schreibtisch stand. Auf dem Rechner befand sich eine Kopie des Interviews, das Salik Johannsen den beiden dänischen Journalisten auf der Insel Hesselø gegeben hatte. Ehlers hatte ihnen die Datei geschickt. Er und Camilla Holm hatten die Speicherkarte aus der Kamera bei der toten Cathrine Rydberg gefunden. Sie hatte – ebenso wie ihr Chef Thure Jepsen und Salik Johannsen – die vergangene Nacht nicht überlebt.

Günther Malchow hatte seine Beteiligung an der gewaltsamen Entführung des argentinischen Todespiloten gestanden. Nachdem er nun – Monate später – vom Tod seines Neffen Nico erfahren hatte, war er erneut auf die Insel gekommen, um reinen Tisch zu machen und Louisa Eckhoff die ganze Wahrheit zu erzählen. Zum Zeitpunkt der Entführung hatte sie nicht gewusst, dass Nico und sein leiblicher Onkel den Argentinier im Bunker gefangen gehalten hatten. In Kürze würde ein Haftrichter entscheiden, ob der alte Mann die Zeit bis zu seiner Gerichtsverhandlung in Untersuchungshaft verbringen musste.

Alfredos Leiche war bislang noch nicht gefunden worden. Es war unklar, ob sie jemals auftauchen würde. Günther Malchow hatte nicht sagen können, wo genau über der offenen Nordsee der Mann aus dem Flugzeug gestürzt war. Und solange die sterblichen Überreste nicht gefunden wurden, gab es in dieser Sache keinen eindeutigen Anhaltspunkt für eine Tötung. »Kein Mord ohne Leiche«, lautete bekanntlich der Grundsatz.

Der einstige Täter zählte nun ebenfalls zu den rund dreißigtausend Verschwundenen im Zusammenhang mit dem schmutzigen Krieg der Militärjunta. Eine Ironie des Schicksals, dass er als »fliegende Ameise« gestorben war – so wie damals seine Opfer über dem Meer in Argentinien.

Fatalerweise war die ganze Entführung am Ende für alle Beteiligten völlig aus dem Ruder gelaufen. Da sich »Onkel Alfredo« selbst nach tagelanger Bunkerhaft auf Helgoland nicht zu seiner Schuld bekennen wollte, hatte Nico Rodriguez die Sache schließlich eskalieren lassen. Er hatte seinen Freund Salik Johannsen gebeten, sie gemeinsam mit dem Entführten im »Arctic Flyer« aufs offene Meer hinauszufliegen, um Alfredo aus der Sicht eines Opfers mit seinen Gräueltaten zu konfrontieren. Als dieser sich aus dem Flugzeug stürzte, war auch Salik unfreiwillig zu einem »Todespiloten« geworden. Nico Rodriguez hatte daraufhin tief in Salik Johannsens Schuld gestanden. Und es hatte nicht lange gedauert, bis der Grönländer dafür eine Gegenleistung einforderte und ihn als unabhängigen Wissenschaftler für seinen Kampf gegen die »Nordprøven«-Mine in seiner Heimatstadt Narsaq einspannte.

Nach der tödlichen Nacht auf Hesselø hatte die Kopenhagener Polizei inzwischen auch den korrupten Folketing-Abgeordneten Bjørn Lauridsen festgenommen. Im Verlauf der Vernehmung hatte er wohl eingesehen, dass er seinen Kopf nicht mehr aus der Schlinge würde ziehen können. Da die Beweislast gegen ihn und den Bergbaukonzern erdrückend war, hatte sich Lauridsen entschieden, mit der Polizei zu kooperieren und umfassend auszusagen.

In dem Interview mit den beiden dänischen Journalisten hatte Salik Johannsen auch erklärt, warum er die Betonmauer des Stausees mit Quellsprengstoff beschädigt hatte. Dabei sei es ihm nicht darum gegangen, den Damm tatsächlich zum Einsturz zu bringen. Vielmehr habe er durch sichtbare Schäden die Aufmerksamkeit auf die Sicherheitsprobleme der Anlage lenken wollen. Die kleineren Risse am Staudamm sowie die Spalten am Untergrund des Sees hatten die Verantwortlichen lange Zeit erfolgreich vertuschen können. Ein offensichtlich kaputter Staudamm würde sich jedoch nicht so einfach totschweigen lassen, so hoffte er. Dass sein Einsatz für die Menschen in seinem Heimatort tatsächlich von Erfolg gekrönt war, bekam Salik nun nicht mehr mit. Er hatte ihn mit dem Leben bezahlt.

Ein gutes Ende hatte der Fall hingegen für den Meeresbiologen Lars Thießen. »Dr. Donnerschlag« war durch die Aussage von Bjørn Lauridsen vollständig entlastet worden. Er hätte zwar durchaus ein Motiv gehabt, sich an Nico Rodriguez zu rächen. Und der Tupilak, der bei Rodriguez gefunden worden war, stammte tatsächlich aus Thießens Sammlung, das hatten die Kollegen von der Kriminaltechnik inzwischen nachgewiesen. Der Folketing-Abgeordnete Lauridsen hatte allerdings angegeben, dass einer von Leif Dalgaards »Mjølnir«-Komplizen die Figur aus Thießens Vitrine gestohlen und anschließend in Nicos Büro gelegt hatte. Durch diese falsche Spur sollte sich der Verdacht gegen »Dr. Donnerschlag« erhärten.

Als Thießen erfuhr, dass er entlastet worden war, zeichnete sich zum ersten Mal so etwas wie ein kleines Lächeln auf seinen Lippen ab. Noch am selben Tag nahm er Kontakt zum Hamburger »Museum für Kulturen und Künste der Welt« auf. Die Leiterin der Einrichtung freute sich zu hören, dass er seine komplette Tupilak-Sammlung dem Museum schenken wollte. Er selbst hatte keine Verwendung mehr dafür. In seinem Haus auf Helgoland wollte er sich künftig nicht mehr mit Rachefiguren umgeben.

Epilog

Wenige Tage später hatte auch Ole Carstens zum ersten Mal seit längerer Zeit wieder ein Lächeln auf den Lippen. Er war nicht mehr auf Helgoland, sondern gönnte sich ein paar Tage Urlaub auf dem Festland. Der tagelange Regen hatte endlich aufgehört. Über der Kieler Förde schien die Sonne an einem wolkenlosen Himmel. Anders als zu Hause auf der Insel blieb er auf den Straßen der Landeshauptstadt unerkannt. Keiner klopfte ihm unterwegs kumpelhaft auf die Schulter und nannte ihn »Dwarslöper«. Genau wie Nico Rodriguez – dem »Jungen aus dem Eis« – war ihm sein Spitzname inzwischen zu einem lästigen Anhängsel geworden. Wer wurde schon gern jeden Tag daran erinnert, dass er in seinem Leben nur Seitwärtsschritte zustande brachte und dabei nicht wirklich vorankam?

Der Verkäufer in dem Plattenladen im Kieler Stadtteil Russee hatte von alldem nichts gewusst. Er hatte in Carstens nur einen leidenschaftlichen Musikliebhaber gesehen. Bei einer Tasse Kaffee hatten die beiden lange über verschiedene Bands und Musikstile gefachsimpelt. Jetzt stand Carstens wieder auf der Straße und hielt einen prall gefüllten Jutebeutel in der Hand. Darin befanden sich diverse Vinylscheiben, die nun darauf warteten, in Ruhe durchgehört zu werden. Unter anderem war auch eine bunte Platte dabei, über die Carstens sich ganz besonders freute. Es war ein Album der Rockabillyband Spice Guys. Vor knapp zwei Wochen hatte Inken sein Exemplar der Scheibe absichtlich zerbrochen. Sie hatte genau gewusst, dass insgesamt nur hundert Stück davon gepresst worden waren. Entsprechend schlecht hatten Carstens' Chancen gestanden, an eines der Sammlerstücke heranzukommen. Doch statt den Kopf in den Sand zu stecken, hatte er in den vergangenen Tagen viel herumtelefoniert. Schließlich war er auf den Musikladen in Kiel gestoßen, der tatsächlich eine der Platten im Sortiment gehabt hatte. Sofort hatte Carstens darum gebeten, die Rarität für ihn zu reservieren, und sich kurz darauf voller Vorfreude auf den Weg an die Förde gemacht.

Mit dem Jutebeutel in der Hand spürte er, dass dieses bunte Vinyl für ihn mehr war als nur irgendein limitierter Tonträger. Inken hatte zwar die Originalplatte zerstört. Aber jetzt war es, als hätte er soeben ein paar Scherben in seinem Leben wieder zusammengesetzt. Ihm war inzwischen klar, dass er und Inken keine Zukunft mehr hatten. Aber das war im Moment auch überhaupt nicht wichtig. Denn die Suche nach seiner Lieblingsplatte hatte ihn ausgerechnet nach Kiel geführt. Ob das nun ein Zufall oder Schicksal war, konnte er nicht sagen.

Fest stand allerdings, dass er nach wie vor einen leicht zerknitterten Zettel in der Jackentasche bei sich hatte. Letzte Woche war er noch drauf und dran gewesen, diesen in die Nordsee zu werfen. Doch dann hatte er ihn wieder eingesteckt. Jetzt holte er ihn noch einmal hervor. Er schaute auf die Telefonnummer und die handgeschriebenen Worte: »Falls du mal Lust auf ein Wiedersehen an der Ostsee hast«.

Carstens nahm sein Handy und wählte die Nummer. Heute war ein guter Tag, um den ganzen Ballast, den er mit sich herumtrug, einfach über Bord zu werfen.

Schlussbemerkung

Wie in meinen ersten beiden Kriminalromanen »Tief in der Nordsee« und »Nordseesturm« verschmelzen auch bei »Rache auf Helgoland« fiktionale Handlungselemente mit realen Geschehnissen und historischen Fakten.

So wurde – wie in der Krimihandlung beschrieben – tatsächlich im Januar 1978 in der argentinischen Esperanza-Station der erste Mensch auf dem antarktischen Festland geboren. Zu dieser Zeit herrschte in Argentinien eine brutale Militärdiktatur. Ihr sind neben Zehntausenden von Einheimischen auch mehr als siebzig Deutsche oder Deutschstämmige zum Opfer gefallen. Die damalige sozialliberale Bundesregierung in Bonn hat das jedoch nicht davon abgehalten, weiterhin enge Wirtschaftsbeziehungen zum Verbrecherregime in Buenos Aires zu pflegen. Ende der siebziger Jahre eskalierte in der alten Bundesrepublik zunehmend der RAF-Terror. Deshalb hielt sich bei westdeutschen Politikern die öffentliche Solidarität mit links gerichteten Gruppen in Südamerika stark in Grenzen. In den Jahren der Diktatur 1976 bis 1983 wurden in Argentinien zwischen fünfzehntausend und dreißigtausend Menschen verschleppt, gefoltert und getötet. Viele der Leichen wurden nie gefunden. Sie gelten seither als »Desaparecidos«, die Verschwundenen. Manchen der Opfer wurden kurz vor ihrer Ermordung ihre neugeborenen Kinder weggenommen. Diese wurden dann oft in die Obhut von regimetreuen kinderlosen Paaren gegeben. So ergeht es auch der Romanfigur Nico Rodriguez. Wie viele dieser geraubten Kinder erfährt auch er erst als Erwachsener, wer seine leiblichen Eltern waren und dass seine Ersatzeltern auf der Seite der Junta standen.

Nach dem Ende der Militärdiktatur in Argentinien blieben viele der einstigen Täter lange Zeit straffrei. Dafür sorgten

Amnestiegesetze, die teilweise erst Jahrzehnte später von nachfolgenden Regierungen aufgehoben wurden. Erst im Herbst 2012 – also dreißig Jahre nach dem Ende der Militärdiktatur – standen in Argentinien erstmals Piloten der sogenannten Todesflüge vor Gericht. Insofern hat auch die Romanfigur »Onkel Alfredo« zahlreiche Bezüge zu historischen Fakten.

Einen wahren Kern gibt es ebenfalls bei der Handlung rund um die grönländische »Nordprøven«-Mine. In der Nähe der südgrönländischen Stadt Narsaq (auf Dänisch heißt der Ort »Nordprøven«) gibt es tatsächlich eine riesige Lagerstätte für Seltene Erden und Uran. Anders als in meinem Roman trägt diese den Namen »Kvanefjeld«. Wie in der Krimihandlung beschrieben, hat die Frage nach dem dortigen Abbau von Rohstoffen die grönländische Gesellschaft tief gespalten. Während ich an dem Buch schrieb, wurde dieses Minenprojekt sogar zum entscheidenden Wahlkampfthema für die Parlamentswahlen in Grönland. Hier setzte sich am Ende die Partei Inuit Ataqatigiit durch. Sie entschied die Wahlen im April 2021 mit dem zweitbesten Ergebnis der Parteigeschichte für sich. Durch die Machtverschiebung im Parlament in Nuuk gewannen die Gegner der Mine politisch die Oberhand. Daraufhin wurde das »Kvanefjeld«-Projekt erst einmal auf Eis gelegt. Die Sorgen der Bevölkerung bezogen sich vor allem auf die im Roman geschilderten Umweltrisiken, die ein Tagebau in der Gegend zwangsläufig mit sich gebracht hätte.

Dass ich mich in »Rache auf Helgoland« überhaupt so intensiv mit Grönland und den aktuellen Geschehnissen in der Arktis beschäftigt habe, liegt unter anderem am gleichnamigen Ort in den Elbmarschen. Da ich in der Gegend wohne, fahre ich sehr häufig durch das kleine Dorf Grönland im Kreis Steinburg. Dabei entstand die Idee, eine Krimihandlung zu entwickeln, bei der es zwischen diesem Dorf und dem »großen Grönland« eine spannende Verbindung gibt. Der Name geht übrigens in beiden Fällen auf die gleiche Bedeutung zurück: »grünes Land«.

Das kann man sich beim arktischen Grönland kaum vorstellen. Doch vor allem im Süden der riesigen Insel verwandelt sich der gefrorene Boden an den Küsten im Sommer vielerorts tatsächlich in grüne Landschaften. In der Nähe von Narsaq ist sogar in bescheidenem Umfang Landwirtschaft und Viehzucht möglich. Diese Betriebe wären allerdings in ihrer Existenz gefährdet, gäbe es in der Nähe einen Tagebau für Seltene Erden und Uran.

Mittlerweile wurde auch in den Elbmarschen ein Industrieprojekt beendet, das jahrzehntelang die öffentliche Meinung vor Ort spaltete. Denn Ende 2021 ging wenige Kilometer vom Dorf Grönland entfernt das Atomkraftwerk Brokdorf vom Netz. Stattdessen wurde in der Gegend eine sechshundertdreißig Kilometer lange Stromverbindung nach Norwegen in Betrieb genommen. Durch die »Nordlink«-Trasse fließt seither in beide Richtungen grüner Strom aus Wasser- beziehungsweise Windkraft. Dank einer Kapazität von 1.400 Megawatt können mehr als 3,6 Millionen Haushalte mit Strom versorgt werden. Das ist exakt die elektrische Leistung, die zuvor das AKW Brokdorf mit Atomstrom geliefert hat. Bei der Inbetriebnahme von »Nordlink« gab es übrigens – anders als in den achtziger Jahren in Brokdorf – keine bürgerkriegsähnlichen Zustände vor Ort.